¡Únete a la resistencia!

La Resistencia de Jericó

La Rebelde de Jericó

Usted acaba de hacer una diferencia!
Gracias por elegir esta novela ti. El veinte por
ciento de todos los ingresos va a la lucha contra la
trata de personas.

Lo que los lectores están diciendo de La Rebelde de Jericó :

"Me pareció que era muy intrigante , lleno de mucho suspenso . Es el tipo de libro que puedo ver como una película."

E. Lodato

"Una deliciosa mezcla de drama, romance y auto-descubrimiento."

Tiffany C.

"Romance, intriga y peligro! Es una aventura emocionante como el lector se une a Catalina en su peligroso viaje a través de la parte más vulnerable del lado oscuro de México."

P. H.

La Rebelde de Jericó

La Resistencia de Jericó: Libro Uno

Mimi Milan

© 2015 de Michele Claudio

Portada de Kirk DouPonce
DogEared Design
www.dogeareddesign.com

Publicado por Eaton House
PO Box 19795
Charlotte, NC 28219-0795

ISBN: 978-0-9964353-3-8

Se trata de una obra de ficción. Aparte de algunos acontecimientos históricos (que se describen más al final de este libro) los nombres, personajes, lugares e incidentes son producto de la imaginación de la autora o se utilizan de manera ficticia. Cualquier parecido con personas reales (vivo o muerto), lugares o eventos es totalmente una coincidencia.

Para los compromisos, entrevistas, o cuestión de hablar, póngase en contacto con la autora en:

writemimimilan@gmail.com
www.mimimilan.com
www.facebook.com/AuthorMimiMilan

Impreso y encuadernado en los Estados Unidos de América.

A mi familia.

Gracias por escuchar mis ideas.

Sabias…?

- La esclavitud todavía existe hoy en forma de tráfico de seres humanos.
- Trata de personas: (sustantivo) el movimiento ilegal de personas - por lo general a utilizar en el trabajo forzoso, la explotación sexual o la extracción de órganos.
- Casi treinta millones de personas están esclavizadas en este momento.
- De los 800.000 seres humanos, posiblemente víctimas de la trata todos los años, el 80% son mujeres y la mitad son niños.
- El Estados Unidos en uno de los tres mejores lugares para los seres humanos víctimas de la trata.
- El coste medio de un esclavo es de $90, y la industria genera aproximadamente $32 mil millones al año.
- El tráfico sexual juega un papel muy importante en la propagación del VIH y otras enfermedades de transmisión sexual. Por la lucha contra la trata de personas, estamos luchando contra la propagación de enfermedades en nuestra sociedad!
- La Biblia demuestra que Dios encuentra el secuestro de otro como una abominación; tal acto se castigaba con la muerte. (Ex. 21:16)
- Con la compra de este libro, que está ayudando en la lucha contra la trata de personas. Gracias tanto por tomar una postura en lo que es correcto. Como se suele decir un amigo mío, que seas "bendito y muy favorecida" hoy y siempre.

Expresiones de Gratitud

Hay tantas personas que han contribuido a la creación de este libro. Me disculpo si dejar a nadie fuera. Tengan la seguridad, los servicios prestados que no tenían precio. Este libro no existiría sin su ayuda.

Para Dios, el maestro creador y narrador original, va todo gracias por darme el don de historias. Todos y cada uno de ellos viene de Ti, y yo deseo que mi escritura ha hecho justicia a ellos.

Gracias, Caryl McAdoo, por ser más que una escritora increíble. La gran cantidad de información que ha compartido conmigo no tiene comparación. Se habría necesitado toda una biblioteca para aprender lo que me has enseñado! Usted es una fuente inagotable de aliento, y me considero "bendecida y muy favorecida" a conocerte.

Kirk DouPonce, no puedo alabar su trabajo suficiente. Hay una razón por la que es uno de los mejores en la industria. Sus cubiertas para libros son fieles a las historias que representan. Gracias por traer a la vida mía! Estoy deseando ver lo que tienes en mente para el resto de mis libros.

Dora Hiers, escritora extraordinaria, que son una pareja maravillosa crítica. Gracias por alabar mis fortalezas y mis debilidades señalando usted. Mi escritura es tanto mejor.

Capítulo Uno

Charlotte, North Carolina
El junio de 1918

"Bueno amigos, sólo nos quedan unas pocas cajas más."

Los ojos oscuros de Catalina Santé brillaron con emoción. La declaración del Reverendo de que ya se habían vendido siete loncheras hizo que le recorriera un delicioso escalofrío por su espalda. Sólo unas cuantas más antes de que la de ella al fin entrara en la subasta. Silenciosamente repiqueteo en las cajas que quedaban entre sus dedos cubiertos con encajes. La sensación de la tela bordada humedeciéndose por sus palmas sudadas invocó un irritante recordatorio del calor sofocante. Por supuesto que, no podía culpar a nadie más que a ella por su incomodidad. La emoción de los eventos del día cautivó totalmente su mente, y se olvidó de la utilidad de cosas como los abanicos de mano y sombrillas. Ahora el incansable sol de verano radiada en el pequeño patio de la iglesia, haciendo miserables a todos los asistentes. Catalina hubiera renunciado a su más fino vestido por una fresca brisa o una refrescante llovizna.

Tormentas eléctricas... ¡Nieve!

En serio, cualquier cambio sería bienvenido del calor sofocante que plagaba al pueblo.

Estirando su collarín, regresó su atención a la subasta y evaluó los procesos, con la espalda rígida por la determinación. Con menos de quince minutos de ofertas, el evento había demostrado ser el más exitoso que la iglesia había organizado hasta ahora. Claro que, la especulación había probado fácilmente ser la razón de dicho éxito. Ya sea que los hombres jóvenes de la congregación tenían madres que se negaron a alimentar el lote, o el que algunos novios habían sido informados que ofrecieran en loncheras específicas. Sin embargo, ninguno de ellos podía ser culpado por hacerlo. La guerra había arrancado al pueblo de muchos hombres buenos, dejando a todos agradecidos por aquellos que quedaban...

O regresaban casi sanos y completos.

Catalina levantó una mano enguantada y la agitó, abanicándose lo mejor que pudo. ¿Por qué los postores estaban tardando mucho en responder? Parecía que cada uno estaba esperando por el dramático anuncio de "última llamada". Ella no quería negarles su diversión, pero aun así. Entre más pronto llegaran a su caja, más rápido todos podrían buscar algo de sombra. Levantó su cuello, buscando entre la gente a las chicas que todavía tenían sus loncheras. El siguiente anuncio del Reverendo Livingstone atrajo su atención de regreso al estrado.

"Me gustaría recordarle a la congregación que Jesús nos dijo que diéramos sin restricciones." Anunció. "Haciendo esto, todos recibiríamos un hermoso órgano para la iglesia. ¿Así que cuánto ofrecen por esta hermosa caja atada con cordones de terciopelo color menta? Está llena de deliciosos bocadillos de bistec frito, ejotes y bollos con salsa." El Reverendo hizo como si oliera el contenido. "Ah, sí. ¡Ciertamente el camino al corazón de cualquier hombre!"

"Dos centavos," gritó el pequeño Billy O'Neal mientras sostenía un par de monedas brillantes. Una ligera risita surgió de la multitud e incluso Catalina supuso que él había ofrecido por la caja de su hermana. La cara de Tiffany brillaba de un rojo tan intenso como su cabello.

Catalina sacudió su cabeza, sintiendo pena por ella y agradeció que su propio hermano, Gabe, actualmente asistía a la escuela de medicina. Él podría estar estudiando para doctor, pero todos sabían que tenía un perverso sentido del humor. Si él estuviera participando, hubiera hecho la misma broma que el chico O'Neal.

"Un dólar," una voz más ronca interrumpió sus pensamientos. Todos voltearon para reconocer a Peter Price como el postor. Algunas de las familias más ricas casi siempre se referían a él como a un pobre aparcero. Sin embargo, nada podría estar más alejado de la verdad. La inversión en algunos acres y algo de trabajo duro probó ser valioso, y rápidamente lo hizo el dueño de una gran extensión. Su terreno cultiva cada fruta y verdura posible en ella, provocando asombro o envidia de cualquiera que ve a sus premiados Scuppernongs.

Generoso, cortés...Catalina sonrió. Las cosas estaban saliendo bien para su amiga de la niñez.

"Cinco dólares," dijo el Sr. O'Neal. Una mirada mordaz hacia Peter le informó silenciosamente al joven que le costaría almorzar con Tiffany O'Neal.

Peter sonrió ante el reto, algo de travesura asomó por su cara.

"Ofreceré diez dólares y mucho más," contraatacó. "Estamos hablando sobre la bendición de un buen hogar y un futuro seguro con cualquier lujo que pueda pagar."

Unos cuantos jadeos de sorpresa-uno de ellos de Catalina- surgieron de los espectadores que claramente escucharon a Peter declarar sus intenciones. Viéndose tan complacido como cualquier padre podría estar, el Sr. O'Neal concedió a la confidente declaración.

"Supongo que tienes algo que discutir conmigo en la cena de hoy en la noche. ¿Estoy en lo correcto?"

"Sí, señor."

Un murmullo surgió de la multitud y la Sra. O'Neal podía ser escuchada murmurando sobre que tenía que hacer preparaciones. Catalina ahogó una risita mientras veía a la mujer levantar rápidamente su cuerpo redondo de su asiento y tropezar entre el grupo. Se alegró ante la idea de que la noche acabaría con Peter pidiendo la mano de Tiffany en matrimonio.

"Bueno, eso nos deja con dos cajas solamente." El Reverendo Livingston trató de redirigir la atención hacia la subasta mientras Peter Price reclamaba su caja. Él colocó la mano de Tiffany en su brazo, observándola con adoración. El pequeño Billy tomó una segunda caja y marchó cerca, actuando como chaperón.

¿Cómo sería el ser llevada por su querido a disfrutar un almuerzo privado lleno de momentos tiernos y risas tranquilas? Catalina suspiró por la noción romántica de todo eso, perdiéndose de cada palabra de la subasta actual.

"Ouch," se quejó mientras el codo de su madre se clavaba en sus costillas. El Reverendo había empezado la subasta de la última caja-su lonchera.

"Tenemos algo del mejor pollo frito de por aquí, amigos. Creo que huelo algo de puré de papa, repollo y-" el Reverendo Livingston hizo una pausa dramática. "¿Qué es eso?" Hizo otra demostración de oler afuera de la caja. "Oh, eso debe ser un delicioso pedazo de pay de manzana. ¿Con cuánto empezaremos la subasta?

"Un dólar completo," el papá de Catalina agitó un billete en el aire. Ella miró ferozmente a su padre. Él fingió una mirada de inocencia. ¿Qué? Sucede que tengo hambre."

"Y tú puedes comer en la casa," interrumpió su esposa. Lo codeo de regreso a su lugar. "Deja la oferta a los jóvenes y deja de atormentar a tu hija."

Gian Carlos tuvo la decencia de parecer avergonzado, el arrepentimiento asomó en su cara mientras su esposa lo regañaba. Todos rieron, y él asintió hacia el Reverendo para que continuara la subasta.

"Uno y cincuenta."

"Dos."

Catalina escuchó a los hermanos Johnson disputarse su caja casi de la misma manera en la que competían por su atención cuando estaban en la escuela primaria. Había sido lindo antes, pero ciertamente ya no lo era ahora. ¿Cuándo iban a aprender que no tenía interés de establecerse?

Bueno, eso no era completamente verdad. Ella si deseaba casarse. Ese punto clave había ganado el argumento cuando su padre se había negado inicialmente a mandarla a la universidad. Su madre la había defendido sugiriendo la utilidad de una esposa educada.

"Pero, Amor." Su padre había argumentado. "Mira que bien lo has hecho tú. Tienes mucha menos educación, y eres la costurera más exitosa de todo Charlotte. Unas cuantas órdenes más como las que has recibido recientemente cubrirían los gastos para tener tu propia tienda."

"Eso es verdad." la Sra. Santé contraatacó, "Pero, ¿qué pasaría si coser fuera la única habilidad que aprendió tu hija, y luego un día nuestro negocio se derrumbara? Ella tendría que trabajar para alguien más. ¿Eso es lo que quieres, Carlos? ¿Tu hija arriesgando su vida como esas pobres chicas en la fábrica Triangle Shirtwaist?"

Aunque había ocurrido en Manhattan, la noticia viajó tan rápido como liebre por todo el país. Los patrones de la renombrada compañía habían negado a las trabajadoras unos merecidos descansos, restringiendo las salidas y encerrando a sus empleadas. No había salidas para las mujeres cuando un incendio accidental envolvió el edifico.

El último cerillo en el barril de pólvora, destruyó cualquier argumento que el Sr. Santé pudiera concebir. Finalmente cedió y dio su palabra de que ella podía ir.

La memoria de ese día triunfal empezó a desaparecer mientras Catalina se sentaba con atención y se enfocó de regreso a la subasta. Soltó un suspiro de decepción cuando escuchó a los hermanos Johnson seguir peleando por su lonchera, superando sus ofertas por simples centavos.

"Dos y cincuenta centavos," ofreció Wayne Johnson.

"Dos y cincuenta y cinco." Su hermano, Will, ofreció después.

Catalina agitó su cabeza. ¿Por qué no parecían entender que ella no tenía ningún interés en convertirse en esposa de un granjero? Cualquier mujer que se casara con alguien del clan Johnson tenía garantizada una vida consumida a limpiar un corral de cerdos.

Bueno, eso era lo último que Catalina tenía planeado hacer. Ella era una mujer diseñada para la vida de lujo de la ciudad. Si ella podía obtener algo tan difícil como un título universitario, entonces ciertamente podía administrar un hogar con un nombre prestigioso.

¡Y "Johnson" no era uno!

"Mamá," Catalina siseó entre sus dientes mientras

la subasta continuaba entre los chicos granjeros. "Ciertamente hay algo que puedas hacer. Dile a papá que hable. ¡Cualquier cosa es mejor que esto!"

Su mamá movió su cabeza con un firme no y sintió desaliento.

Catalina ocultó sus manos nerviosas entre los pliegues de su vestido. ¿Dónde estaba Ben? Él había prometido que iba a asistir al evento y a ofrecer a su almuerzo. Si él o alguien más no hablaban pronto, entonces ella iba a terminar pasando el resto de la tarde con Wayne o Will Johnson. Una horrible visión atravesó su mente y se vio a si misma parada en el altar con un hermano a cada uno de sus lados, peleando sobre quién diría "acepto."

Cat tembló ante la idea. ¡Seguramente debía haber alguien-quien fuera- deseoso de mandar a estos chicos de regreso a la granja!

Observó alrededor para ver si había alguna salvación a mano, y se encontró con la mirada severa de un peculiar comisario. Su cabello era tan obscuro que casi parecía azul, y lo mismo pasaba con sus ojos. Le recordaban al mar después de que ha pasado una tormenta en la costa de Carolina. Catalina lo vio por un momento antes de recordar que lo había visto una vez en la tienda de vestidos de su madre. Ciertamente se veía suficientemente agradable. Aun así, deseó que él no fuera la persona que estuviera ofreciendo por su caja. Probablemente vivía en una choza desalineada.

"Bueno, eso nos deja en seis dólares," declaró el Reverendo Livingston. "¿Tenemos una oferta mayor o este agradable almuerzo irá con el apuesto joven de enfrente?"

Los hermanos Johnson se miraron ferozmente uno al otro. ¿De cuál de ellos era la última oferta?

"Muy bien. Si no escucho una oferta por seis y

cincuenta por este gran almuerzo...se va a la una, se va a las dos––

"Siete dólares."

La cabeza de Catalina giró y unos cuantos rizos negros cayeron de su cabello recogido. Balanceándose en las puntas de sus zapatos de piel, escaneó a la multitud, ansiosa en agradecer al postor de salvarla de una cita con los chicos Johnson. ¿Dónde estaba él? Se limpió su palma húmeda en su vestido, preocupada de con quién terminaría almorzando. Estudiando a los posibles pretendientes, su aliento se cortó cuando volvió a espiar al comisario. Sus ojos se clavaron en los de ella, las esquinas de su boca se curvaron lentamente en una sonrisa con hoyuelos. Le dirigió un giño audaz mientras el Reverendo volvía a anunciar una última llamada.

¿Él era el postor?

Catalina pensó en la idea de pasar la tarde con un comisario guapo. Recordando a los hermanos Johnson, decidió que ciertamente había peores maneras de pasar la tarde. Sonrió de regreso mientras el Reverendo elevaba el mazo en el aire.

"Diez dólares."

Todos voltearon para observar al que había hablado. Catalina suspiro de alivio. Conocía el sonido de esa voz culta. Era la misma que murmuraba apuradas palabras de cariño detrás de los sacos de harina en la bodega de su padre. Ni siquiera tenía que ver para certificar que Benjamín Monroe había superado fácilmente las ofertas de los otros caballeros del grupo.

Quizás él hará una declaración de sus intenciones como Peter y Tiffany. Ella deseó para sus adentros que el siguiente anuncio que hiciera su padre en el periódico, *The Charlotte Observer*, fuera de su compromiso con Ben Monroe, en vez de las bolsas de azúcar que tenían en venta.

"¿Alguna oferta de diez dólares?" preguntó el Reverendo. Nadie se veía inclinado a ofertar. No importaba que tan delicioso era el pollo frito, ofertar más en ese artículo hacía ver ridículo a un hombre. Esa cantidad de dinero valía toda una semana de provisiones para la gente común como los hermanos Johnson.

Y con seguridad, ellos perdieron el interés y se retiraron de las ofertas.

El Reverendo golpeó su mazo de madera.

"¡La última lonchera se vendió al Hermano Monroe! ¿Podría la señorita que la preparó acercarse, por favor?"

Catalina inclinó graciosamente la cabeza mientras se levantaba para reclamar su lugar junto a la lonchera, la seda combinada hacía parecer como si ella simplemente estuviera cargando una gran cartera color verde. Ben caminó hacia el frente de la multitud, su confianza tranquilizando a Catalina de que todo iba a estar bien. Él le ofreció su brazo y ella enganchó el suyo, una mezcla de emoción y tranquilidad causó que su estómago palpitara.

"Estaba pensando que estaría bien cabalgar hoy. Traje el vagón en vez del coche." Ben se agachó y murmuró, el calor de su aliento rozaba su oreja. Algo de calor se expandió por su cuello y mejillas. Miró a sus padres. Ya estaban rodeados por un grupo de compañeros, sin duda felicitándolos por tan buena pareja. "¿Así que qué opinas?

"Oh bueno, no lo sé." Catalina trajo su atención de regreso a Ben. El sol brillante hacía relucir su melena rubia, causando que sus ojos color avellana parecieran más intenso que lo usual. Le imploraban, el dorado en ellos brillaba con expectativa. Vaciló un momento, sabiendo que su reputación podía ser arruinada si los dos eran descubiertos solos. Incluso si se comportaban de la mejor manera, la gente especularía algo más que un simple almuerzo. No que ella hubiera cedido a la tentación, por supuesto. No importaba que tan guapo pensara que estuviera Ben, no dejaría que nadie en el pueblo pensara que ella estaba disponible para cualquier hombre. Catalina volvió sus ojos inocentes hacia Ben y le ofreció una excusa con poco entusiasmo. "Mi madre me acaba de hacer este vestido. No me gustaría arruinarlo."

Rápido para captar, Ben se rió. "Eso no te ha detenido antes."

Catalina mordió su labio, vacilante en admitir que él estaba en lo correcto. Ella había montado varias veces su propio caballo mientras llevaba un vestido, incluso en su vestido de Domingo. Trató otra aproximación. "Supongo que eso puede ser correcto, pero no cambia el hecho de que este pesado traje me dificultará el subirme en el caballo." Se encogió de hombros y con una sonrisa pícara pensó que se habían acabado las opciones.

"No te preocupes por eso." Ben pasó una mano frustrada por su cabello. "Puedo ayudarte a subir, así como a desmontar – de la misma manera que cualquier caballero lo haría."

Catalina frunció el ceño ante el tono condescendiente. Él rápidamente suavizó cualquier duda. Luego se inclinó hacia ella, su voz suave haciendo que su aliento se detuviera mientras hablaba.

"Además, hay algo de lo que quiero hablarte, cariño."

La miró con tal intensidad que hizo que su cabeza se sintiera delirante. Una sensación de vértigo surgió de adentro, forzando a Catalina a asentir. Observó sus ojos increíbles. Estaban llenos de promesas sin fin sobre lo que el futuro les aguardaba a los dos. Pasar algunas horas solos seguramente no les causarían daño. Además, ¿no era obvio? ¡Benjamín Monroe planeaba pedir su mano en matrimonio! No importaría mucho lo que alguien pensara de ellos después de que ella pronunciara esas mágicas palabras "Acepto."

"Muy bien," aceptó y lo siguió al vagón. Ella observó mientras él desataba a los caballos, le pasaba las riendas para que él pudiera descargar un par de mantas y sillas para montar del vagón. Unos minutos después, ella estaba sentada a horcajas en una yegua castaña. Permitió que Ben la guiara hacía Sugar Creek mientras miraba detrás de ella, y notó la intensa mirada del comisario.

Ignorando la mirada de frustración del comisario, miró hacia adelante otra vez...preguntándose por qué se sentía decepcionada de no haber almorzado juntos.

Capítulo Dos

Ben amarró a su caballo a un árbol y caminó de regresó con Catalina. La observó con un aire juguetón.

"*Hmmm*. Parece que cabalgas bien en vestido. Tal vez deberías darme una demostración de cómo una dama desmonta usando uno."

Catalina jadeó. "Ben, ¡qué perverso!"

Ben rió mientras colocaba sus manos en la cintura de ella. La ayudó a bajar del caballo y sin contemplaciones la colocó en el suelo.

"Ahí está. Justo como lo prometí."

Eso no fue para nada romántico. Catalina inclinó su cabeza para ocultar su decepción.

"Gracias." Forzó con una actitud feliz y extendió su brazo hacia la caja verde. Sostuvo su almuerzo como si fuera el premio mayor. "¿Quieres saber a qué saben diez dólares?"

"Por supuesto." Dijo Ben mientras sacaba la manta, sin perder tiempo en preparar un lugar cerca de una loma. Catalina se sentó en el montículo y sacó el pollo frito frío. Comieron junto al burbujeante sonido del riachuelo cerca de ellos, con el sol reflejado sobre el agua como un gran disco dorado.

"Tengo que hacer una confesión." Catalina empezó a guardar lo que quedaba del almuerzo en su caja. "La única mano que puse en esta comida fueron para los chocolates." Arrugó su delgada nariz hacia él, preguntándose qué pensaría de su inhabilidad de cocinar.

Ben no le dio importancia a su confesión. "¿Por qué tendías que preparar el almuerzo? Para eso están los sirvientes."

Su tono frío la envolvió, erizando el pelo detrás de su cuello. Un silencio inesperado se posó sobre ellos. ¿Por qué le molestaron sus palabras?

Se distrajo otra vez, sacudiéndose migajas invisibles cuando Ben se levantó y tomó una pequeña roca del suelo. La arrojó tan lejos como pudo antes de meter sus manos en sus bolsillos. La roca creó ondas que crecieron; una ligera brisa hizo que crecieran más las pequeñas ondas.

Ben continuó mirando fijamente al agua hasta que empezó una diatriba de lo que él creía que hacía a un buen matrimonio.

"Sabes, administrar un hogar es como administrar un negocio." Su voz se tornó seria. "La señora de la casa necesita entender las finanzas del hogar y como utilizarlas de la mejor manera. Debe de darse cuenta de las tareas que necesitan ser completadas y como delegar de la mejor manera el trabajo a la servidumbre. De este modo todo se hace de una manera precisa." Ben empezó a pasearse de un lado al otro mientras enlistaba los deberes de una esposa, contándolos con cada uno de sus dedos. Se detuvo momentáneamente y Catalina pensó que finalmente podría responder. Pero él empezó de nuevo. "Y si eso no fuera suficiente, ella debe de ser capaz de detener todo en el momento para entretener a cualquier invitado que se encuentre ahí. Todo mientras se mantiene como un sereno y sofisticado ejemplo para sus iguales e hijos. ¡Y esos son sólo sus deberes en el hogar! También hay obligaciones de esposa y de madre que igual tienen que ser cubiertas. Sólo puedo imaginar que es una posición exhaustiva."

Ben finalmente se detuvo y dejó salir un sonoro suspiro.

Pobre hombre, pensó Catalina. *¿De verdad está tan preocupado de que lo rechace?*

Se mordió el labio inferior, con curiosa de observar ese lado de Ben. Él siempre parecía muy seguro de todo. Se preguntó sobre otra posibilidad— que quizás estaba cuestionando su capacidad de cubrir las demandas del matrimonio. ¡Oh, como quería tranquilizarlo! Sus profesores le habían enseñado mucho más que literatura y matemáticas. Incontables días estudió lo que conllevaría su lugar en el hogar. ¡Ella podía manejar un hogar tan bien como su padre maneja su negocio! ¿Y la idea de ser esposa y madre? Estaba más que preparada para la tarea...

Siempre que se casara con un Monroe.

Catalina se aclaró la garganta en un intento de atraer la atención de Ben.

Él volteó y le regaló una sonrisa estrecha.

"Esas son las características que espero encontrar en mi esposa," Ben giró su cabeza hacia arriba, una mirada compasiva pintó su cara mientras se aproximaba de nuevo. Se sentó enfrente de ella, con la lonchera como la única pared entre ellos. Su mano se posó en ella mientras su tono se volvió suave. "Es por eso que te pedí que vinieras aquí hoy." Su mirada se clavó en ella.

Cat podía sentir como era llevada lejos por toda una clase de emociones. El júbilo conquistó su cuerpo con la noción de finalmente había llegado el tiempo de decir "si," así que se permitió un momento coqueto.

"Vaya, Ben. Nunca me di cuenta de que pensabas muy bien de mí. Permíteme regresarte el cumplido diciendo que la manera en la que manejas el negocio de tu padre es un puro toque de genialidad. ¿Y la dedicación de viajar a tres países como tú lo has hecho por este año? Bueno, esa es la marca de la grandeza." Ella colocó su mano sobre la de él, y mostró una pequeña sonrisa tímida.

"Bueno, si...esas son sólo mis obligaciones hasta que mi hermano, Christopher, regrese a casa de la guerra," Ben inhaló desdeñoso mientras removía la mano de ella y la dejaba caer a su lado. "Pero de regreso al tema presente...Sé que hemos pasado bastante tiempo juntos en los últimos meses. De hecho, estoy seguro que la mitad de la ciudad está especulando de que estamos comprometidos uno con el otro."

¡Ay vamos, pregúntamelo ya! Voy a decir que si, tonto.

"Así que, es por eso que quería que fueras la primera en saber de qué he hecho un acuerdo con el Sr. Harrington de casarme con su hija mayor," continuó como si le avergonzara el pensamiento. "Estoy seguro de que estarás familiarizada con la chica. Su nombre es Mary. Ella participa en el círculo de costura junto contigo y con tu madre."

La pérdida de palabras produjo un sonido gutural. Catalina se quedó mirando, incrédula. Las palabras le pegaron como agua fría y una sensación enfermiza se acentuó en la boca del estómago. Se sintió como si se hubiera caído de un caballo; exhalaba sin sentir alivio mientras que una sensación de calor menguaba en su pecho. Por un momento, estaba tan paralizada por la ira que no pudo hacer más que mirar a Ben, su boca totalmente abierta, los ojos grandes por la conmoción. Cuando los pequeños puntos blancos empezaron a aparecer en su visión, y sus pulmones rogaban por aire, finalmente pudo respirar. La brisa caliente del verano hizo poco para aliviar el dolor en su pecho.

"¿Qué significa esto?" Catalina brincó de su lugar

en la manta, toda la rabia e indignación que una mujer podría poseer eran evidentes en sus manos plantadas firmemente en sus caderas. Lo miró con el ceño fruncido. "¿Por qué aceptarías un acuerdo tan ridículo? Como tú decías-- la mitad de la ciudad piensa que nos vamos a casar. ¡Incluso mi madre estaba hablando de eso justo esta mañana! ¿Y por qué debería pensar de manera diferente? ¡Te has pasado estos últimos años prácticamente persiguiéndome!" Catalina elevó sus manos al aire y empezó a caminar de un lado al otro. Luego se giró sobre sus talones, apuntándolo con un dedo acusador mientras volvía a enojarse. "Recuerdo cuando no podía entrar en la tienda de mi padre por dos minutos antes de que vinieras corriendo a susurrarme frases tiernas. Y pensarás que nadie estaba escuchando, pero estarías equivocado, señor. ¡Mi padre escuchaba cada palabra! Oh, sí, y eran muy lindas palabras. Me persuadieron en darte privilegios que eran sólo para el destinado para mí – agarrarme de la mano y acompañarme a casa." Disminuir su voz sólo sirvió para alimentar la rabia que sentía Catalina, y siseó, "¿Por qué me has hablado tan íntimamente como un amante? ¡Y ahora me estás diciendo que te casarás con una Harrington!"

Se escuchó un trueno, asustando a ambos. Una brisa fría erizó la piel de ella. Tembló, su resolución comenzó a desfallecer. Catalina dejó salir un sollozo desdichado.

"Por favor no llores, corazón." Llamándola por el apodo cariñoso que le había puesto, Ben estiró la mano hacia ella. El dorso de su mano acarició su cara, de manera tierna e interrogativa.

Ella no era nadie para aceptarlo. ¡Nunca más!

Alejándose de su roce, Catalina corrió hacia el alto roble donde estaban atados los caballos y rodeo al árbol con sus brazos. La dura corteza se hundió en su suave piel, alentándola a derramar un río de lágrimas saladas. Lloró, con una sensación pesada en su pecho como si el aire súbitamente se hubiera vuelto una preciosa comodidad.

"Claro que me preocupo por ti, Cat." Ben se acercó a su lado. "Tú eres honesta y leal...y ningún hombre en el pueblo negaría tu belleza. Si las cosas fueran diferentes, me casaría contigo aquí y ahora."

Frustrada, Catalina elevó sus manos al cielo antes de bajarlas y colocarlas firmemente en sus caderas. "¿Entonces cómo es posible que elijas casarte con alguien más?" Su voz, tosca y gutural, sonó como un gruñido leve cuando pidió una explicación.

Ben miró al cielo, viendo como el sol desaparecía detrás de las nubes grises. El drástico cambio de clima parecía apropiado para lo que iba a decir. "Supongo que puedo decirte la verdad – no es que te deba algo."

¿No que le deba algo? De todo lo – Catalina ahogó una réplica que se encontraba en la punta de su lengua.

Ben se alejó de su mirada acusadora y empezó a pasearse de un lado a otro. El tiempo pasó ante ella mientras esperaba un largo minuto a que él continuara.

"Sé que habíamos hablado un poco antes de que te fueras del pueblo, y sentí que había alguna promesa en nuestra nueva amistad." Se detuvo y volvió a mirar a Cat antes de continuar. "Pero el tiempo que estuviste lejos en la universidad probó ser difícil para mí. Después de todo, soy un hombre y los hombres tienen necesidades. Así que, mientras estaba haciendo negocios en otros pueblos, frecuenté algunos lugares donde podía tener esas necesidades...eh...*satisfechas.*"

Catalina observó a Ben, tratando de comprender lo que estaba diciendo. ¿Estaba escuchándolo de manera correcta? Él había dicho "lugares." Eso sonaba como si estuviera confesando el haberse comportado de manera indecente con-- no sólo con una-- sino con varias mujeres. Ella procesó sus palabras. El peso de las mismas hizo que se quedara boquiabierta.

"Si. Lo adivinaste," confirmó sus suposiciones. Ahí fue cuando ella reconoció algo más que la ausencia de culpa. El cómo entornaba los ojos; un aire altivo de privilegio. El comportamiento se acomodaba a la confesión. "Pude haber seguido viviendo sin decirle a nadie. Tenía toda la intención de casarme contigo-- no había pensado que hubiera algo que se interpusiera en mi camino. Incluso dejé de perder mi tiempo con esa basura en cuanto escuché que regresabas." Caminó de regreso hacia ella, deteniéndose bajo una rama baja. Irritado, arrancó algunas de las hojas y las aventó en una súbita corriente de aire. Exhaló como si algo lo hubiera ofendido. "Desafortunadamente, no fui tan cuidadoso como debí serlo. Me abordaron la semana pasada mientras estaba haciendo negocios en Gastonia. Parece que una de las pequeñas rameras se quedó embarazada, ¡y declaró que yo soy el padre! Como si no hubiera otra docena de posibilidades. Ahora ella espera que la ayude a proveerle a la pequeña criatura ilegitima una vez que nazca."

Bufando a lo que parecía una idea ridícula, Benjamín había escupido el último pedazo de información como si estuviera completamente disgustado.

Catalina no podía creer lo que estaba escuchando. Y no sabía que le enojaba más-- su horrible y oculto secreto o su actitud altanera.

¿Él pensaba que era la victima? ¿O que no tenía ninguna responsabilidad en el asunto? ¿Qué era solamente la culpa de la mujer por tener un bebé?

¡Y él planeaba ocultarlo todo!

Sintió furia hasta al punto de explotar, y sus manos cerradas se tornaron en blancos puños.

"Todo se reduce," continuó Ben, "en que Robert Harrington lo descubrió a través de sus propios negocios en el pueblo."

"¿Robert Harrington?" Catalina exclamó con exasperación. "¿Por qué en el nombre de Dios uno de los más grandes granjeros de algodón de todo Carolina del Norte estaría interesado en *tú* comportamiento indecente, como si no tuviera suficiente que gestionar? Seguimos hablando del mismo Harrington, ¿verdad? ¿Dueño de la fábrica Catawba?"

"El mismo." Ben hizo una mueca cuando la furia de ella cayó sobre él, bajando su cabeza casi como un perrito triste. "Él me abordó ayer con una propuesta que no podía rechazar. Casarme con una de sus hijas, o convertirme en el ridículo público cuando les informara a todos en el pueblo los detalles de mi ruina."

Su desamparo solía hacer temblar sus rodillas. ¡Nunca más! Catalina permaneció inamovible, la furia endurecía su decisión. Él la manipulaba con mucha facilidad. ¿A cuántas otras más? ¡Lástima para la mujer que llevaba a su hijo! Se ajustó para encararlo, los puños en sus caderas. "¿Por qué le importaría chantajearte así? Ningún padre querría casar a su hija con un hombre sin escrúpulos." Clavó su dedo en su pecho. "¡Un hombre como tú!"

Ben retrocedió, ignorando el peso de cada palabra. "Lo haría si eso significa salvar a su familia de la miseria." Su mirada se tornó intensa. "¿Recuerdas esa enorme tormenta que tuvimos hace tiempo?"

"¿Te refieres a hace dos años? ¿La tormenta de julio que inundó la tienda mercantil y al taller de costura?"

Él asintió.

Ella había sido convocada del nuevo dormitorio del campus para una llamada de emergencia a altas horas de las madrugadas. La operadora del otro lado del teléfono la comunicó con su hermano, Gabriel, quien le informó que su familia no podría realizar su visita planeada para ese fin de semana. Todo porque sesenta centímetros de lluvia que habían destruido casi todo. Tanto la tienda mercantil como la de costura se habían inundado por la lluvia. Habían tardado casi una semana en restaurar tanto la casa como los negocios. "Lo recuerdo. ¿Qué tiene que ver con Robert Harrington?"

"Bueno, Harrington invirtió mucho dinero en construir una fábrica sobre el río Catawba. Luego la llenó con su última cosecha." Ben se detuvo un momento como si el peso de lo que estaba diciendo se hundiera lentamente. "¡Perdió cincuenta y nueve pacas de algodón! Se las llevó la corriente, junto con la mitad de los cimientos y el puente principal hacia Gastonia."

"Entonces perdió todo." Catalina sacudió su cabeza, la empatía se debatía con el enojo. Una de las familias más ricas del país había sido reducida a nada por un simple y violento acto de la naturaleza.

"Así que podía casarme con una de sus hijas e incrementar las propiedades de ambos," continuó Ben, "o rechazar y arriesgarme a perderlo toda una vez que informara a mi padre-- y posiblemente a todos en el pueblo-- de todo lo que había pasado. ¿Ahora entiendes, Cat? ¿Por qué no podía dejar que se manchara el nombre de mi familia por eso? No tenía opción más que aceptar su demanda, y escoger la más tolerable de las dos chicas."

"¿Aun así, pensaste que era completamente aceptable el buscar un matrimonio conmigo mientras te metías con alguna ramera de cantina?"

Ben se acomodó el chaleco, su barbilla levantada en un ángulo arrogante. "Ya te expliqué que te fui fiel desde el momento que escuché de tu retorno."

"¡Oh, como si ese pequeño esfuerzo compensara por todas las aventuras mientras estuve lejos! ¿Y qué hay de esa mujer y su pobre bebé? ¿O de Mary Harrington? Estará completamente mortificada cuando descubra que se está casando con un completo canalla."

"Ahí es donde te equivocas, corazón." Ben se acercó y agarró a Catalina de los brazos. Su voz poseía un tono de amenaza mientras la sacudía, sus dedos se hundieron en la delicada piel de ella. "No vas a decir ni una palabra de esto a nadie, o dejaré tu nombre tan manchado que hará que ningún hombre quiera tener algo que ver contigo-- ¡ni siquiera esos patéticos chicos Johnson! Tú mantienes tu boca cerrada sobre todo lo que te he dicho. A cambio, te dejaré decirles a todos que fuiste *tú* quién me rechazó. Puedes decir la mentira que quieras. Di que no quisiste vivir en la alta sociedad, que te enamoraste de algún patán de campo o cualquier cosa que pueda inventarse tu pequeña mente."

"Pero, pero..."

Sus manos apretaron más, cortando el flujo de sangre de sus brazos, que comenzaron a doler bajo el agarre firme de Ben.

Absolutamente solos en el bosque, comenzó a caer la noche. El brillo en el agua desaparecía de manera rápida. Estaban aislados. Nadie escucharía sus llamados de auxilio. Cualquier grito sería tragado como una roca en un lago.

"¿Qué hay de la mujer?" Catalina trató de razonar con él. "Seguramente vendrá a buscarte para que repares lo que has hecho. Entonces todos sabrán la verdad aun así."

Un brillo de malvad destelló en los ojos de Ben,

algo duro y perverso endureciendo sus rasgos delicados. ¿Cómo pudo ella haberlo considerado atractivo?

"Nadie sabrá nada." Él habló, lenta y cuidadosamente. "Robert Harrington nunca dejaría que una pequeña ramera lastimara a una de sus hijas. Ya me dijo que después de la boda, hará que algunos de sus hombres se encarguen de los problemas que falten. Lo último que sobra es asegurarme de que no hablarás. Mantén algo de sentido común en esa pequeña cabecita tuya, y tal vez podamos llegar a algún...*acuerdo*...después de que diga mis votos matrimoniales."

Soltó uno de sus brazos para pasar un dedo por la cara de ella. Catalina se agitó, el disgustó amenazó con salir de su garganta. ¿Cómo era posible que pensara que ella era una de ese tipo de chicas?

"¡Nunca lo haría! Soy una mujer recta con valores, Benjamín Monroe." Le golpeó en el pecho con su brazo libre, relajando un poco su agarre en el otro. "¡Pensé que tú también tenías algunos!"

"Oh, por favor. No empieces con esas bobadas." Ignoró su exclamación de indignación. "¿Qué? ¿Piensas que eres una buena cristiana sólo porque vas a misa los domingos? ¿Por eso lo dices?"

"No," declaró Catalina. Ella casi siempre iba a la iglesia porque eso era lo que sus padres esperaban de ella. Aún así, el hecho de que no fuera regularmente mientras estaba lejos en la universidad no significaba que había perdido completamente la fe. Ella seguía creyendo que Dios era real.

Benjamín interrumpió sus pensamientos.

"Yo no pienso eso. La iglesia es para hacer los contactos sociales adecuados y para conocer socios comerciales. Mira a cualquier consorcio en este pueblo- -negocio o matrimonio—y lo notarás. Así que, no trates de jugar la carta de más-santa-que-tú. Tú no eres diferente a cualquier otro avaro."

"¡Bueno, lo declaro!" El corazón de Catalina se aceleró. Su respiración estaba entrecortada. "¿Quién hubiera imaginado que algún día iba a mirar a la ignorancia a la cara? ¡Oh, pero usted a probando sin un rastro de duda de que existe, Sr. Monroe! Si siente amor no es más que otra transacción comercial, tú eres más superficial que una mujer buscando un buen marido."

Con un forcejeo, liberó su brazo que él seguía sosteniendo. Con una última mirada arrogante, arrugó su delgada nariz y giró sobre sus talones. Sólo había dado un paso cuando volvió a sentir su poderoso agarre. ¿Alguna vez terminaría esta pesadilla?

"Ah, ahora me darás una probada de ese temperamento peleador italiano del que tanto he oído hablar." Ben se inclinó hacia Catalina, un gruñido de superioridad salió de sus labios. Su aliento caliente tocaba la cara de ella. "Aunque, creo que sería lo mejor para mi si involucramos a Harrington en nuestra pequeña penosa experiencia. No puedo dejar que escapes y andes contando historias a tu familia, ¿verdad?"

Catalina intentó poner algo de espacio entre ellos y retrocedió, sintiendo al caballo que se encontraba atrás de ella.

La adrenalina fluyó por sus venas. Miedo. Enojo. Humillación. Las emociones danzaron en su cerebro en un violento torbellino. ¿Qué podía hacer? Ben se presionó contra ella, y ella apartó su cara, el olor a caballo era fuerte. Las manos de Ben empezaron a acercarse a lugares prohibidos, y ella soltó un grito agudo.

El súbito sonido causó que el caballo se moviera, y algo se clavó en Catalina.

¡El látigo!

Lo sacó de la alforja del caballo, lo elevó, y lo dejó caer con toda su fuerza.

Ben chilló de dolor, sus manos sobre su rostro mientras caía sobre sus rodillas.

Ignorando todos los aspectos de un comportamiento educado, Catalina elevó su vestido lejos de las rodillas. ¡No se iba a quedar en este lugar! Libre para montar a la bestia asustada, su aprensión imitó a la del caballo mientras se acomodaba en la silla.

"¡Yah, arre!" ordenó al animal a huir. El ritmo de la carrera parecía igualar al ritmo de su corazón mientras se alejaba del río. El fuerte viento golpeaba el peinado de Catalina, y su cabello cayó sobre su cara. Trató de apartarlo y escuchó el sonido de un fuerte galope detrás de ella.

Lanzó una mirada sobre su hombro. Incluso con largos mechones bloqueando una buena parte de su vista, podía ver que Ben había montado al segundo caballo y estaba cerca de ella. El terror le recorrió su espalda.

"Bruja insoportable" le gritó. "¡Te enseñaré cuál es el lugar de una mujer una vez que te atrape!"

Su agresor se colocó al lado de ella, una cicatriz se formaba desde la frente hasta la barbilla. Estiró su mano y agarró las riendas del caballo de ella, tirándolas y provocando que se detuvieran.

Catalina elevó de nuevo su látigo, determinada en defenderse, pero Ben estaba preparado esta vez. Protegió su cara del golpe.

En vez de golpearlo en la cara, Catalina dejó caer el látigo en la espinilla del caballo. El animal sorprendido se elevó, levantando las patas delanteras enojado por el golpe inesperado.

Habiendo aflojado su agarre de las riendas para

protegerse, Ben perdió el control del caballo. Arrojado hacia el aire, dio una vuelta hacia atrás-- sólo hubo un grito agudo antes de que cayera boca abajo, en una pila desecha detrás de su caballo.

"Te queda bien," Catalina no pudo evitar gritarle a Ben como victoria. "La próxima vez lo pensarás dos veces antes de atacar a una dama-¡especialmente a esta! Así que no vuelvas a pensar en amenazarme de nuevo. ¡No soy alguien con quien jugar, Sr. Monroe!"

Catalina aguardó que su atacante respondiera-- con alguna ingeniosa respuesta a su regodeo.

Nada.

Moviendo su caballo cerca del cuerpo inerte, Catalina hizo una mueca por la visión de las extremidades tendidas en una posición anormal. El ver un hueso asomándose por una pierna provocó un jadeo.

Se sentó un momento, mordiendo su labio inferior mientras pensaba en lo que debía hacer. Ben la acababa de amenazar, ¿así que por qué debía ayudarlo? Dividido ente la decisión de quedarse o irse, finalmente decidió que el buen samaritano no abandonaría a su enemigo. ¿Cómo podría ella hacerlo?

Desmontando cuidadosamente del caballo, procedió en pequeños pasos antes de cerrar el espacio entre ella y el cuerpo estropeado. No lo dejaría ahí tirado si sus heridas eran serias.

"¿Ben, estás bien?" Catalina esperó un breve momento por una respuesta.

Aún nada.

Agarró uno de los brazos de Ben. "Vamos," dijo ella y lo jaló para quedar acostado en su espalda. Él rodó, su cabeza girando de una manera perezosa, sus dos ojos apagados vacíos de toda vida.

Catalina sintió que la sangre se le iba de la cara mientras observaba el de él, sin vida.

Así, su mundo se desvaneció.

Capítulo Tres

Matthew Martín no podía creer que esta triste sombra era la misma chica que había visto en el picnic hace unas horas. Estaba sentada en una silla, su barbilla recargada en una delgada mano; lo que alguna vez fue una espalda orgullosa ahora se veía decaída como si cargara el peso del mundo sobre sus hombros.

¿Qué había pasado exactamente en ese bosque? ¿Él la hubiera podido salvar de la penosa experiencia si hubiera ofertado un poco más por su almuerzo? ¿Y por qué no había continuado ofertando, aun así? Ciertamente podía pagarlo.

Sin embargo, él ya sabía la respuesta.

Su herencia.

Mientras que mucha gente aceptaba el hecho de que era mitad mexicano, otros en el pueblo lo seguían viendo como si fuera a robar un banco en cualquier momento. Como si su participación en la captura de algunos hombres de Pancho Villa no valiera algo. La placa de comisario que portaba no hacía mucha diferencia a la cara del prejuicio.

Dejó escapar un bufido irritado, llamando la atención de Catalina. Lo estudió, sus miradas se conectaron por varios latidos. Luego los ojos de ella se cerraron parcialmente con desafío, luego arrugó su pequeña nariz y miró a otro lado.

¡Genial! Debe pensar que la estoy juzgando.

Matthew deseó ir con ella y explicarse. Él sabía lo que era ser juzgado sin todos los hechos. Además, el dudaba que Catalina era la culpable en todo este lío. La familia Monroe le recordaban a Matthew a su padre. Ricos y siempre en lo correcto-- la gente con poder generalmente no llegaban a la cima sin haber pisado a varios antes. Él lo había aprendido la primera vez que su padre le dio la espalda.

¿Cuál era la historia de ella? Su familia no era la más rica, pero les iba bien. La apariencia de Catalina lo demostraba. Al menos, durante el picnic. El colorido número de satín que había lucido estaba sucio; su satín verde manchado y los listones color crema rotos. Las botas de cuero estilizadas, ahora cubiertas de lodo, se asomaban por debajo de un dobladillo desgastado.

Lucía indefensa.

Las apariencias pueden engañar. Después de todo, ¿Los Santés no habían enviado a su única hija a una progresiva universidad para mujeres?

Aun así, toda esa educación y liberación y- *¿quién sabe que más enseñen en una escuela como esa?* - y Catalina portaba una mirada de miseria. Matthew hizo una mueca por la tristeza que envolvía a la chica. Tal vez debería ofrecer algún tipo de alivio.

¡Ja!

Una mirada a las caras de desaprobación de los padres, y supo que no apreciarían eso. Además, él sólo estaba aquí de manera oficial, un testigo mientras el alguacil McBride interrogaba a la señorita.

¿Pero tal vez una palabra de consuelo?

Matthew casi se acercó para decir algo cuando la Sra. Santé habló abruptamente.

"Alguien podría traerle una taza de té a esta chica," ordenó. Tanto el cocinero como la sirvienta se habían entretenido observando a su señora crear un hoyo en el suelo. Sin embargo, ahora los habían mandado corriendo hacia la cocina. "Traigan uno para mí también. Necesito algo para calmar mis nervios."

"Si. Té para todos sería una buena idea," concordó el Sr. Santé. "Tal vez así Catalina sería un poco más coherente y entenderíamos qué está pasando."

"Te lo he dicho una docena de veces." La voz cansada de Catalina se había vuelto ronca. Se acomodó en su asiento, frotándose donde unos moretones se estaban empezando a formar.

¿Por qué sus padres no escuchaban?

Para empeorar las cosas, el alguacil había insistido a que ella recapitulara el como una mujer con poco más de fuerza y virilidad que una pequeña niña pudo haber tirado de su caballo a un hombre adulto.

"Si, todos te escuchamos," contestó el alguacil McBride con un fuerte acento sureño. "Es por eso que mandé a un par de comisarios con el Doctor Meade. Tal vez encuentre a un joven Monroe mal herido en vez de uno..."

Muerto.

La palabra sin pronunciar se sintió en el aire denso, flotando como un racimo de malos presagios.

"Bueno, lo que no entiendo es cómo fue posible que te metieras en esta situación, Catalina." la Sra. Santé había cambiado de pasearse por la habitación a sentarse al lado de su hija, retorciendo sus manos nerviosas mientras se enojaba. "Sabes muy bien que nunca debiste haber estado con ese hombre-- y con *ninguno*- sin un chaperón. ¡Y en un lugar tan aislado! ¿No pensaste ni tantito en tu reputación?"

"Pensé que se me iba a proponer." Su explicación sonó débil. ¿Ella le había preguntado al hombre, o el canalla no le había dado a elegir?"

"Si su intención era pedirte en matrimonio,

entonces él hubiera venido primero conmigo y hubiera pedido tu mano." El acento de Gian Carlos se volvió cargado de enojo.

"Lo siento." La débil disculpa es todo lo que Catalina pudo decir antes de que Rosita entrara de nuevo a la habitación, y colocara el té enfrente de su joven señora. Le sonrió, pero Catalina sólo bajó la cabeza.

Gian Carlos despidió a la criada con un simple movimiento de cabeza. Mientras abría la puerta para salir, el Doctor Meade se adentró con prisa. Detrás de él había una gran conmoción.

"Pensé que era justo el informarle al Sr. Monroe de la mala fortuna de su hijo. Nunca pensé que él—"

"Exijo justicia," Douglas Monroe rebasó al doctor, casi haciéndolo caer en el proceso. "¡Ahí está! Arresten a esa asesina de inmediato," ordenó a los comisarios que venían detrás de él.

"Esperen un minuto," Gian Carlos atravesó el cuarto en cuestión de segundo para pararse enfrente de su hija.

"Cómo te atreves, tú—" El viejo Monroe agarró la corbata de Gian Carlos, con un puño listo para descargarse sobre el hombre.

La pistola de Matthew apareció enfrente de los dos padres enojados, y el alguacil intervino. Le indicó a Matthew que bajara su arma.

"Nadie irá a la cárcel. Por lo que he investigado, la Srta. Santé sólo se estaba defendiendo."

El Sr. Monroe trató de interrumpir, pero el alguacil levantó su mano para silenciarlo. "Eso no significa que no será llevada a juicio. La corte se abrirá mañana. Hasta entonces ella podrá ir a encarar al juez. Pienso que estará bien que la Srta. Santé pase la noche en los confines de su propio hogar, viendo que no tiene otro lugar a donde ir."

"Pero ella podría escapar," contraatacó Douglas.

"¿A dónde?" se mofó el alguacil.

El Sr. Monroe resopló, el silencio cayó sobre la sala.

"Exactamente. Su familia, amigos y comunidad están todos aquí. Estoy seguro que una fría e incómoda celda es innecesaria para esta jovencita. Además, Douglas, deberías estar más preocupado por si las acusaciones sobre tu hijo son verdad o no. Si ese es el caso, tu familia tendrá que preocuparse más de lo que te gustaría."

Douglas Monroe se tornó rojo mientras el alguacil le ordenaba salir de la casa Santé. El doctor le siguió, con los comisarios que lo habían acompañado detrás de él.

Matthew sonrió, la satisfacción de que el honor pesaba más que el dinero lo alegró. Se tranquilizó cuando el alguacil McBride se dirigió al padre de Catalina.

"Ahora que dije que estaba bien que su hija permaneciera en su cuidado, quiero un voto solemne de que puedo confiar de que lo harán. No me agrada la idea de tener que arrojar a una mujer—especialmente a una tan joven como su hija—a la cárcel. Aun así, eso no significa que no lo haría."

"Claro." Gian Carlos afirmó rápidamente. "Incluso puedes dejar a unos de tus hombres vigilando afuera. De hecho, creo que preferiría eso después de la pequeña escena que acabamos de tener."

"En realidad, esa es una buena idea." el alguacil McBride asintió en acuerdo. Volteó hacia Matthew. "¿Piensas que puedes encargarte de eso, comisario?"

Matthew elevó sus hombros y enderezó su espalda. ¡Finalmente! Después de dos años, ahora era su oportunidad de probar lo que valía la palabra de un Tex-Mex. ¡Eso detendría todas las dudas sobre tener a alguien como él trabajando para la ley!

"Sí, señor." Matthew se aproximó al hombre y le tendió una mano a Gian Carlos. "Le prometo que haré un buen trabajo protegiendo a su hija, Sr. Santé."

Gian Carlos observó al comisario de arriba a abajo, esa manera de "evaluar" que casi siempre traía problemas.

Para él.

¿Pero cómo podía culpar al caballero? Él hubiera actuado casi de la misma manera si tuviera una hija. Así que endureció su mandíbula y permaneció en silencio, su cara como una máscara sin expresión hasta que el hombre terminó su inspección.

"Creo que lo hará, comisario."

Catalina giró por lo que sería la enésima vez y acomodó un brazo lastimado, su mano tocó algo suave. Algo que no era el colchón.

Abrió sus pesados parpados, parpadeando y finalmente se enfocó en el objeto debajo de su mano. Oh, cierto. Su biblia. Se había quedado dormida, leyendo. Pasando sus dedos por la negra cubierta, sintió una leve punzada de culpa. ¿Cuándo fue la última vez que la abrió por su propia voluntad? Esperando encontrar algo de consuelo, había escudriñado las páginas hasta que su mirada cayó en un pasaje eterno en uno de los evangelios. Repitiendo las palabras de Juan 8:32 en su mente, había finalmente caído en un sueño inquieto.

¿En serio la verdad la hará libre? Una de las

acusaciones de Ben sobresalía más que nada, clavándose en su conciencia.

¿Piensas que eres una buena cristiana...?

Pasó sus dedos por las letras doradas de la portada, tristes memorias pintaban una triste imagen. Ben tenía razón.

Ella había asistido más que nada para conseguir un buen partido y casarse con alguien de la familia Monroe. Casi no podía recordar alguno de los sermones—la mayoría de las palabras del reverendo se habían opacado por sus ensueños de cómo sería su boda. Luego estaban sus ideas de que le esperaba en su vida de casada. Cuando cantaba los himnos, no los sentía. Si era por algo, había cantado sólo por el hecho de mostrar su voz. ¿Y en la universidad? Ni siquiera había intentado encontrar una iglesia. Algunas chicas la habían invitado a ir a misa, pero Cat siempre había dado una excusa sobre un mandado que tenía que hacer. Después de un tiempo, las chicas dejaron de preguntarle a Catalina que hiciera algo con ellas. Por supuesto, no le había importado debido a que estaba más interesada en lo que el Capitolio del estado tenía que ofrecer. Sentarse en aburridas misas con viejos amargados que hablaban monótonamente sobre el eterno sufrimiento de los condenados empalidecía en comparación de las protestas en contra de las injusticias.

Catalina dejó escapar un doloroso sollozo y ocultó su cabeza en su almohada pensando que podía ocultarse de la vergüenza. No era sorpresa por qué Ben había pensado que era tan mundana como él. Se había engañado en pensar que era una cristiana ejemplar porque trató de ser una buena persona, ofreciéndose como voluntaria en el comedor de beneficencia o en ayudar a su madre con cualquier evento de caridad que hiciera el círculo de costura. Su madre le enseñó tanto que "la fe sin acciones está muerta" que había creado una rutina para ser una "buena cristiana" --¡sin de verdad haber conocido a Dios! Él había sido nada más que una plegaria a la hora de la comida o el tema de los sermones del domingo.

Un intenso deseo de saber que tiene que hacer una persona para convertirse en un verdadero cristiano se arraigó en su estómago. ¿Pero a quién le podía preguntar? Ciertamente no a sus padres. Estarían impactados al pensar que su hija nunca había conocido al Señor, no como cualquiera en su círculo de amigos. En la única persona en la que podía pensar era el Reverendo Livingstone. Seguramente no la juzgaría.

Es su trabajo el guiar a la gente hacia la salvación, razonó con ella misma mientras se arrastraba fuera de la cama y se acercaba descalza hacia la ventana. Retiró las pesadas cortinas y se asomó hacia la profunda obscuridad. Sintió como la carcomía la frustración.

Ni siquiera un rastro luz en el horizonte, pero ¿qué esperaba? Las últimas campanadas que recordó haber escuchado del viejo reloj de su abuelo en el vestíbulo marcaban las dos de la mañana. Las horas se iban lentamente como una cuenta regresiva de lo que sucedería en la mañana. ¿Se iría a la cárcel para siempre? ¿Quién cerraría la puerta de su celda? ¿El comisario que hacía guardia abajo? ¿De verdad la estaba protegiendo...o la estaba juzgando como todos los demás?

La puerta del cuarto se abrió súbitamente, asustando a Catalina. Las cortinas cayeron de nuevo a su lugar.

"Bien. Estás despierta." Teresa Santé marchó hacia adentro de su habitación y la criada la seguía detrás con la actitud de entender que su típica manera traviesa de hacer las cosas no sería tolerada en lo más mínimo.

"¡Mamá! ¿Qué—"

"Ahora, recuerda de lo que hablamos, Rosita." la Sra. Santé miró fijamente a la criada. "Empaca los objetos mencionados hace rato y notifícame el momento en que las maletas estén en el carro."

¿Empacar? ¿Maletas? Catalina al fin pudo hablar cuando vio a la criada colocar su peine de plata y espejo en una valija. "¿Por qué Rosita está empacando mis cosas?"

"No te preocupes. Ponte esto y baja al estudio." Su madre le aventó un vestido contra su pecho, casi sin esperar a que agarrara el material antes de salir por la puerta.

¿Su vestido de viaje? Catalina lo sostuvo delante de ella, observando la horrible tela obscura. Sólo lo había usado dos veces, para viajar hacia y del campus de la universidad. Resistente y hecho de manera para mantener al cuerpo caliente; diseñado para alejar la atención indeseada.

Catalina tembló, pero no perdió tiempo poniéndose el vestido. ¿Por qué mamá estaba levantada tan temprano, y a dónde iban a ir?

En el marco de la puerta, escaneó su habitación, un sentimiento de ansiedad e intranquilidad cubrió su estómago. ¿Qué estaba dejando atrás? ¿Y cuándo regresaría? Algo no se sentía bien.

Rosita la rebasó sin más que un murmullo de disculpas y Catalina se giró para seguirla, pero el suave cuero de la biblia atrajo su atención. La agarró y trató de forzarla dentro de la bolsa de su vestido de viaje, pero quedaba la mitad afuera. Así que, lo atrajo hacia su pecho y corrió escaleras abajo, el pavor se desbordaba como un río inundado.

Se detuvo afuera del estudio. ¿Quién-o qué- la estaba esperando detrás de las puertas cerradas? Alzando una plegaria silenciosa para pedir coraje, se forzó a girar la perilla, las viejas bisagras se quejaron con un suave y oxidado chillido. Catalina se encogió mientras entraba en la habitación. Un gran escritorio de roble flanqueaba una esquina, con dos sillones de piel enfrente del mismo. Una mesa de centro se encontraba al otro lado con un tablero ovalado de cristal para acomodar bocadillos, un fuego acogedor brillaba desde la chimenea. Aun así, no cumplió su trabajo. ¿Era el frío del comportamiento extraño de sus padres? Ellos estaban parados enfrente de la chimenea, sus voces eran murmullos suaves que se combinaban con el crujir de las llamas.

¿De qué, o quién, estaban discutiendo? Catalina tragó el bulto de miedo que fue creciendo en su garganta y se acercó, los tacones de sus zapatos apenas producían sonido. Rodeó unos brazos inseguros alrededor de su estómago. ¿El juez la había mandado a llamar tan temprano? Un gemido escapó de su boca antes de que pudiera detenerlo.

No sabía que estaba aguardando para ella, pero estaba segura que la vida que conocía estaba a punto de cambiar para siempre.

Capítulo Cuatro

"Catalina, cariño." Su madre se apresuró a su lado y la envolvió en sus brazos dirigiéndola hacía el sofá. "¿Por qué no te sientas conmigo?"

Mientras se sentaban las dos damas en el sofá, Gian Carlos acomodó una de las sillas cerca del sofá. Se frotó la cara con sus manos como si pudiera despertarse de una pesadilla. Finalmente, suspiró, le dirigió una mirada embrujada, y habló. "Una vez conocí a un joven mexicano que soñó con vivir en América y en convertirse en el dueño de un negocio. Sin embargo, su padre tenía diferentes planes para él. El padre quería que él sentara cabeza y se encargara del rancho. Bien, al hijo no le importaba para nada la parte de sentar cabeza. Él ya tenía a una señorita especial con la que planeaba casarse. Pero la idea de ser un granjero por toda su vida iba en contra de todo lo que el hijo quería. Le dijo a su padre sobre eso. El señor estaba furioso. Gritó que si la tierra que pretendía dejar su hijo no era suficientemente buena para él, entonces el hijo no era lo suficientemente bueno para heredarla. Le dijo a su hijo que si se iba para América, entonces podía considerarse desheredado. El hijo supo que eso era verdad cuando el día de su boda, todos los habitantes del pueblo fueron a presenciar el intercambio de votos—excepto su padre. El hijo buscó en la multitud, pero el señor no estaba. Furioso de que su padre lo humillara y que le faltara al respeto a su joven esposa, empacó su caballo y vagón con su ropa y algunas pocas provisiones. Juntos, él y su nueva esposa empezaron su camino hacia América."

Gian Carlos se detuvo y la observó, su mirada era intensa. "¿Entiendes lo que te estoy diciendo?"

"Eso creo. Digo, entiendo la historia aunque no entiendo *por qué* me la estás diciendo." Respirando profundamente, Gian Carlos finalmente le dijo a su hija la verdad. "Catalina, yo era ese joven."

Observó a su padre por un largo tiempo. ¿Quién era este desconocido? Su cabeza giró hacia su madre, buscando que lo confirmara.

"¡No! Eso no es verdad." Numerosas razones cruzaron por su mente. "¡No puede ser! Somos italianos. Digo...Todos esos dichos, y la manera en que vivimos. Yo sé todas las historias de tu villa y de mi loco tío Adamo."

"No, mi niña. Esas son las verdaderas mentiras." Teresa bajó su cabeza. "Aunque si tenemos ancestros españoles, inventamos toda una historia sobre ser europeos de Italia. No teníamos otra opción cuando vimos que tan mal eran tratados los mexicanos mientras cruzábamos la Avenida Internacional. De hecho, estábamos justo fuera de Sonora cuando fuimos testigos de cómo atacaban a una familia entera. ¡Fue terrible! No hay ninguna diferencia con los problemas de hoy en la *frontera*." Su madre miró a su esposo y le tendió la mano.

Catalina observó un tierno intercambio, pero sólo se pudo maravillar por el sonido del español que su madre había hablado. Era tan similar a la palabra italiana para frontera- *frontiera*. Una rima en su inglés con acento, un pellizco de costumbres. ¿Qué les había dado a sus padres por reclamar otra cultura? Dos, en realidad.

Catalina frunció el ceño.

¿Toda su vida...era una mentira?

Su padre tomó la mano de su esposa y asintió, animándola a que continuara.

"Después de unos malos negocios, supimos que nunca nos tratarían de manera justa. Así que tomamos el poco dinero que habíamos hecho y decidimos alejarnos lo más que pudiéramos de Texas."

"Tomamos un carruaje que viajaba hacia el este," interrumpió el padre de Catalina. "Ahí había un viejo italiano- un comerciante. Tenía una personalidad emocionante y amaba hablar—casi siempre sobre él. Nos contó todo sobre su vida, su país—incluso nos enseñó algunas frases en italiano. ¡Oh, estaba tan orgulloso de su linaje! Aunque, estaba más orgulloso de sus éxitos. Dijo que estaba de camino a Charlotte, Carolina del Norte a manejar una tienda mercantil que había ganado en un juego de cartas. ¡Luego me invitó a trabajar para él! No le importaba de donde veníamos--- sólo quería "gente buena" trabajando para él." Al sonido de un suave golpe en la puerta, Gian Carlos se detuvo. "¿Si?"

La puerta se abrió.

"Las maletas están en el carruaje, señor."

"Gracias, Rosita. Trae té por favor."

La joven sirvienta dudó, la incertidumbre se pintó en su cara antes de que hiciera una reverencia y se marchara.

O Gian Carlos no estaba consciente de la aprensión de la criada o simplemente no le importaba. De una u otra manera, continúo su historia.

"Viajamos por casi dos meses, realizando varias paradas durante el camino. Accedimos a trabajar para él, y el hombre se convirtió en nuestro jefe, un *patrón*. Lo acompañamos a donde quiera que iba. Y yo aprendí casi todo sobre nuestro compañero italiano.

Bromeábamos y nos llevamos bien, disfrutamos muchas risas por mis tristes intentos de hablar italiano y sus igualmente tristes esfuerzos de hablar español. Nos estábamos convirtiendo en muy buenos amigos, y parecía que tendríamos una muy buena vida aquí en Charlotte." Gian Carlo dejó escapar un suspiro y continúo. "Pero parecía que no iba a ser así."

La respiración de Teresa se cortó y una mano se posó en su pecho. Sus ojos se cerraron y murmuró una suave plegaria. Las palabras solemnes forzaron a Catalina a continuar, su interés estaba en qué había pasado con el señor.

"Estábamos cruzando hacia territorio de Carolina cuando escuchamos detonaciones de armas. Le debieron haber disparado primero al jinete, porque el carruaje se descarriló y cayó al lado del camino. Tu madre quedó inconsciente cuando caí arriba de ella. Estaba muy ocupado tratando de despertarla que no me di cuenta que Adamo había empezado a escalar fuera del carruaje. Creí que estaba intentando investigar o tal vez escapar. No sé qué estaba pasando por su cabeza. Lo único que sé es que un segundo disparo sonó y al lado de mi cayó mi nuevo amigo---con una bala en la cabeza. Escuché pasos afuera del carruaje justo cuando tu madre estaba despertando. Me lancé de vuelta encima de ella y le cubrí la boca cuando gimió. Le dije que fingiera estar muerta y los dos nos quedamos tirados ahí durante mucho tiempo. Finalmente escuché las pisadas alejándose mientras un hombre decía que el choque debió haber matado a los otros en el carruaje— nosotros. Eso era."

"Creo que puedo adivinar el resto," interrumpió Catalina a su padre mientras la sirvienta entraba otra vez. Como si eso pudiera descarrilar la confesión de su padre, o cambiar el reloj a un tiempo cuando lo más importante del día giraba alrededor de quién iba ganando la guerra.

Rosita colocó el té en la mesa y abandonó la habitación, sus ojos evitando mirar.

Catalina estudió la puerta mientras se cerraba, la ausencia de un clic fue casi imperceptible. "Como tú sabías donde estaba la tienda, decidiste quedártela."

Había intentado esconder la decepción, pero su voz estaba llena de la misma.

"Por decirlo de una manera, si," Gian Carlos dejó de mirarla. "Aun así, no esculqué las pertenencias de un hombre muerto y me apoderé de las escrituras de su tienda. Seguramente Dios tenía un plan, dejándonos que nos conociéramos y que las cosas se fueran desenvolviendo de la manera en que pasaron. El nombre del señor era Adamo Santé—una bizarra coincidencia de la que bromeamos cuando me presenté como Santiago. Así que cuando falleció, elegí rendir honor al viejo italiano---un hombre que nos había dado una oportunidad que muy pocos nos habían ofrecido. Adopté su nombre. Ya no era Carlos Santiago, me convertí en Gian Carlos Santé, hermano de Adamo. Tu madre también adoptó el apellido y hemos sido la familia Santé desde entonces."

Así que hasta su apellido era una mentira. ¿Alguna vez reconocería de nuevo la verdad? Un sabor amargo llenó su boca. ¿Por qué le estaban diciendo esto, por qué ahora? "¿Alguien no notó alguna vez que no eran exactamente italianos?"

"Era verdad en algunos aspectos." Su padre defendía la elección que tuvieron que hacer hace décadas. "Venimos de una región de México donde la gente se parece un poco más a los europeos que a los indígenas nativos que se encuentran ahí. Supongo que eso se le puede acreditar a los conquistadores españoles que gobernaron el país durante el siglo dieciséis --- algunos de ellos de la familia de tu madre. Así que nunca fue mentira cuando dijimos que éramos de sangre europea. Aparte de eso, hablábamos inglés bastante bien. Combinado con algunas frases italianas que habíamos aprendido de Adamo, todos aceptaron que era Gian Carlos Santé, nacido en Milán---quién estaría a cargo de la tienda en lugar de su hermano. Tu madre tuvo un poco más de problemas con el lenguaje. Así que ella dijo ser española debido a su linaje." Gian Carlos defendió su caso. "¡No era mentira! Su bisabuelo había sido un general en el ejército español. Así que no dio una oportunidad de seguir abrazando alguna de las costumbres y enseñarle español a nuestros hijos."

"No es como si hubiera servido mucho." Catalina pensó sobre los idiomas que hablaba a medias. Unos fragmentos de italiano, un poquito de español. No lo suficiente de ninguno de los idiomas para tener una conversación útil. Agitó su cabeza con incredulidad. No que importara aun así. Todas las mentiras que se habían dicho resultaban en algo peor. Ellos eran mexicanos. No italianos. Ni siquiera españoles.

¡Mexicanos!

Eso significaba que ella también lo era.

Dejó que la idea vagara por su mente y se paralizó. En más de una ocasión había pensado mal sobre el país y de toda su gente—principalmente después del ataque de Pancho Villa a Columbus. ¿Ahora a que país se suponía que tenía que jurarle lealtad?

Alejó la idea de su mente y consideró la historia de su padre. Todavía tenía cabos sueltos.

"¿Y cómo explicaste la supuesta larga ausencia de tu hermano en la tienda que nunca reclamó?" Catalina le preguntó a su padre. "¿Nadie pensó que era extraño que nunca hubiera aparecido para asumir su puesto?"

"Algunos de los chismes locales empezaron a cuestionarlo después de un tiempo. Al principio, les decía que no sabía qué lo estaba retrasando y que estaba esperando correspondencia. Me empecé a preocupar porque sentí que habíamos construido una mentira sobre otra. Pensaba que se nos iba derrumbar." Gian Carlos se veía lleno de culpa. "Al mismo tiempo, no podía arriesgarme a perder la tienda y todo en lo que había trabajado mucho. Verás, por esa época descubrimos que tu madre estaba embarazada de tu hermano, Gabriel. Así que, estaba en un verdadero dilema. Ya no quería mentir, pero no quería decirles a todos que los había engañado."

"Estábamos empezando a encajar en la sociedad." Replicó su madre. "Nuestras vidas se habían vuelto agradables. Luego pensamos en el bebé—en realidad, en cualquier hijo con el que Dios nos bendijera. Así que hicimos lo que pensamos que era lo correcto."

Gian Carlos se había levantado y se había estado paseando por el cuarto. El aire pesaba con anticipación mientras aguardaban a que continuara. "Y fue ahí donde conocí a Dios."

Catalina se interesó.

"¿Cómo es que lo conociste a Él?" No quería admitirlo, pero la verdad es que estaba interesada en aprender cómo podía hacer ella lo mismo. No sólo por hacerlo, sino *en verdad* conocerlo. Sin embargo, decirles a sus padres que ella nunca había sido salvada le produjo vergüenza. Le puso más atención a su padre.

"Habíamos estado asistiendo a misa por un par de meses—a la misma a la que vamos ahora. En ese tiempo, sólo teníamos predicadores temporales que viajaban y se detenían algunos domingos. Uno de ellos atendió a la congregación con mucha ternura. Él habló de cómo cada uno de nosotros podíamos encontrar la salvación sólo rezándole a Dios de que habíamos aceptado a Jesucristo como nuestro salvador y pidiéndole a Él que nos perdonara de nuestros pecados. Luego invitó a quien estuviera dispuesto a aproximarse al altar y a recibir a Jesús como su salvador. Estaba tan conmovido y quería aproximarme, pero no pude. Estaba tan apenado al pensar que tu madre pensaría mal de mi. Estaba avergonzado de lo que ella creería si se enterara de que nunca antes había aceptado a Dios."

Una sonrisa dulce apareció en el rostro de su madre. "A pesar de todo, yo pensaba lo mismo que tu padre. No fue sino hasta que fui a mi caminata nocturna que llegué a conocer a Jesús."

"Para mí, fue hasta la mañana siguiente justa antes de abrir la tienda," confesó Gian Carlos. "Seguía pensando en cómo no podía soportar el decir otra mentira si alguien me preguntaba sobre nuestra situación. Ahí fue donde me acerqué a Dios. Admití ante Él que me sentía como un horrible pecador por tomar ventaja de una oportunidad cuando la vi. Entonces le pedí a Dios que me diera las palabras correctas si alguien me preguntaba sobre Adamo."

"¿Funcionó?" Las historias de salvación de sus padres resonaban con los propios sentimientos de Catalina.

Si una plegaria funcionó para ellos, tal vez funcione para mí también.

"Si." su padre sonrió contento. "Cuando uno de los habitantes más viejos vino, casualmente me preguntó cuánto tiempo más estarían viéndome por ahí—no porque le importara. Yo era justo con todos los clientes y quería saber si podía esperar lo mismo de Adamo."

"¿Qué le dijiste?"

"La verdad. Le dije que Adamo había sufrido un

accidente extremadamente horrible mientras viaja en carroza para reclamar su tienda y que, debido a su fallecimiento, yo me quedaría como el dueño permanente de la tienda mercantil de Santé. El anciano ofreció sus condolencias, pagó por su compra y se retiró. Supongo que debió de haberle dicho a los demás, muy pocos me volvieron a preguntar sobre Adamo."

"Pero yo soy tu hija. ¿Por qué no me dijiste la verdad antes? ¿Por qué ahora?" ¿Cómo podía su padre retener tan valiosa información? ¡Su nombre, su modo de vida, su linaje! ¡Mentiras! ¡Todo es mentira!

Su padre bajó la cabeza en derrota.

Su esposa lo rescató. "No te dijimos a ti ni a tu hermano porque no tenía muchas consecuencias el saberlo." explicó. "Cuando una tarea de la escuela le pidió a Gabriel escribir sobre su linaje, le hicimos escribir sobre cómo era un hijo de Dios---en vez de la familia de carne y hueso. Recibió calificaciones perfectas. De hecho, la maestra-la Señora O'Neal, creo---dijo que encontró el escrito muy inspirador. Incidentes como esos parecían desenvolverse por si mismos. Pensamos que seguramente era la voluntad de Dios."

"De acuerdo." Catalina trató de ocultar su irritabilidad, pero un suspiro frustrado logró escapar. "Entiendo que sintieran que un par de niños no pudieran mantener un secreto como ese. Pero eso no explica porque decidieron decirme esto a altas horas de la madrugada." Ese sentimiento de terror había empezado a surgir de nuevo y formó un nudo en su garganta. Apretó la biblia hacia su pecho, como si la verdad que contenían las páginas pudieran protegerla de los horrorosos hechos que le habían revelado.

"No vamos a ver a nuestra hija colgada de un árbol sólo por un accidente." Una fina mueca apareció en el rostro de su padre. "Irás a México y te quedarás con tu abuelo hasta que podamos arreglar este lío."

"¡Qué!" La taza de Catalina cayó del plato, el líquido obscuro se desparramó de las orillas manchando su triste vestido. Se alejó presurosa del sillón. "No iré a ninguna parte – especialmente no a México. ¡Soy INOCENTE!" Enfatizó la última palabra con suficiente fuerza para hacer resonar su voz por toda la casa.

"Sabemos que lo eres, cariño" su padre la tranquilizó, extendiendo una mano gentil mientras se aproximaba a ella. "Sin embargo, tememos lo que el Sr. Monroe pueda hacer para persuadir al juez en pensar como él. No creerías las cosas que ha estado diciendo en el pueblo. Él es definitivamente un hombre que quiere sangre, y con el tipo de poder y dinero que tiene – bueno, no sería muy difícil para él obtener lo que quiera. Porque, ya me llegaron mensajes de varios clientes regulares que han declarado que ya no pueden seguir comprando conmigo."

¿Qué? ¿El pueblo estaba poniéndose en contra de su familia? ¿Cómo podía ser posible? "Pero seguro él entenderá que fue un accidente. Yo amaba a Ben." ¿Había estado enamorada de Ben? ¿En verdad? Ya no sabía. Y especialmente después de sus revelaciones. ¿Cuánto más no le había dicho? Aun así, nunca podría matar a *alguien* intencionalmente. Agitó su cabeza en confusión. "¿Por qué querría herirlo intencionalmente?"

"Mi dulce niña." Su madre se levantó y se aproximó a su hija. Abrazó a Catalina, acercándola a ella. "Al Sr. Monroe no le importa lo que ha pasado realmente. Para él, es una situación de "ojo por ojo.""

Catalina se alejó de su madre y miró a sus padres.

Su madre se limpió unas lágrimas silenciosas con un pañuelo, evitando la mirada de Catalina. El rostro de su padre estaba firme, inflexible.

No había esperanza. Así que así era como iba a ser.

Ella iba a ser mandada a un país extraño donde la gente ni siquiera hablaba inglés mientras que todo y todos los que conocía lo dejaría atrás.

"¿Cuándo partiré?" preguntó, ahogando unos sollozos que amenazaban con delatar su voz.

"Con el permiso de Dios, estarás lejos antes de que amanezca."

¿Permiso de Dios?

La mente de Catalina se tambaleó. ¿Cómo podría algo de todo esto ser favorable ante Sus ojos?

Capítulo Cinco

Matthew Martín observó el acogedor salón, aun sin saber por qué les habían ofrecido café a tan tempranas horas de la mañana. Viendo hacia abajo, se maravilló de la pequeña taza que calentaba sus manos. Parecía un juguete en sus grandes manos, recordándole de lo mucho que se parecía a su padre. ¡Con razón el perro había sido capaz de huir de él todos estos años!

Con más de 1.80 metros de altura y con un ceño capaz de transformar a un pecador en un santo, las mujeres del pueblo tenían la tendencia de cruzar la calle cuando Matthew pasaba por la banqueta. ¡Un tipo incluso se resguardó en una tienda y lo espió por las persianas hasta que él hubiera pasado! Era por eso que casi tenía treinta años y todavía no había sentado cabeza. No era por la placa – como les gustaba bromear a los otros comisarios. Le gustaba trabajar para la ley, pero fácilmente lo dejaría por la chica correcta. Sólo que todavía no había encontrado a una que no se asustara. Eso era, hasta que conoció a Catalina.

La primera vez que reparó en ella fue en la tienda de vestidos de su madre. Él quería mandarle algo a su mamá para su cumpleaños, y el lindo vestido que mostraban en el aparador parecía apropiado. Se sorprendió al entrar a la tienda y escuchar un viejo tono de su infancia llegar a él. Siguiendo el tarareo, caminó a un pasillo y encontró a Catalina. Estaba acomodando un carrete de tela en uno de los estantes – la balada mexicana suave en sus labios. Quería preguntarle cómo era que conocía la canción, pero una mujer mayor interrumpió.

"¿Puedo ayudarle en algo?" La mujer lo analizó, una mirada cautelosa lucía en sus ojos.

Desconfianza. Recelo

Lo había visto antes. Muchas veces. "Um, si, en realidad. Estaba interesado en el vestido azul del aparador. De hecho, estaba a punto de pedirle ayuda a su empleada."

"*Mi hija* tiene una orden previa que terminar." La mirada de la mujer no necesitaba voz. Su hija no estaba disponible.

"Si, señora." Matthew rechinó los dientes, apretado por el enojo de que él no era lo suficientemente bueno ni para su propia gente. Al terminar su compra, salió de la tienda – con un vistazo rápido sobre su hombro pudo ver la mirada juguetona de la chica. Demostraba que había estado consciente de su presencia, una testigo del pequeño intercambio.

Caminó hacia afuera y se detuvo en la banqueta, observando hacia el aparador por un largo minuto. Ese anhelo de sentar cabeza – de tener lo que nunca había tenido mientras crecía – se asentó en el fondo de su estómago. Estudió la belleza de la tienda de costura. Ella mantenía su cabeza altiva y su espalda recta, pareciendo lista y capaz.

Esa era una razón por la cual se había arriesgado en ofertar por su lonchera el domingo. Sin embargo, la memoria de la mirada de desaprobación de la madre de ella era lo que lo había detenido de elevar más el precio. Se suponía que estaba en servicio – sólo haciendo sus rondas para asegurarse de mantener la paz.

Hiciste un gran trabajo ahí

Matthew agitó su cabeza con disgusto. Le había fallado tan mal en esto. El hecho de que fuera una chica como él –mitad mexicana, mitad americana – lo hacía más interesante. Especialmente la historia que había escuchado en secreto. Él había crecido sin haber conocido a su padre. ¿Pero cómo sería haberlo hecho sin conocer su linaje?

Miró de regreso a Gian Carlos.

"Saben...fueron muy afortunados de cómo sucedieron las cosas. El asesinato – incluso accidental – usualmente mete al sospechoso a la cárcel. No estoy diciendo que no sucederá cuando el juez llegue aquí." Matthew se sentía como un canalla por dejar que esa última parte saliera de él, ¿pero no era mejor para el hombre estar preparado?

Gian Carlos sonrió por su franqueza. "No tiene nada que ver con suerte" Quitó su mirada de la taza y observó intensamente a Matthew. "Fue intervención divina...como el que tú estés aquí."

"¿Perdón?"

Gian Carlos vació su taza antes de depositarla en la mesa. Estudió a Matthew por un momento. "¿En verdad piensas que es coincidencia que durante nuestros tiempos más difíciles, ocurra que estés aquí? Porque yo no creo eso considerando los hechos."

Matthew arqueó una ceja y giró su cabeza a un lado. Tal vez era mejor complacer al anfitrión. "¿Y qué hechos serían esos?"

"De que eres muy parecido a mi hija." Gian Carlos se detuvo y esperó. "Se tu secreto." Muy apenas había susurrado las palabras mientras se inclinaba sobre la mesa, pero habían sonado como un disparo por todo el cuarto.

El rostro de Matthew se tensó – las cejas arrugadas mostraban que el hombre no apreciaba la dirección que tomaba la conversación. El silencio era mucho mejor compañero que el supuesto de un hombre de negocios desesperado que sería capaz de decir cualquier cosa con tal de salvar a su hija.

"Dudo mucho que usted sepa cualquier secreto que yo tenga. Eso es, si tengo alguno." Matthew elevó su barbilla con desafío.

"¿Así que, estás diciendo que no eres mexicano?" Gian Carlos medía sus palabras mientras le dirigía una mirada conocedora al joven comisario.

"¿De qué está hablando?" Matthew estudió al hombre, el recelo surgió en los rincones de su mente. ¿Qué tanto sabía el Sr. Santé sobre él? Nunca había negado su linaje, pero tampoco lo había admitido. Entre su aspecto de "hombre común" y el ligero arrastrar de palabras cada vez que hablaba, mucha gente asumía que Matthew era algún viejo vaquero trasplantado al sur. Incluso otros comisarios con los que trabajaba lo aceptaban como parte de "la familia", siempre haciendo tonterías con él como si fuera uno más de los chicos. Si supieran lo otro, probablemente lo etiquetarían de espía del ejército alemán. Ya abundaban rumores por toda la frontera sur sobre los dos países uniendo fuerzas contra los Estados Unidos.

Matthew se sentó forzado, una mirada dura caía sobre Gian Carlos. "Nunca he dicho que no soy mexicano. Sólo por curiosidad, ¿qué te hace pensar que lo soy?"

"Mi esposa dice que lo eres"

Matthew miró su taza de café vacía. Se había preguntado si la señora de la casa lo había reconocido después de su breve encuentro en la tienda de vestidos. Aparentemente, lo había hecho. Lo más sorprendente era que había adivinado correctamente su linaje. No tenía caso rechazar los hechos. Además, estaba algo curioso de a donde lo llevaría la verdad. Miró de vuelta a Gian Carlos. "¿Cómo supo ella?"

"Ella dijo que te habló en español cuando estuviste en la tienda de vestidos. No te mostraste sorprendido, o preguntaste lo que te dijo." Cuando Matthew asintió en confirmación, su anfitrión continuó. "Ella parece poseer el talento de reconocer a uno de sus paisanos."

"¿De dónde son?"

"Michoacán." Gian Carlos retrocedió, relajándose en su afirmación. "Mi padre era un ejidatario. Pasaba el día cultivando la tierra."

Matthew decidió poner las cartas sobre la mesa. "Está mandando a Catalina con él."

"Un padre tiene que hacer todo lo que está en su poder para salvar a sus hijos." Gian Carlos levantó una gruesa ceja en duda. "Incluso si eso significa tragarse su orgullo, o pedirle a un comisario que rompa la ley."

Matthew se enderezó. Él sabía lo que le estaba pidiendo el hombre. ¿Aun así, era sabio involucrarse? Estaría arriesgando su sustento. Al mismo tiempo, era una oportunidad de conocer mejor a Catalina. ¿Esa no era la *verdadera* razón por la que había aceptado hacer guardia? Al mismo tiempo, estaría arriesgando su trabajo. ¡Dios santo! Había más de lo que podría pasar. Podría estar arriesgando su cuello.

Estudió al padre de ella por un largo momento, pesando los pros y los contras antes de finalmente contestar.

"¿Qué quiere que haga?"

Capítulo Seis

"¿En serio es la única forma de atravesar?" Catalina hizo una mueca mientras el Modelo T se desplazaba lentamente dentro del viejo barco. Su estómago se agitó al ritmo de las olas que rompían a través del Río Mississippi. Cruzando sus brazos enfrente de su pecho, frunció el ceño. ¿Cuánto más esperaban que soportara una dama?

"Desafortunadamente, sí." Matthew movió el carro suavemente hacia el embarcadero antes de dirigir una rápida mirada a su acompañante. Ella parecía la mezcla de desgasto y preocupación, una mano se agarraba de la puerta del carro mientras que la otra formaba una bola de tela con su vestido de viaje. Él entendió la aprensión de ella y no podía culparla. Él prefería cabalgar que usar uno de estos nuevos artefactos de cuatro ruedas. Sin embargo, el Sr. Santé había insistido que su hija viajara con comodidad. ¡Si sólo supiera la verdad!

El día anterior había parecido un viaje sin fin de un manejar casi sin detenerse hasta que llegaron a Natchez, Mississippi, una ciudad pequeña sin hotel.

Matthew había preguntado si había un cuarto que pudiera rentar en alguna parte y los dirigieron hacia el magnífico Hotel Dunleith. La vista de la larga casa de plantación era bienvenida.

"¡Ay, gracias a Dios! Mis plegarias han sido

respondidas." Catalina se había inclinado, sus manos apoyadas en el tablero mientras conducían por el camino de guijarros. Si los pensamientos de ella eran como los suyos, entonces se estaba imaginando a los sirvientes preparando un baño caliente. Preparado para dormir como un tronco, no podía esperar para limpiarse y caer rendido.

Sin embargo, la hospitalidad sureña a su máximo era lo último del día.

"Lo siento, señor. No tenemos cuartos disponibles por el momento." Un hombre larguirucho, con ojos de escarabajo, cabello graso y dientes demasiado perfectos les ofreció una falsa sonrisa, las orillas de la cual nunca alcanzó sus ojos. "El hotel está completamente lleno debido a la campaña."

Lágrimas tibias mezcladas con cansancio empezaron a acumularse en las orillas de los ojos de Catalina. "¡Esto es completamente imperdonable!" Golpeó la mesa de registro con un pequeño puño, su voz amenazaba con revivir a los mismos muertos.

"Oye, todo estará bien." Matthew colocó una mano suave en el hombro de ella y trató de alejarla del posadero que se encontraba aparentemente paralizado de shock. "Son malas noticias, con seguridad. Especialmente después de todo lo que has pasado. Aun así, no hay necesidad de enojarse por algo fuera de tu control."

Santas habichuelas y salsa, ¿Quién era el que estaba hablando? Rápido para disparar y preguntar después, Matthew apenas podía creer las palabras que salían de su propia boca.

Su amabilidad también captó la atención de Catalina. Bajando sus manos a sus lados, volteó a verlo. Los ojos de él parecían suaves con preocupación, un ligero fruncir de ceño se formaba entre sus cejas. ¿En verdad le importaba por todo lo que ella había pasado? Ella abrió la boca para hablar, pero fue interrumpida por el posadero.

"Oh, no podría soportar el pensar en que usted se marcharía de aquí con una opinión menos que perfecta de nuestro hermoso hotel." El posadero tomó una campana y la hizo sonar para hacer venir a un mayordomo al cual le ordenó que preparara una fina cena sureña por cuenta del hotel. "Piense que es nuestra manera de disculparnos formalmente por cualquier inconveniente. Además, es nuestro gran deseo que nos consideren al planear su siguiente visita a nuestro hermoso pueblo."

Catalina sintió algo de consuelo por la generosa oferta, pero eso no cambiaba los hechos. ¡Pasaría la noche en el carro! Peor aún, ella pareció una mocosa consentida y mimada enfrente del comisario Martín – un pensamiento que la hizo detenerse. ¿Por qué le importaba lo que pensara de él de ella?

"Lo lamento. Ha sido un día muy difícil." Ella ofreció una disculpa al posadero. "Si fuera tan amable de disculparme, y mostrarme un baño."

"Por supuesto." El hombre tomó la campana y volvió a hacerla sonar, el pequeño tintineo atrajo al mayordomo por segunda ocasión.

Matthew la observó alejarse, admirando su caminar asertivo y su rápido cambio de temperamento. A él le tomaba mucha concentración calmarse una vez que lo molestaban. ¿Y además hacerlo con algo de dignidad? Él asintió con apreciación.

¿Cómo hacía eso aun así?

Seguía pensando sobre que tan bien había manejado ella la situación cuando la vio regresar, siguiendo al mayordomo que les mostró a ambos el comedor.

"¿Me permites?" Recordando los modales que su madre le enseñó, Matthew acomodó una silla para Catalina.

"Oh, gracias." Ella sonaba sorprendida como si no esperara que él actuara tan cortés, y le dedicó una sonrisa brillante. "Es muy amable."

Matthew sonrió mientras se sentaba y la comida empezó a llegar. "Bien, ¿qué tenemos aquí?" dijo mientras juntaba sus manos y las frotaba.

"Huele delicioso." Catalina inhaló profundamente mientras bajaba su cabeza.

Las manos de Matthew se suspendieron sobre la canasta de pan. ¿Ella estaba orando? Agitó su cabeza mientras agarraba dos deliciosos bísquets de mazada y los untó con crema de limón. Si ella quería agradecerle a alguien, ¡que le agradeciera al cocinero! Le echó una mirada a la mesa. Codorniz rostizada, acelgas y té dulce. El aroma de algunos de sus platillos favoritos flotó hacía él mientras daba la primera mordida. Derritiéndose en su asiento, dejó escapar un suave gemido de su boca llena.

Catalina se rió. "¿Así de bueno está?"

"Mejor que el maná, me atrevería a apostar." Matthew comió un poco más y la observó tomar un bísquet, el cuchillo mantequillero entre tres finos dedos. Definitivamente ella estaba educada. Saboreaba cada platillo a través de un proceso lento y metódico, no dejando que su meñique tocara la comida o su copa.

"¿Qué te parece si llevamos unos de estos bísquets con nosotros?" preguntó ella.

"Eso mismo pensaba," Matthew contestó y le hizo

una seña a la mesera para que trajera otra canasta de pan.

Manejaron hacia donde el Barco Algiers cruzaría el río Mississippi y se acomodaron para pasar la noche – con ella *dentro* del carro y él durmiendo en el suelo al lado del mismo. Un hecho que le robaba el sueño a Catalina mientras se preguntaba sobre el comisario tendido a sólo unos metros de ella. ¿Cuál era su historia? ¿Por qué había aceptado acompañarla a ella? Ella recordaba a él ofreciendo por su lonchera en el evento. ¿Cómo hubiera terminado el día si él hubiera ganado la subasta?

Catalina disipó el pensamiento. La luz del sol amenazaba con aparecer en el horizonte y su cuerpo sucio y adolorido se sintió muy fatigado para seguir viajando más. Sin embargo, el crujir de afuera le alertó del hecho de que Matthew se preparaba para marchar.

"¿Te gustaría un bísquet?" Habló por la ventana abierta, mordiendo uno de los bísquets del hotel, con una mano alargada sosteniendo otro.

Se forzó a levantarse y aceptó su oferta.

"Gracias," contestó ella.

El pensar que tenía que tomar un barco transportador de carros la hacía sentir verdaderamente enferma. El calor le recorrió hasta las mejillas, pequeñas gotas de sudor se formaban arriba de sus cejas. ¿Qué tal si pasaba un accidente? El pensamiento hizo un nudo en su estómago.

"Esos carros deben de pesar una tonelada." mordió el pan frío, esperando que le ayudara a asentar su estómago. "¿Qué tal si hay un accidente y nos hundimos?"

Matthew abordó el carro, su mano libre manejando las velocidades mientras pisaba el acelerador. El barco había atracado y estaba listo para aceptar pasajeros. Él notó la preocupación en la voz de ella, pero el sonido de una bocina enojada de parte de la línea que se iba formando detrás de ellos lo distrajo.

"Bueno. ¿No estabas orando ayer en la noche?" El carro avanzó. Él se encogió de hombros. "Si crees en Dios, entonces podrías pedirle que no suceda algo así."

Catalina elevó una ceja desafiante.

"¿Tal vez te podría aconsejar que tú hicieras lo mismo?"

Matthew dejó pasar su sugerencia mientras acomodaba el carro en el barco. "No. Dejaré que hagas las oraciones por los dos. Pareces estar hecha de una fe más grande."

El humor de Catalina cambió rápidamente de la fatiga a la indignación. No dejaría que otro hombre le cuestionara su habilidad de ser buena cristiana.

"¿Y quién es usted para juzgar si no lo soy, comisario?" veneno impregnaba cada palabra. "Tal vez tú no encuentras una utilidad para Dios, pero eso no te da el derecho de asumir que otros no dan la talla. Así que, si no tienes nada útil que decir, entonces deberías aprender a controlar tu lengua."

"¡Wow! Espera un momento." Matthew estacionó el vehículo y volteó a ver a su responsabilidad. No estaba seguro que había causado el rápido cambio de actitud, pero estaba seguro que no se había apuntado para una matanza. "Primero que nada, yo soy el que estoy seguro que sacrificó su trabajo – incluso mi vida – para llevarte con seguridad la casa de tu abuelo. Así que, un poco de aprecio no estaría mal. A parte de eso, preferiría que me llamaras por mi nombre."

De todo lo que había dicho Matthew, sólo una palabra parecía captar la atención de Catalina.

Sacrificio.

"¿Sacrificar tu vida?" Surcos profundos arrugaron su suave ceja y aparecieron en las orillas de sus ojos. ¿Ella estaba preocupada por él? ¿O sólo temerosa de sí misma? "¿En verdad México es así de peligroso?"

¿Cómo pudo él asustarla así? Matthew suavizó su tono. "No me refería a eso. Estaba tratando de decir que sacrifiqué mi *estilo* de vida. Nunca podré regresar a Charlotte – o incuso a todo Carolina del Norte sin toparme con problemas. La gente creerá que soy un traidor. Además, me podrían acusar de ayudarte en tu fuga si tu padre no puede limpiar tu nombre." Se detuvo por un momento, y estudió a Catalina. Sus ojos como cordero, brillando con curiosidad hicieron que quisiera abrirse. Inhalando profundamente, decidió decirle a ella la verdad.

"Sabes, México no es tan diferente de América o Carolina del Norte – o de cualquier otra parte. Tiene sus partes buenas, y también sus partes malas."

"¿Cómo sabes?" Catalina se interesó. "¿Has estado antes ahí?"

"Si, lo he estado." Una sonrisa rara apareció en una porción de la boca de Matthew. Sus ojos se cerraron ligeramente y miró alrededor del carro como si se asegurara de que nadie más estaba espiando su conversación – haciendo que su secreto lo supiera el mundo. "Viví ahí durante mis primeros 15 años de mi vida."

La boca de Catalina se abrió de sorpresa, y Matthew no pudo ignorar la linda forma de "o" que formaba. Se forzó a mirar de regreso – enfocándose en los delgados contornos color almendra de los ojos de ella mientras hablaba. "No puedo creer que de verdad hayas *vivido* ahí. ¿Qué clase de padres criarían a sus hijos en un lugar así? ¿Eran misioneros o parecidos?"

"En realidad, mi familia es muy parecida a la tuya – una mezcla con un toque de algo. Mi madre es mexicana; mi padre americano." Le sonrió a ella. "Supongo que tengo lo mejor de los dos mundos."

"Significa, ¿qué eres uno de ellos?" Catalina frunció el ceño con desdén, y Matthew observó su expresión cambiar de interés a disgusto. Él no esperaba que ella saltara de alegría al escuchar que él era mitad mexicano, pero esta reacción era de las últimas cosas que se imaginaba.

"¿Uno de *ellos*?" Esa irritación antigua de ser prejuzgado resurgió. Su enojo creció, la pasión marcando cada palabra que iba arrojando. "¿Qué? ¿Convenientemente olvidaste que tú también eres uno de *ellos*?"

Mientras la voz de Matthew se endurecía, también lo hacía el rostro de Catalina. Había una pequeña lista de cosas que podían ser etiquetadas como verdaderamente irritantes. Al principio de esa lista estaba la idea de alguien hablándole de manera condescendiente a ella. Especialmente cuando esa persona apoyaba a bandidos como los involucrados en el ataque a Columbus, Nuevo México. Catalina se mordió la pared de su cachete antes de desatar su propia furia. "Mi familia resulta ser de descendencia *española*. Éramos exploradores brillantes en la misión de conquistar nuevas tierras."

Ella elevó su nariz unos cinco centímetros más arriba, retando a Matthew a que la refutara.

"Oh, eso es mejor – el conquistar una raza entera por la fuerza bruta."

"Tú sabes lo que quiero decir." Catalina resopló en frustración. "Mis ancestros no eran salvajes viviendo en la suciedad, sacrificándose a dioses falsos."

Matthew fue rápido para responder. "Tienes razón. Eran personas civilizadas actuando como salvajes matando a aquellos más débiles que ellos, todo en el nombre de Dios."

Catalina farfulló, su enojo produjo un rudo bufido. Si había algo que Matthew Martín supiera hacer mejor que molestarla, entonces ella no podía imaginar que podía ser. Nadie nunca había probado ser tan terco.

"Creo que lo mejor será si aceptamos que no vamos a ponernos de acuerdo en este tema, y dejarlo como está, *comisario* Martín. Ella enfatizó a propósito su título. "Concentrémonos en llegar al rancho de mi abuelo con seguridad, y ahorrarnos mutuamente los detalles de nuestras creencias personales o de nuestras vidas."

Cruzando sus brazos sobre su pecho, Catalina miró a través de la ventana, estudiando a la tripulación mientras alineaban al barco Algiers con cuatro carros restantes.

"Mira," Matthew pasó una mano por su cabello y dejó escapar un largo suspiro. "Esto no es exactamente como imaginaba que iba a ser cuando acepté llevarte a la casa de tu abuelo."

Catalina volteó con Matthew – sus delicadas cejas volvieron a arquearse, pero esta vez con duda. "Bueno, comisario, ¿qué imaginabas exactamente?"

Matthew se acomodó inquieto. ¿Qué había pensado que iba a pasar? Incluso él estaba inseguro de sus verdaderos deseos. Lo único que sabía es que había sentido una intensa urgencia de ayudar a Catalina de cualquier manera posible. La miró – una respuesta apenas inteligible iba a salir cuando fue salvado por unos golpecitos en la puerta del carro. Matthew volteó y vio a uno de los de la tripulación señalando que se registraran.

"Es mejor que vaya a poner nuestros nombres en la lista." Matthew decidió tratar con diplomacia. "¿Quieres esperar aquí, o te gustaría caminar un poco?"

"Saldré del coche"

Catalina recogió un pequeño morral que cargaba algunos objetos personales y su biblia. Lo puso bajo una manta de viaje para mantenerlo seguro – aunque era obvio que muy pocos estarían interesados en robar una bolsa llena de cosas que sólo tenían valor para el dueño. Reajustando un pasador, acomodó un rizo rebelde de vuelta a su lugar.

Mientras Catalina se preparaba, Matthew decidió probarle que su madre no lo había criado para discutir con las mujeres. Demostrando que tenía *algo* de modales, salió del asiento del conductor y abrió la puerta del pasajero.

"Permítete"

La suave ternura en su voz sorprendió a Catalina, forzándola a mirar hacia él mientras agarraba su mano. Desapareció la dura mueca que había presenciado sólo unos minutos antes. Sus rasgos firmes ahora estaban suavizados por unos irresistibles ojos azules que le decían que confiaran en él. La mantenían en un trance mientras se levantaba del carro. Distraída por la inesperada muestra de amabilidad, Catalina olvidó elevar su vestido mientras se levantaba del asiento. Su tacón se atoró en el dobladillo de su vestido y tropezó fuera de la puerta.

Y cayó justo en los brazos de él.

"Oh, lo siento." Un calor la recorrió hasta su rostro, y la sangre empezó a palpitar en su sien mientras él la levantaba cautelosamente. Ella se sintió pequeña mientras sus dos fuertes manos la sostuvieron momentáneamente de su cintura, causando un deseo surgiera en su interior. Ella se quedó ahí, sin respirar. Esperando. Esperando.

¿Esperando qué?

A él.

La súbita realización de que lo encontraba atractivo la hizo enervar. Un pequeño escalofrío de miedo la recorrió.

"No hay cuidado." Matthew se alejó y la soltó. La ausencia de sus manos alrededor de ella la hicieron sentir fría y humillada.

Ningún hombre sobre la Tierra estaría interesado en una asesina.

Ninguno en su sano juicio. Catalina no tenía el derecho de tener una vida feliz después de quitarle la posibilidad de lo mismo a alguien más. ¿Y cómo podía sentirse atraída a este hombre – a cualquier hombre – después de todo lo que había pasado? Un dolor familiar apretó su corazón. Encorvándose de manera rígida, se obligó a recoger su bolsa.

"Si, bueno. Gracias de todos modos." Sus palabras sonaron forzadas incluso para sus propios oídos. "Creo que caminaré un rato mientras te encargas de todo."

"Uh, de acuerdo." dudó Matthew. "Regreso en unos minutos."

Se alejó de ella tan rápido como si sus zapatos estuvieran en llamas. Mejor enfocarse en pagar su tarifa y firmar el diario a ser encontrados actuando de manera amorosa. ¿Cómo podía ser tan descuidado? Ella ya había dejado muy claro que no quería tener nada que ver con él. Después de todo, él descendía de salvajes. ¿Verdad? Matthew agitó su cabeza y resopló. Ella mejor hubiera dicho que descendía de los monos. Él podía no ser el hombre más religioso del planeta, pero sabía que Dios creó a todos los humanos como iguales.

Era una lástima que Catalina no creyera eso.

Estaba tan orgullosa de la historia de su familia – una de hace mucho tiempo atrás que ya no tenía importancia. ¿No entendía que ella era uno de ellos? La decepción lo atravesó. Había sentido una breve conexión entre ellos. Al menos, él pensó que la tenían. La alarma que había manchado sus delicados rasgos decían otra cosa. Ella obviamente le temía a él – o, al menos, a lo que era capaz de hacerle a ella. ¿O era algo relacionado con su ataque reciente?

Dejó salir un suspiro. *¡Déjalo en paz, Martín!* Se formó en la línea detrás de varios pasajeros y esculcó su bolsillo de sus desgastados pantalones en busca de su vieja cartera de cuero. Sacó un billete de dos dólares. ¿Qué había hecho? ¿Había arruinado su vida por la familia Santé?

Catalina pensó de regreso al principio de su viaje mientras observaba a Matthew formarse con otros pasajeros, su alta figura se endureció con los pensamientos que lo estuvieran consumiendo.

Sentía una extraña mezcla de emoción e incertidumbre cuando su padre le presentó a Matthew como el que la llevaría al rancho de su abuelo. Satisfecha de al fin aprender el nombre de su ofertador misterioso, a la vez que estaba nerviosa de huir en medio de la noche. La idea de que era un hombre de la ley no había suavizado sus miedos hasta que fue testigo de su actitud inquebrantable.

La duda volvió a aparecer en su mente

Catalina caminó hacia el babor del barco y se recargó ligeramente justo a tiempo para observar una ola surgir y romperse al lado del bote. Su disposición concordaba con el agua obscura. Cerrando sus ojos, respiró profundamente, imaginando a las fuertes las cubriéndola – la feroz corriente limpiando su mal humor. Mandó una pequeña oración de agradecimiento por el momento de paz.

"Con cuidado."

Catalina jadeó mientras una mano agarraba uno de sus brazos y la hacía retroceder. Observó al extraño que había interrumpido su momento de tranquilidad. Su cara parecía desgastada y peligrosa – o sólo era la fea y áspera cicatriz que abarcaba toda su mejilla izquierda. Cualquiera que fuera la razón, su cabello rubio perfectamente peinado y su elegante traje hizo muy poco para tranquilizar a Catalina.

"Sería una verdadera lástima el perder a una linda muchacha por el gran Mississippi. ¿No lo cree?" Había algo siniestro en su orgulloso acento sureño. Su mano permaneció en el brazo de ella, su pulgar acariciando su suave músculo.

Catalina hizo una mueca mientras se liberaba. "Gracias por su preocupación, señor." Su voz ofrecía gratitud, pero con seguridad su cara desmentía la aversión que sentía por el extraño.

Una sonrisa desagradable apareció en los labios del hombre – su lengua se paseaba para humedecerlos. Esa pequeña acción dejó a Catalina con una sensación como si estuviera vestida de manera inapropiada.

Distraído por algo detrás de ella, el hombre simplemente asintió. "Un placer, señorita." Tocó brevemente su sombrero. Luego giró, con un vigoroso apoyo en los talones.

"¿Quién era él?"

Asustada, Catalina giró. Agradeció de ver a Matthew. Catalina le dirigió una sonrisa genuina. "Oh, eres tú."

Matthew elevó una ceja con curiosidad. "Claro que soy yo. ¿Estabas esperando a alguien más?"

"No, no. Es sólo..."

Catalina miró sobre su hombro, pero el extraño ya se había marchado. Agitó su cabeza.

"Nada. Sólo estoy un poco nerviosa por cruzar el río." Catalina apartó de su mente al extraño como simplemente uno de esos excéntricos que – obviamente teniendo mucho dinero – pensaba que tenía derecho de molestar a las mujeres. "Estoy bien. De verdad."

"Bien, no te preocupes. Esto terminará en unos 15 minutos."

"¿De verdad? Pensé que iba a tomar más tiempo cruzar un río así de largo."

"No en esta área en particular que estamos cruzando." Matthew apuntó a través del río a un puerto en el horizonte. "El bote llegará allá."

Catalina se mordió el labio mientras digería ese pedazo de información. El puerto lucía acogedor, y ellos estarían a la mitad de su destino cuando llegaran ahí. ¿Qué significaría eso para Matthew? ¿Qué haría él cuando llegara a México? ¿Se quedaría? Después de todo, él era de ahí.

Sería agradable el tener una cara familiar cerca.

¿Aun así, por qué lo haría? Después de como se había comportado ella, seguramente sólo la dejaría en el rancho de su abuelo y se marcharía por su lado. Además, no era como si ella lo quisiera cerca. ¿Verdad?

Catalina giró ligeramente su cabeza y lo estudió a él.

Él ahora estaba también recargado en el barco de la misma manera que ella. Sin embargo, no parecía como si estuviera soñando sobre ahogar sus penas en las aguas debajo. En vez de eso estaba mirando fijamente a la costa contraria con una mirada pensativa.

"¿Un centavo por tus pensamientos?" Catalina se arrepintió de preguntar casi tan pronto como surgieron las palabras. Entre menos que supiera de él, mejor. ¿Verdad?

Mientras seguía recargado en el bote, Matthew le echó un vistazo a ella.

Decidió divertirse un poco.

"¿Sólo un centavo? ¿Eso es lo que cobra la gente ahora? Yo no. Mis pensamientos valen todos unos cinco centavos." La risa en su tono danzaba en sus ojos juguetones, su brillo resplandecía como gemas azules. Una lenta y contagiosa sonrisa apareció en el rostro de Matthew. Se veía como un niño travieso que estaba tratando de evitarse los problemas después de ser descubierto con su mano en el jarrón de las galletas.

Catalina se mordió el labio en un desesperado intento de permanecer seria, pero no sirvió para nada.

Encantado por sus suaves facciones, Matthew tomó un leve paso hacia ella. Elevó una mano tentativa y acomodó un rizo que se había soltado.

La respiración de Catalina se detuvo mientras el tacto de los dedos de él le recorrían su mejilla. Sus hermosos ojos y sus labios eran casi irresistibles, y se preguntó si sabían tan dulces como parecían.

Preguntas sin decir fulminaban en los ojos de él, haciendo que la jaula que ella intentaba construir alrededor de su corazón temblara. La atracción súbita le impactó fuertemente. Ella se forzó a mirar a otra parte y romper el encantamiento. Enamorarse de su escolta no era parte del plan.

"¡Mira!" Catalina apuntó hacia la costa. "Ya casi llegamos."

"Entonces es mejor regresar al carro." La decepción envolvía sus palabras. Ella no tenía ninguna intención romántica con él, así que era mejor que lo dejara todo como amigos.

No más ojitos románticos.

"No debería tomarle mucho tiempo en encender." continuó la conversación mientras se dirigía al carro con pasos determinados. "Está caliente. Así que no necesita darle vueltas ni nada por el estilo."

Catalina se preguntó por su súbito cambio de humor. Estaba agradecida por el flujo de una conversación normal entre ellos dos. Aun así, se sentía como si súbitamente faltara algo. "Bueno, supongo que eso es algo bueno." Ella lo seguía detrás, insatisfecha cuando llegaron al Modelo T.

Él tomó su mano y la ayudó a sentarse en el asiento de enfrente. "¿No debería sentarme en--"

"Tendrás una mejor vista de las cosas mientras viajamos." La interrumpió él, dándole unas palmaditas al cofre del carro para darle énfasis – una sonrisa amigable que prometía un viaje emocionante. Después de todo, era un viaje largo hacia Nogales. "Además, será más divertido."

¿Más divertido? *Hmmm*...tal vez más problemas. Definitivamente más peligroso.

Capítulo Siete

"Veamos. Eso cubre infancia, educación, familia, amigos y sueños." Catalina repasó todos los temas que habían discutido desde que habían desembarcado del barco Algiers. "¡Y aún hay más temas esperando a ser explorados!"

Matthew rió por su entusiasmo. Después de convencerla a que lo acompañara en el asiento delantero, había comenzado a manejar sugiriendo el juego del espiar con ella. Uno de ellos pensaría en algo que haya visto durante el viaje, y la otra persona tenía que adivinar que era con una pista a la vez. Algunos de los objetos habían provocado interés. Otros trajeron momentos de alegría. Matthew sonrió al recordar el tintineo melodioso de la risa de ella armonizando con los tonos graves de él. Mientras el juego iba disminuyendo, se encontraron en una fácil conversación sobre lo que fuera.

"Tienes razón." Le dirigió una mirada traviesa. "El carro se quedará sin combustible antes que tú"

Catalina dejó escapar una protesta. "¡Comisario Martín! Tú fuiste el que hizo que me interesara desde el momento en que encendiste el motor."

Otra risa gutural escapó antes de que pudiera contenerla. "¿Cuántas veces tendré que decirte que me llames por mi primer nombre?"

El estómago de Catalina respondió antes de ella pudiera hacerlo. "Oh, perdón." Colocó sus brazos alrededor de su parte media, su cara se volvió roja brillante mientras su estómago continuaba quejándose.

Matthew echó un vistazo, disfrutando del rubor rojo que marcaba las mejillas de ella. "Estoy algo hambriento. Nueve horas con sólo un poco de las sobras de anoche no proporcionan suficiente combustible para continuar." Asintió mientras comentaba su plan en voz alta. "También está empezando a obscurecer. Así que sería una buena idea el detenernos a pasar la noche."

"Rezo porque seamos capaces de encontrar un hotel esta vez." Catalina no comentó que esperaba tomar un agradable baño mucho más de lo que quería una cama suave. Dos días sin bañarse la hacía sentirse todo menos fresca.

"No debería ser muy difícil." dijo Matthew mientras sostenía un pequeño mapa hecho a mano. "Creo que Abilene está a unas cuantas millas."

"Yo sólo he viajado cerca de las Carolinas. Nunca he estado en Texas antes." Catalina miró por la ventana el cambio de paisaje. Los árboles frondosos que antes formaban densas arboledas se fueron haciendo más escasos. ¿Qué clase de alojamientos encontrarían entre el polvo y las artemisas?

"¿Tendrán un hotel?"

"Definitivamente. Tienen el Hotel Windsor, y está casi garantizado que tendrán un cuarto disponible."

"Asumo que también tendrán un comedor?"

"Uno de los mejores. Si pensabas que una cena de jamón era buena para comer anoche, entonces tendrás una agradable sorpresa hoy." Matthew humedeció sus labios mientras sentía que ya podía saborear el chisporroteante filete que tenía intenciones de ordenar.

La emoción murió cuando el carro entró en Abilene. Los caminos polvorientos dieron paso a calles pavimentadas, el negro asfalto seguía brillando bajo el sol caliente.

"Ahí está el hotel." Matthew señaló delante a un gran y cuadrado edificio de ladrillos rojos con varias personas moviéndose en una multitud.

"Se ve tan diferente de otros que haya visto antes." Sólo de dos pisos de alto, pero poseía una hilera de diez ventanas en todo lo largo. "Aunque, *estoy* acostumbrada de ver una mezcla de carros y buggies juntos." Le dirigió una afirmación educada a un extraño que estaba atando a sus caballos mientras Matthew estacionaba el carro al lado de ellos.

Catalina recogió su falta. ¡No iba a volver a caer en los brazos de alguien otra vez! Empujó para abrir el carro y bajó del Modelo T, sonriendo triunfante cuando sus pies tocaron el suelo. Volteando para recoger su bolsa, Matthew se adelantó cerca de ella.

"Yo me llevaré eso." Alcanzando la valija, se rozó cerca de ella. La respiración de Catalina saltó, sonido el cual lo forzó a él a enderezarse rápidamente. La miró, dejando que el silencio permaneciera por un momento. Pero sólo un momento. No había necesidad de ponerse cursis sin ninguna razón. Tosió un poco. "Vamos a registrarnos antes de que se acaben los cuartos. No queremos repetir lo de la noche anterior."

Catalina bajó su cabeza con pena mientras pensaba en su comportamiento de la noche anterior. "Bueno, procuré traer una buena canasta de comida para el camino."

Matthew simplemente levantó una ceja en duda. La mirada sombría en su cara declaraba que prefería evitar otro incidente.

"Oh, de acuerdo." Catalina colocó sus manos en frente, tratando de parecer inocente. "Prometo portarme bien."

Matthew la premió con una sonrisa y afirmó.

Movió su cabeza apuntando al hotel, y ella fue rápida para pasar por la puerta que él mantuvo abierta para ella. Se detuvo después de dar dos pasos en la recepción.

Catalina observó a su alrededor – su boca abierta en admiración. El tapete era de un rojo brillante con cortinas que le hacían juego en largas ventanas de estilo gótico. Toda la madera era de un negro profundo, brillando como si cada centímetro hubiera sido pulido con aceite de linaza. Un rico olor a flores fragantes inundaba la recepción llena de floreros de vidrio con rosas frescas.

"Parece que quieres capturar moscas."

Catalina cerró su boca. Sus labios formaron una delgada línea – su ceño fruncido le informaba a Matthew que era mejor que contuviera su naturaleza jovial si quería que ella mantuviera su promesa de portarse bien.

Su expresión le pareció divertida a él y una nota de humor le recorrió su rostro.

"Bienvenidos a Windsor. ¿Les puedo ayudar?"

Asustados, giraron rápidamente sus cabezas hacia el encargado detrás del mostrador. Los miró a los dos expectante – esperando a que uno de ellos hablara.

Matthew formó una mirada seria. "Um, sí." Levantó la maleta como si ofreciera evidencia. "Si. Nos gustaría alquilar una habitación para la noche." Su tono exudaba confianza.

"Dos habitaciones," interrumpió Catalina.

"Si. Es correcto." Matthew estaba agradecido de que el encargado no les hiciera más preguntas. Simplemente colocó dos llaves en el mostrador. Matthew firmó la cuenta mientras que otro empleado apareció para llevarlos a sus habitaciones.

Pasando el comedor, Catalina deseó que los hubieran guiado a habitaciones en el primer piso.

Estaba muy cansada como para subir el par de largas escaleras que llevaban al segundo piso.

"Entonces... ¿ya dormimos, o te gustaría vernos abajo para cenar?" preguntó Matthew.

"Como estoy de maltratada, no creo poder soportar el perderme otra comida." Catalina recordó a los gruñidos de su estómago de hace rato. Apuntó hacía el comedor. "Vamos a limpiarnos, luego nos vemos ahí en una hora."

"Muy bien" Matthew recordó la hora en el reloj de la recepción. Unas matemáticas rápidas y asintió en acuerdo. "Le pediré al hotel que prepare una mesa para dos para las seis."

"De acuerdo."

Catalina salió con prisa de su cuarto. Odiaba llegar tarde a un compromiso – especialmente si eso significaba que su comida iba a estar fría. Desafortunadamente, había entrado a un cuarto con una cama acogedora. Eso requería probar si tenía bultos. Por supuesto, eso significaba acostarse en ella. Luego lo siguiente que sabía era la campanada de un reloj de pared informándole de que era la hora. Apurándose, se cambió su vestido de viaje, se acomodó su cabello en una cebolla suelta.

Mientras seguía introduciendo pasadores en sus rizos, descendió las escaleras y chocó contra un caballero.

"Con cuidado, pequeña dama."

Catalina dudó al sonido de la incómoda voz familiar.

¡El hombre con la cicatriz áspera! ¿Qué estaba

haciendo aquí?

Ella apartó sus ojos y murmuró una disculpa. "Discúlpeme, señor. No estaba poniendo atención."

"Bueno, deberías." El rostro del extraño mostró una mirada amenazadora. "Deberías agradecerme por salvarte la vida también. Si no hubiera bloqueado tu camino, entonces te hubieras caído de las escaleras y te hubieras quebrado el cuello." El hombre extendió su mano y pasó su dedo índice por el cuello de ella.

Catalina retrocedió un paso, su mano cubriendo el lugar, la sangre pulsando debajo de sus dedos temblorosos. El sabor a bilis subió por su garganta. "¡Cómo se atreve –!"

Ella quería decir más. Deseaba alzar su mano y descargarla de manera sonora en el rostro de él. De hecho, ya tenía su mano levantada para realizar el trabajo. Sin embargo, una anciana subía las escaleras en ese momento.

"Buenas noches." Una mirada cautelosa a la mano elevada de Catalina la animó a continuar con su ascenso. Miró atrás cuando terminó de subir las escaleras, mirándolos con sospecha de que fuera una pelea amorosa.

Catalina bajó su mano y miró fijamente al extraño. Encontró una confianza renovada en la presencia de la anciana.

"No sé quién es usted, señor." Las palabras salieron en un susurro venenoso entre sus dientes. "Aunque eso no importa. Lo que importa es que lo haré arrestar sin dudar si se atreve a acosarme otra vez."

El hombre mostró una amplia y perturbadora sonrisa.

Catalina no le prestó atención. Pasó al lado de él – su cabeza elevada como si fuera una reina que acababa de darle una orden a un súbdito. Sin embargo, su interior tembló de miedo.

Había algo perturbadoramente familia sobre ese hombre.

No podía entender que era.

Catalina volteó en una esquina de la recepción, entró en el comedor, y encontró a Matthew sentado en una lejana esquina. Un decorativo jarrón de porcelana lleno de rosas rojas servía de centro de mesa. A cada lado de las flores había pequeñas velas iluminando sus delicados pétalos – produciendo sombras en la pared al lado de Matthew.

Era raro debido a que ningunas de las otras mesas estaban acomodadas de esa manera. De hecho, ninguna de ellas tenía flores, mucho menos rosas.

Las rosas fue las primeras cosas que Matthew pensó en solicitar al hotel. Les dijo como se había dicho a sí mismo – tenía que hacer lo apropiado. Un gesto requerido para una mujer de clase.

Ciertamente no porque ella tuviera una ligera esencia de rosas desde la primera vez que la conociera.

Ella caminó de manera elegante hacia él, un aire confidente como si pudiera comandar a la misma luna y a las estrellas.

Matthew se levantó para ofrecerle una silla. "Te ves encantadora esta noche."

"Gracias." Se sentó con tal fluidez y gracia como una bailarina, aunque su espalda permaneció rígida. Cuando elevó una mano para tomar su servilleta, sus dedos temblaron.

Él se aclaró su garganta. "¿Estás bien?"

Catalina colocó la servilleta en su regazo, suavizando un pliegue de la tela. "Oh, estoy bien. Sólo un poco cansada." contestó de manera rara, pero se preguntó si debería informarle a él sobre lo que acababa de ocurrir.

Escupir la verdad.

A pesar de su respuesta, él podía ver que ella no estaba bien. Aun así, no la iba a presionar y le daría espacio y oportunidad para contárselo. "Bueno, si estás segura."

Matthew le hizo una seña a la mesera quien inmediatamente pasó por una estación de servicio y agarró una jarra de plata. Les sirvió té dulce frío en los vasos de cada uno, y les informó que el especial de la casa era filete con papas, frijoles y tortillas.

Los dos asintieron en emoción, y le agradecieron a la chica antes de que se retirara a llevar sus órdenes.

Catalina volvió a mirar las flores. Una sonrisa de apreció apareció en sus labios mientras rozaba los pétalos. "No veo una de estas en las otras mesas. ¿Cuál es la ocasión especial?"

"¿La verdad? Honestamente no sé por qué las pedí. Sabía que te gustaban las rosas, y pensé que apreciarías unas después de todas las dificultades que has tenido estos últimos días."

"Eso es muy dulce de tu parte. Gracias, Matthew. Eres la primera persona que ha mostrado una verdadera preocupación de mis sentimientos desde –"

Desde el accidente.

Su voz disminuyó, pero Matthew podía llenar el espacio en blanco. Había visto como todos habían excluido a la familia Santé después de que se esparcieran palabras de que Catalina tenía sangre en sus manos. Parecía que no le importaba a la gente que ella hubiera actuado en defensa propia. Fueron rápidos en asumir que estaba mintiendo. Su familia había pasado de ciudadanos ejemplares a "esos extranjeros" en una sola noche.

Ahora entendía porque ella no quería tener nada ver con sus raíces mexicanas. Todos consideraban a su familia aceptable bajo la noción de que eran europeos – gente con dinero. Ellos hubieran sido más que excluidos si alguien supiera que venían de México. Con todos los recientes ataques a los estados sureños, Catalina y su familia podrían haber enfrentado fácilmente a una turba asesina.

Él le dedicó una sonrisa alentadora. "No te preocupes sobre eso. Pronto sucederá algo más grande que captará la atención de todos. Entonces serás capaz de regresar a tu vida como la tenías planeada."

Catalina movió su cabeza en desacuerdo. "No lo creo." Intentó encontrar las palabras para explicar cómo se sentía. "Tengo este sentimiento de que algo no está bien. Como un desastre inminente." Observó atentamente su té intentando enfocar sus pensamientos en lo que podría estar mal.

"Probablemente no sea nada." Matthew trató de suavizar sus miedos. "Tal vez te estás sintiendo exhausta por todo lo que ha pasado." Lleno súbitamente con simpatía por la situación, se adelantó y le dio unas palmaditas en el dorso de sus manos.

Ella la giró y dejó que la mano de él tocara su palma. Levantando su mirada, de manera lenta y tímida, buscando el rostro de él. Ahí estaba ese sentimiento de nuevo. Ese empujón de estar con él, su misma presencia traía una sensación de calma. Ella nunca tendría que preocuparse de que él tuviera motivos ulteriores o secretos deshonorables.

La mesera apareció con una bandeja con sus platillos. Catalina se regresó a su asiento, su mano se sentía como un pedazo de carbón cuando lo colocó en su regazo.

Matthew asintió en agradecimiento a la mesera antes de que se marchara. Agarrando su cuchillo, cortó un generoso pedazo del filete en término medio. Elevó el tenedor, pero se quedó cerca de la boca.

Catalina estaba sentada silenciosa, su cabeza inclinada en una reverencia. Sus ojos cerrados, y su boca se movía silenciosamente en una ferviente plegaria.

Matthew esperó hasta que su cabeza se elevó de nuevo.

"Um... ¿*Siempre* rezas así antes de comer?" Incómodo y avergonzado, Matthew se movió en su asiento. Tal vez no se ofendería si le pidiera que no lo hiciera.

"No siempre." dijo Catalina, cortando su filete en pequeñas piezas. "A veces se me olvida." Miró con una sonrisa tímida mientras pensaba en los bísquets que había comido en el desayuno. "No pasa seguido – sólo cuando estoy especialmente distraída."

Matthew digirió ese pedazo de información junto con el bocado de filete que se forzó a comer. No estaba seguro de importarle lo que acababa de escuchar. Tartamudeó buscando las palabras correctas. "Bueno, no estoy tratando de decirte que hacer. Sólo pienso que sería apreciado que no lo hicieras cuando estuvieras en público."

"¿Estás diciendo que no quieres que rece?"

"Bueno, algo así." Matthew colocó sus utensilios en la mesa mientras intentaba explicarse mejor. Sus manos se movían mientras hablaba. "Es algo así. Las oraciones son buenas y todo – en el momento correcto, en el lugar correcto. El lugar correcto es cuando estás en la iglesia. El lugar incorrecto es cuando estás en público – como en un restaurante donde todos pueden verte."

La boca de Catalina permanecía abierta. Después de tratar de juntar las palabras correctas que decir – en lo cual Matthew había comenzado a comer de nuevo –

ella encontró su lengua.

"Lo siento, pero tendré que disentir respetuosamente contigo." Esperó a tener la atención completa de Matthew. Con confianza renovada, hizo claro donde estaba parada con respecto a la fe. "La devoción no sólo es para los domingos. Una relación con Dios no debe de terminar una vez que dejes la iglesia. ¿Elegirías no hablar con tu propio padre sólo porque no es viernes o lunes – o cualquier otro día que consideres sagrado para hacerlo?"

¿Cómo reaccionaría ella si supiera que él nunca ha hablado con su padre? Pero ese tema en particular era mejor dejarlo para otra ocasión. Cuando no fuera tan crudo y doloroso. "Entiendo lo que dices. De verdad." concedió Matthew. ¿Por qué arruinar una agradable cena por hablar de Dios? No era como si él no creyera. "Y estoy de acuerdo que tu *deberías* ser capaz de rezar cuando tú quieras. Después de todo, es tu fe. Sin embargo, pienso que harías sentir más cómodos a todos si no lo hicieras tan visible."

Además, no creo que a Él le importe mucho por lo que estamos pasando.

Matthew no comentó por qué pensaba que a Dios no le importaba. Si a Dios de verdad le importaba, entonces Él le hubiera dado a Matthew un mejor padre – uno que no hubiera hecho su infancia tan difícil. Uno que en realidad lo hubiera deseado, y se hubiera quedado con él cuando más lo necesitaba. No, no podía decirle a ella eso.

No podía admitirlo ante nadie.

Matthew levantó la vista para ver la mirada de Catalina estudiándolo. Él se removió algo incómodo. Concentrándose en su comida, cortó otro grueso pedazo del filete. "Esto necesita algo de *pico de gallo.*" Metió la carne en la tortilla con algunas cucharadas de frijoles y papas fritas.

¿Ella se atrevería en argumentar la importancia de la plegaría, sin importar el lugar o la ocasión?

La vida y la muerte están en el poder de la lengua...

Catalina no estaba enteramente segura del proverbio que había venido a su mente. Aun así, creía en la sabiduría del mismo. Era mejor que eligiera mejor sus batallas.

"¿Qué es *pico de gallo*? Preguntó, intrigada por la manera en que las palabras se sentían en su lengua.

"¿No sabes qué es eso?" farfulló él mientras forzaba que lo restante de su comida pasara su garganta. El bulto lo obligó a beber de su té. Catalina elevó la servilleta y se limpió una orilla de su boca en un intento de ocultar una sonrisa. "No. Nunca he escuchado de algo tan raro."

"Bueno, está en español." empezó Matthew.

"Si capté eso." Catalina no era aficionada de interrumpir a la gente cuando hablaba, pero siempre le habían enseñado que una mujer educada no debía dejarse tomar por tonta sólo por el capricho de un hombre. "Junto con las lecciones de italiano, mis padres insistieron a que aprendiera algo de español cuando era joven. Puede que esté algo oxidada después de tantos años de sólo hablar inglés. Sin embargo, pienso que todavía puedo ser capaz de traducir una o dos palabras."

Matthew dejó sus utensilios en la mesa y se recargó en su silla. Cruzó sus brazos sobre su pecho con una mirada desafiante en su rostro. "Entonces empieza. Estoy escuchando."

Catalina colocó su servilleta de regreso en su regazo y cruzó sus manos enfrente de ella. Posó su barbilla en sus manos mientras pensaba que significaba cada palabra.

"Veamos. *Gallo* es un ave de corral. Eso lo sé."

Una amplia sonrisa apareció en el rostro de Matthew. La diversión se notaba en sus ojos.

"*Pico* literalmente significa la boca del ave." Catalina miró con duda a Matthew. Era obvio que se reía en silencio de ella. "Oh, vamos. Yo sé que no quieres una boca de un ave con tu comida."

Una risa profunda y gutural escapó mientras golpeaba la mesa con su puño.

"*Shhh*... cálmate." Catalina le indicó que se callara mientras ella espiaba a otros comensales que empezaban a verlos fijamente. Le pegó con su servilleta de una manera juguetona. Sólo bajó su risa a una risita sofocada.

"Lo siento." él usó el dorso de su mano para limpiar una lágrima. "Me imaginé a un gallo picando nuestra comida mientras intentamos comer."

Ahora era el turno de Catalina de encontrarle humor a la situación.

Apretó sus labios en una línea. Pronto estuvo escondiendo su rostro entre sus manos – riéndose silenciosamente en ellas. Finalmente miró solo para ver a Matthew agitando un dedo hacia ella.

"Ves, estas son las cosas de las que estoy agradecido."

Le tomó un momento a la risa para que muriera. Luego tomó sólo unos segundos antes de que Catalina se diera cuenta que tenía una oportunidad.

"Si eso es verdad, entonces deberías ofrecer una plegaria de agradecimiento. ¿No lo crees?" Los ojos de Catalina formaron una delgada línea como si lo retaran.

El rostro de Matthew se nubló lentamente y se tornó seria. No le gustaba ser acorralado para tomar decisiones sobre cosas que prefería evitar.

"Pensé que esa parte de la conversación había terminado." Bebió más del té para aclarar su garganta.

"De hecho, sé que terminamos de discutir del tema."

Lo dijo tan resuelto. Parecía que no sería capaz de hacerlo cambiar de opinión, sin importar lo que ella dijera.

Catalina tragó un bulto que se había formado en su garganta. El tema del argumento dejaba en claro que Matthew no era creyente. El hecho de que le molestara tanto a ella la hacía notar un hecho innegable.

Le importaba él.

Las lágrimas empezaron a acumularse detrás de sus densas pestañas. Se levantó abruptamente y arrojó su servilleta en la mesa mientras una amenazaba de salir.

"Eso es muy malo."

Matthew la observó con confusión. "¿De qué estás hablando?"

Incapaz de responder, ella simplemente lo ignoró mientras se dirigía a su habitación.

"Oye, espera un minuto." Matthew se levantó, con toda la intención de seguirla. Una mirada alrededor del comedor le dijo toda la atención que habían atraído hacia ellos. Se sentó de regreso – gruñendo bajo sobre mujeres indecisas.

Matthew volvió a mirar por donde Catalina había huido.

¿Ahora que le sucede?

Capítulo Ocho

Las suaves sábanas y almohadas hicieron poco para calmar el espíritu de Catalina. Se arropó entre los cuatro postes del dosel de la cama, un brazo colgaba de la orilla de la cama.

¿Cómo se pudo haber enamorado de otro hombre que no compartía su misma fe? ¿Por qué seguía haciendo eso?

¿Y qué le esperaba al enamorarse aun así?

Un suspiro de fastidio escapó de sus labios. Exactamente ese tipo de tonterías fue la causa de toda la convulsión en su vida. No iba a permitir que otro hombre penetrara en su corazón – no importaba que tan guapo o gracioso fuera.

No importa que tan encantador fuera.

Las rosas que él había ordenado para la mesa fueron un gesto dulce. La única manera que él hubiera sabido que las rosas eran sus flores favoritas era si hubiera captado la fragancia que ella usaba.

Al menos él pensaba en ella. Qué lástima que sólo pudiera ser un sueño.

¿Por qué?

Catalina se sentó. ¿Por qué no podían estar juntos?

La verdad era, que parte de ella pensaba que no merecía estar con alguien. Le había quitado la vida a un hombre – aunque fuera por accidente. No podía confiar en su propio juicio. Y si no podía confiar en sí misma, ciertamente no podía confiar en él.

No en realidad.

Entonces confía en mi.

La pequeña, y persistente voz parecía tan tranquilizadora, ¿pero debería prestarle atención o debería seguir el camino que aparecía frente de ella? ¿Cómo podía estar segura cuál era la correcta?

Lanzó un quejido y se talló la cara como si pudiera darse energía haciéndolo. No quería pensar sobre el camino correcto, u hombre o incluso en las rosas que había dejado en la mesa.

Podrían haber sido un buen recuerdo.

"Ni modo." Catalina ignoró el pensamiento, recogió su vestido casual y se dirigió al baño. Ajustando las manijas hasta que el vapor llenara el cuarto, recorrió la cortina. Con un pequeño chorro de aceite y el baño lucía lo suficientemente cómodo como para nunca irse. Hundió sus dedos en el agua caliente, y se sumergió como una piedra en la gran tina de porcelana.

Las molestias de Catalina empezaron a disminuir lentamente, y se sintió más adormecida por el agua caliente que la envolvía. Mientras sus parpados se hacían más pesados, sus pensamientos finales volvieron a girar alrededor de un par de ojos azules del color y profundidad del océano.

A Matthew no le gustaba ver como una buena comida se desperdiciada. Y también no era alguien que persiguiera una mujer que se enojaba sólo porque él no parecía necesitar rezar. Aunque estaba seguro de querer encontrarla y hacer las pases con ella. Repasó los puntos importantes de su conversación en su mente, dándose cuenta que el humor de Catalina cambió en el momento que sus puntos de vista espirituales diferían.

Si algo tan tonto la iba a hacer enojar, entonces prefería dejarla hacer su berrinche e intentar empezar de cero mañana.

Matthew terminó el resto de su té helado, y aventó un par de billetes en la mesa. Dirigiéndose a su cuarto, casi tropieza con otro caballero.

"Discúlpeme."

El hombre simplemente asintió y continuó caminando – dejando a Matthew un poco confundido.

Ese hombre me parece extrañamente familiar.

Debió haber pasado una hora o más desde que Catalina había entrado a la bañera. No podía estar muy segura del tiempo, pero el agua estaba helada.

Las noches de Texas en julio eran más frías de lo que ella hubiera esperado.

Levantándose, retiró la cortina de baño y se apresuró a tomar una toalla. Fue sólo después de que salió de la bañera y jaló el tapón en que le prestó atención a la habitación obscura, sólo iluminada por el suave brillo del baño. ¿Cómo se pudo haber quedado en la bañera tanto tiempo?

Era suficiente luz para ella. La obscuridad era algo que a ella no le importaba. Podía lidiar con lo todo lo demás.

Bueno, casi todo.

En definitiva, no podía lidiar con el hombre del bote. Había sido la primera vez que había estado asustada de estar en un barco.

Un golpe en la puerta forzó a Catalina a ponerse su vestido.

"¿Quién es?"

Catalina chasqueó su lengua y entornó sus ojos. Sólo una persona tocaría a su puerta a estas horas.

¡Qué audacia de Matthew el visitarla después del anochecer! ¿Y el pararse a su puerta sin contestar? Agitó su cabeza por su sorprendente falta de habilidades sociales.

Catalina caminó hacia la puerta cerrada, pero se negó a abrirla a esas altas horas de la noche.

"Matthew, estoy muy cansada y justo acabo de terminar de prepararme para dormir. Hablemos en la mañana, por favor."

Silencio, y luego el picaporte se agitó, el seguro sacudiéndose como si alguien tratara de quitarlo desde fuera.

Matthew trabaja para la ley. Él no trataría de irrumpir en mi cuarto.

Catalina escaneó el cuarto, su mirada se posó en el sillón de cuero en la esquina lejana del cuarto. ¡Ella podría usarla para bloquear la puerta! Corriendo hacia ella, le dio un fuerte jalón, pero sólo consiguió moverla unos cuantos centímetros de su lugar original.

Inútil pedazo de...

Frenética, presionó su cara contra el frío cristal, espiando hacia la tranquila calle que estaba debajo, su corazón latía en su garganta. ¿Podía saltar de la ventana para conseguir ayuda? No. Nunca conseguiría llegar abajo sin antes romperse una pierna – o peor.

¿Debía gritar? ¿Alguien sería capaz de escucharla detrás de la puerta cerrada?

Corrió de regreso al baño y abrió las llaves de la bañera. Luego cerró la cortina y salió apresurada – dejando la puerta parcialmente abierta detrás de ella.

Justo cuando se presionaba contra el frío y duro suelo, escuchó al seguro ceder.

Click.

Un hábil empujón y Catalina se deslizó debajo de la cama, con el denso polvo molestando su nariz. Abrió su boca – tratando de respirar de manera suave y tranquila, pero eso no calmó sus nervios. Su cuerpo entero temblaba con tal miedo que podía sentir las pequeñas gotas de sudor formándose justo arriba de su frente. Era peor la súbita sensación de atender sus necesidades de mujer, su abdomen adolecía con urgencia.

La puerta crujió, y la luz del pasillo se coló dentro. Las botas del merodeador eran negras con café, una mezcla entre cuero y algo escamoso. También tenía una insignia de oro en una de ellas que lucía como una serpiente con una espada atravesada.

El intruso se tomó su tiempo, moviéndose con cuidadosa facilidad como alguien practicado en las maneras de las entradas ilegales. Su desliz suave a través del piso de madera casi no hacía ruido.

¿Qué tal si ella hubiera estado dormida? Nunca lo hubiera escuchado.

Él se detuvo sólo a unos pasos de su escondite.

¡Por favor no revises debajo de la cama!

Se había quedado sin rutas de escape.

¡Y sin oxígeno! No podía seguir conteniendo su respiración durante más tiempo.

El intruso se dirigió hacia el baño.

¡Gracias, Dios! Catalina dejó escapar su aliento contenido, inhalando de una manera lenta y profunda para aminorar el mareo que había cubierto su mente. Mientras seguía oculta bajo la cama, se deslizó hacia la esquina más lejana del cuarto, y puso distancia entre ella y su nuevo terror.

El piso frío hizo poco para calmar el calor que envolvía a sus extremidades. Se arrastró fuera de la cama justo cuando el hombre desaparecía dentro del baño. Agazapada, se aferró al colchón y les ordenó a sus pies que se movieran.

Corre...

¡CORRE, CHICA TONTA!

Y lo hizo. Avanzó dos pasos antes de que el piso debajo crujiera en protesta, revelando su posición.

La mano de Catalina apretó el picaporte de la puerta cuando un pesado brazo rodeó su cintura, la otra se abalanzó alrededor de su garganta.

Él la jaló de regreso, pero ella se sostuvo fuerte del picaporte y abrió la puerta abruptamente.

La luz del pasillo inundó el cuarto, y se dirigió hacia la salvación.

El hombre la arrastró más hacia el cuarto obscuro, su forcejeo no era rival para la fuerza bruta de él.

El miedo le recorría las venas. Ella gritó, pero las gruesas manos de él amortiguaron el sonido, su agarre se estrechó hasta que el mundo se volvió negro. Estampó sus tacones en las bocas de él.

"¡Pagarás por eso!" Su atacante retrocedió, pero no la liberó.

Su respiración disminuyó en respiros acelerados. El tiempo se detuvo. La única prioridad de ella era respirar.

Ya casi sin energía, pensó en hacer lo primero que se le viniera en la mente antes de que perdiera la conciencia.

Relajó sus extremidades, haciéndose parecer una muñeca de trapo.

El hombre relajó su agarre. No lo suficiente para correr, pero lo necesario para hacer lo planeado. ¡Sólo si su plan hubiera funcionado!

En un hábil movimiento, presionó su espalda

contra el pecho de él – sus manos bloqueando el espacio entre el antebrazo de él y su cuello.

El hombre se puso rígido y maldijo, revolviéndose en su posición.

Catalina mordió el brazo del hombre, con la intención de sacar sangre, superando la vil mezcla de suciedad y sudor.

Su asaltante volvió a maldecir, asegurando un puñado de el cabello de ella y jalándola tan fuerte que con seguridad la piel se separara del cráneo.

Ella gritó, un sonido lo suficientemente fuerte para helar su propia sangre. ¿Esa era ella?

El grito de dolor de Catalina se convirtió en un llamado de auxilio y hubo una conmoción en alguna parte afuera en el pasillo de puertas abriéndose, y de huéspedes preguntando qué es lo que estaba pasando. Le siguió un sonido de pisadas, y Matthew apareciendo en la puerta.

Puertas. Murmullos, altos y suaves. Las pisadas hacían sonar el suelo.

¿Esa era la voz de Matthew?

Ella no pudo abrir sus ojos, el dolor paralizante amenazaba con explotar.

El asaltante tiró hacia atrás su cabeza y luego la golpeó contra algo, su cabeza se conectó con la madera.

Luego, un alivio. Liberada por su captor, se tambaleó, cayó contra el suelo, algo caliente caía por su rostro.

Se rompieron vidrios.

Forzó a sus párpados a abrirse, un poco, pero lo suficiente para ver a Matthew flotar sobre ella antes de que todo se desvaneciera.

Capítulo Nueve

Algo suave y aterciopelado se frotó contra la mejilla de Catalina. Trató de abrir sus ojos para ver que era, pero sus párpados se sentían pesados. Luego tenía la extraña sensación de estar flotando en el aire. Las náuseas envolvieron su estómago, y el sabor a ácido se elevó por la garganta como un bulto. Tragó fuerte y fue bajada lentamente, dejando que descansara en el frío piso.

Gruñendo, hizo un intento de levantarse. Aun así, su cuerpo tembló en protesta. Cayó de regreso al suave terciopelo y se rindió a la obscuridad.

"Vamos cariño. Abre tus ojos."

Matthew acarició suavemente la mejilla de Catalina en un intento de despertarla. Ignoró a la multitud de huéspedes que habían salido de sus cuartos para investigar la conmoción. No los podía culpar. El grito desgarrador de ella lo había alertado también a él. Lo último que esperaba ver era a Catalina peleando con un hombre el doble de su tamaño. ¿Luego ver cómo le habían golpeado la cabeza? Eso era suficiente para desmantelar el hotel, buscando al bandido que la había atacado.

¿Por qué estaba en el cuarto de ella? ¿Ella lo conocía? ¿Sólo era un simple ladrón, y ella era una desafortunada víctima?

¿O el incidente estaba conectado con algo más

grande?

Muchas preguntas rodaron por su cabeza como un par de dados que caían en el mismo punto de origen...

Catalina.

Otra queja lastimera sonó y trató de sentarla de nuevo. Puso algo de distancia entre ellos esta vez – consciente del hecho de que su actual modo de vestir, o su falta de ello, ciertamente estaba en contra del protocolo en la presencia de mujeres decentes.

Lo último que quería era que alguien los acusara de cometer algún escandaloso acto de indecencia.

"¿Qué es lo que está pasando aquí?" El gerente del hotel se abrió pasó entre la multitud, demandando una explicación.

"Ese hombre lastimó a esa chica"

Un anciano con una onza de valentía lo apuntó con un dedo tembloroso a Matthew. Una anciana arrugada con una mirada severa – sin dudas su esposa – se paraba al lado de él, asintiendo enérgicamente.

Matthew sintió como su cuello se calentaba mientras la temperatura de su furia se elevaba.

"¡No lo hice!"

Su voz resonó y espantó a la multitud mientras cada silaba se elevaba como trueno.

"Vine corriendo y llegué justo a tiempo para ver a un maníaco brincar por la ventana de ella." Matthew agitó su cabeza con incredulidad. No podía creer quien podría estar lo suficientemente loco para hacer tal maniobra. Si el tipo no estaba como un bulto destrozado afuera, al menos debió de haber sufrido una fractura de pierna. Y, vaya, quería bajar y verlo. ¡Tal vez podía atrapar al tipo! "Por favor. ¡Al menos pueden mandar a traer a un doctor?"

El último comentario fue dirigido al gerente, que volteó con uno de los empleados y le pidió que lo hiciera. El joven salió corriendo y bajó las escaleras a brincos. Mientras tanto, el gerente trato de manejar la situación.

"Muy bien. Muy bien. Todos retrocedan, y denle oportunidad a la chica de respirar." Se agachó al lado opuesto de Matthew y habló bajo. "¿Estás seguro que no tiene nada que ver en esto, joven?"

Matthew podía sentir su temperatura elevarse de nuevo. Temeroso de agarrar al hombre y de darle una buena sacudida, cerró sus ojos y se ordenó calmarse. En vez de eso, su mandíbula se apretó y el sonido de dientes tallándose hicieron eco en su cabeza.

"Auch." Catalina recuperó la memoria y se sentó con esfuerzo. "Siento como si hubiera impactado mi cabeza contra un ladrillo."

"Algo parecido." La imagen de la cabeza de ella estrellándose contra el poste de la cama lo iba a atormentar por un largo tiempo. Se obligó a olvidar a ese horrible recuerdo y pasó un brazo alrededor de la espalda de Catalina para ayudarla a levantarse. "Tómate tu tiempo. No te aceleres...lento y seguro."

Catalina se levantó y pudo sentir como el mundo se movía de nuevo. Se recargó contra Matthew y colocó su mano sobre el pecho de él, sorprendida con un parche de pelo obscuro.

"Oh, lo siento." Sus palabras sonaron mecánicas – como si simplemente dijera lo que está dictado propiamente. Ella no lo sentía, si su pulso errático era una indicación. Sin embargo, el júbilo disminuyó mientras su cabeza le empezó a doler.

"Um, no hay problema. Lo que iba a decir es que..." Matthew tartamudeó las palabras mientras removía gentilmente la mano de ella y la colocaba en su brazo, ofreciéndole soporte. "Me estaba preparando para dormir cuando escuché tu grito. Naturalmente, no había mucho tiempo para colocarse una camisa de botones."

"Naturalmente."

Él debía de darle crédito. Ella se veía peor en eso de la ropa, pero estaba intentado soportar el dolor.

Matthew asintió al gerente del hotel. Dándose cuenta que su asistencia ya no era requerida, el hombre retrocedió. "Muy bien, todos. Creo que ya tuvimos mucha emoción por una noche. Ya pueden regresar a sus habitaciones."

Se armó un lío inmediatamente. Los huéspedes preguntaron si estaban a salvo en el hotel. Una mujer pomposa demandó que le devolvieran el dinero por el susto que había pasado.

En las mejillas del gerente aparecieron unas manchas rojas al pensar en la idea de regresar dinero.

"¡George! ¿Qué está pasando aquí?" Una voz entrada en años sonó por detrás de una de las puertas, salvando al pobre hombre.

"¡Hay una mujer semi-desnuda aquí afuera, Martha!" contestó un hombre raquítico a su esposa mientras apuntaba a Catalina.

¿Qué? ¿Quién? ¿Ella? Catalina miró hacia abajo, horrorizada de que sólo llevara un camisón.

"Bueno, ¡ven aquí y puedes ver mucho más que eso!"

El pobre hombre agitó su cabeza tristemente. "Lo sé, lo sé." Murmuró suavemente. "Que el cielo me ayude. Claro que lo sé."

Surgieron carcajadas, y la multitud se dispersó.

"Vamos" Matthew trató de llevar a Catalina hacia su cuarto. Aunque, parecía que ella estaba pegada al suelo. Él dirigió su vista hacía donde ella veía a un caballero bien vestido.

El odio brilló en los ojos de Catalina.

"¡Tú!" agitada, Catalina señaló al hombre que se encontraba en el otro extremo del pasillo. "Tú eres el responsable de esto."

Varios individuos – incluyendo al gerente del hotel – se detuvieron cuando ella habló. El extraño miró a todos alrededor con sorpresa asomando en su rostro. "Disculpe, señorita. No tengo la menor idea de lo que está hablando."

"Fuiste tú" Catalina se adelantó, pero Matthew la sostuvo. Ella trató de soltar su brazo – el movimiento causó que su cabeza palpitara más fuerte. Atrajo su mano hacía su sien y habló lentamente.

"Estoy diciendo que fue él. Él está detrás de todo esto."

Una mirada sombría apareció en el rostro de Matthew. Continuó sosteniendo a Catalina, pero se dirigió al extraño. "¿Qué quiere decir ella, señor? ¿Quién es usted?"

"Nadie que tenga que responderle a gente como tú." El hombre introdujo sus pulgares en sus bolsillos y se balanceó sobre sus talones. Una sonrisa engreída retaba a Matthew a pelear.

Matthew puso a Catalina detrás de él y se adelantó un paso. Su postura era rígida mientas cerraba su mano en un puño. "Soy el comisario Martín, y yo digo que me respondas o esta noche disfrutarás una cama dura en una celda fría."

Una voz sonó en las escaleras. "Creo que estás hablando sin permiso, hijo." Un alto y delgado hombre vistiendo un par de pantalones azules desgastados y una playera de botones a juego subió las escaleras. "Mi nombre es Durbin. *Alguacil* John Durbin, así que yo me haré cargo de esto desde ahora."

Matthew lo examinó rápidamente.

Un abundante bigote castaño rodeaba ambos lados

de su torcida mandíbula como una herradura. Llevaba un largo sombrero Stetson que se veía algo elegante para el resto de la ropa. Era obvio sólo por su caminar de que era un hombre con el que no querías problemas. Si el destello malicioso en sus ojos no convencía a una persona de que él iba a hacer su trabajo, entonces la pistola que colgaba de su cadera y la placa donde se leía "alguacil" sería lo que lo haría.

Matthew cedió al hombre con una simple afirmación. No querría que alguien lo hubiera reemplazado en su jurisdicción.

"Un empleado del hotel llegó corriendo a la plaza hace unos minutos. Provocó un lío gritando por un doctor. ¿Así que qué pasó y quién estuvo involucrado?"

Catalina levantó una mano con duda. "Fui yo, señor."

"Yo no." El extraño ofreció la información antes de que le asignaran más culpas a él.

"¡Este hombre me ha estado siguiendo desde Mississippi!" Catalina miró fijamente al hombre con ojos acusadores.

El alguacil Durbin fue rápido para evitar una posible riña. "Esperen un poco, amigos" Ordenó silencio con un ligero gesto de sus manos. Observó a los pocos rezagados que quedaban en el corredor del hotel. "¿Alguien más vio algo, o tiene algo que pueda contribuir a estos dos?" El alguacil señaló al extraño y a Catalina.

Unos individuos agitaron su cabeza enérgicamente. Otros simplemente miraron a otro lado.

"Muy bien. Cada quién regrese a su cuarto." El alguacil miró a las dos partes. "Hablaré con cada uno de ustedes en privado."

"Pero no antes de que haya examinado a la chica." Un ágil y viejo hombre apareció en la parte alta de las escaleras. Unos lentes de montura ancha eran delineados por un delgado y gris cabello. Caminó enérgicamente hacia ellos como si estuviera en una misión.

Catalina se dio cuenta repentinamente de cómo debían verse ella y Matthew, ambos medio vestidos parados lo suficientemente cerca como para tocarse.

"Buenas noches, Doc."

"Hola, John. No olvides lo que te dije ayer. Ven a mi casa antes de que viajes hacia el oeste."

"Lo haré," contestó el alguacil Durbin, su vista se enfocó en el hombre mientras guiaba a Catalina hacia un cuarto antes de regresar al extraño. "Así que, ¿cuál es tu nombre?"

"Thomas Delany de Mississippi."

"¿Por qué nos estás siguiendo?" Matthew se adelantó – con sus brazos cruzados enfrente de su pecho descubierto. Se paró al lado del alguacil, esperando que la mueca de su labio superior luciera lo suficientemente amenazante para asustar al hombre para que fuera honesto. Observó la cicatriz rugosa del extraño. "Ya te recuerdo. Eras ese hombre en el barco en Mississippi."

"Si, era yo." confirmó el sr. Delany. "Estoy en camino a Silver City en Nuevo México. Tengo un asunto ahí que me gusta revisar de vez en cuando."

El alguacil Durbin continuó con la interrogación. "¿y dónde ha estado en este último tiempo?"

Una sonrisa perversa apareció en el rostro del sr. Delany. "Probando las delicias de Abilene. Creo que su nombre era Beth." El hombre lamió las puntas de sus dedos como si acabara de comer pollo frito.

El estómago de Matthew se revolvió.

"Bueno, estaré verificando su historia." El alguacil ignoró los crudos gestos del hombre. "Así que, no deje la ciudad."

El sr. Delany se inclinó de una manera vistosa. "Como usted diga, alguacil." Retrocedió unos pasos y se acercó al borde las escaleras.

Matthew lo ignoró y se dirigió hacia Catalina cuando el alguacil lo detuvo.

"¿Y cuál es tu historia, hijo? Parece que estás algo desvestido." Observó a Matthew de una manera que declaraba una habilidad de oler las más blancas de las mentiras.

Matthew no se iba a convertir en un pregonero.

"Soy el comisario Martín de Mecklenburg Country, Carolina del Norte. He sido contratado para escoltar a la Srta. Santé con un familiar que tiene en el borde de Arizona." Continuó con la misma postura, "Y no había tiempo para agarrar una camisa cuando escuché los gritos de la señorita Santé."

El alguacil Durbin observó a Matthew por un largo tiempo, pero de suerte no hizo preguntas más detalladas – como en qué lado de la frontera se encontraban los familiares de Catalina.

"¿Y tienes una idea de quién querría lastimar a la señorita Santé?"

Matthew quería vincular el incidente con un gran número de los del clan Monroe, pero no tenía ninguna prueba de que habían sido hechos – sin mencionar la atención adicional que atraerían si las personas locales descubrieran que Catalina estaba acusada de homicidio.

Además, toda la gente decente de Charlotte estaba dormida cuando ellos dejaron el pueblo.

Matthew agitó su cabeza. "No se me ocurre nadie"

El señor Delany se aclaró la garganta de una manera llamativa en un intento de que lo escucharan. "No me sorprendería si algún *bandido* vio a esa linda señorita, y pensó que podía llevársela."

Matthew entrecerró los ojos al hombre por su opinión sin pedir y lo midió.

Si sólo fuéramos nosotros dos, apuesto que podría—

"No me sorprendería si tuvieras la razón." El alguacil Durbin interrumpió los pensamientos de Matthew con una desafortunada dosis de realidad. "Hemos estado teniendo muchos problemas con esos tipos desde que Villa logró atravesar. Ahora cada mexicano piensa que puede tomar todo lo que ve – algún mal entendido de que esta tierra era suya primero, así que todo lo de ahí también lo es."

"Bien, ahí lo tienes – la razón por la que tenemos a todas nuestras tropas por toda la frontera." el sr. Delany lamió sus dientes y se balanceó en sus talones. Entonces terminó su punto. "Parece que no sólo nos tenemos que preocupar por los alemanes."

Matthew escondió sus puños en sus bolsillos para evitar que terminaran en el rostro del hombre. "Me tendrán que disculpar. Ha sido una noche larga y me gustaría descansar un poco – sin mencionar el ponerme una playera." Ignoró al sr. Delany, pero asintió sus buenas noches al alguacil.

"Interrogaré al gerente del hotel. Lo enviaré cuando yo haya acabado para que hable con la Srta. Santé sobre darle un nuevo cuarto."

"No es necesario." Matthew habló de una manera que no dejó lugar para debatir. "La Srta. Santé está a mi cargo, y no dejaré que otro incidente como este ocurra. Así que mantendré guardia por el resto de la noche."

Un hombre elevó una ceja. El otro sonrió de manera sospechosa. Le hubiera gustado borrar esa sonrisa malvada. En vez de eso, asintió y soltó un débil "buenas noches" a ambos, aunque no tenía nada de buena.

Capítulo Diez

"Bueno, no es de sorprenderse el por qué le duele la cabeza. Tiene un gran chipote." El doctor mezcló un tipo de mejunje. "Beba esto. Se sentirá mejor en la mañana."

Catalina se sentó recargada en la gran montaña de almohadas que el médico había preparado para ella. Buscó ansiosa la medicina casera.

"Muchas gracias." Bebió un sorbo de la taza y se forzó a tragar la amarga bebida.

El rostro arrugado de él sonrió con una risa expectante.

¿Él de verdad esperaba un elogio por su medicina? Decirle que tenía buen sabor sería una mentira. Optó mejor por la diplomacia.

"Ha sido muy amable – viniendo aquí tan tarde en la noche." Trató de beber otro sorbo de la taza, escondiendo otra mueca mientras el líquido tocaba sus labios. "¿Cuánto le debo por la visita?"

"Sólo preocúpese por descansar." El doctor le dio unas palmaditas en la mano, luego recogió su bolsa para retirarse. "Discutiré mis honorarios con su esposo."

¿Su esposo? ¿Matthew? Se sonrojó al pensar en cómo la había cargado en el pasillo. Era natural que el doctor asumiera erróneamente sobre la naturaleza de su relación.

Miró al edredón que la cubría, y empezó a recorrer

ligeramente las puntadas del intricado patrón de estrella. ¿Cómo iba a explicar su incómoda situación? Apretó sus ojos y rezó por las palabras correctas.

"Bueno, él en realidad no es –"

Unas botas pesadas sonaron en el viejo piso de madera.

Los ojos de Catalina se abrieron repentinamente.

¡Matthew! El verlo entrar al cuarto con seguridad la hizo cerrar su boca.

Matthew se quedó parado al extremo de la cama, pesando la situación. El ataque de temprano en la noche le recordó a innumerables momentos de su pasado, siendo el peor un asalto de uno de los hombres de Villa hace unos años atrás. Eso era por lo que había dejado el territorio. El lugar era salvaje y peligroso, y no había manera de saber si alguien llegaría buscando el reclamar las vidas que él había tomado. ¿Iba a ser arrastrado de regreso a lo desconocido?

¿Por ella?

Miró a Catalina, sus ojos se conectaron momentáneamente. Luego los de él se movieron lentamente hacia el ligero pijama de algodón de ella. Algo crudo y feral cruzó por los ojos de Matthew. Catalina bajó su cabeza con vergüenza, acercando más el edredón a su barbilla.

"Uh..." Matthew agitó su cabeza y pasó su mano por su propio cabello enredado como si pudiera dispersar la imagen de Catalina acostada en su cama – sus inocentes ojos de cordero y sus rizos desaliñados significaban el comenzar de un nuevo día. Él no tenía por qué estar teniendo pensamientos nada caballerosos.

Distracción. Necesitaba una distracción. Forzó su vista lejos de la cama. Observó su camisa cubriendo el respaldo de una silla, y se dirigió hacía la tela desteñida. Poniéndose la camisa, se abotonó antes de dirigirse al doctor.

"Bien, ¿cuál es el pronóstico?"

"Bueno, ella tiene un horrible golpe en la cabeza que necesitó unos cuantos puntos. Hay algunos moretones también."

¿Cómo alguien podía lastimar a una mujer? Ese simple pensamiento lo hacían enfurecer lo suficiente como para considerar el agarrar una pistola y buscar en las calles a ese canalla que podría hacer algo tan vil como atacar a una mujer indefensa en su propio cuarto. En la noche.

Mientras estaba bajo protección de *él.*

La mandíbula de Matthew se movió y el sonido de sus dientes rechinando llenó el cuarto.

"Oh, no se preocupe. Ella vivirá." El doctor disipó cualquier preocupación y guiñó. "Le di una cosita que la hará dormir como bebé."

Matthew levantó una ceja en duda. Miró hacía Catalina quien continúo bebiendo de la taza – una sonrisa tímida sugirió lo que él ya sospechaba que era el tratamiento.

Láudano

Matthew se contuvo de fruncir el ceño al pensar en Catalina ahogándose en la sustancia. La ley había restringido el uso de la tintura adictiva sólo hace unos años atrás. Sin embargo, no era legal. Y muchos doctores seguían dependiendo del mismo para curar todo desde un dolor insoportable hasta una simple tos.

Catalina vació la taza y la colocó lentamente en la pequeña mesa de noche. Luego acomodó las sábanas bajo su barbilla y le sonrió a él. Una pequeña risa escapó de sus labios, la cual trató de cubrir con sus delicados dedos.

Matthew se contuvo una sonrisa y le hizo una seña al doctor para que lo siguiera. "Vayamos afuera y terminemos de hablar."

El doctor le deseó buenas noches, pero ella respondió con un saludo débil.

Con su mano en la manija, Matthew observó el cuarto.

Catalina ya había caído en algún lugar de sueños plácidos.

¿Cómo sería...?

No fue la luz del día entrando por el cuarto lo que causó que Catalina se removiera, sino el suave toque en su puerta.

Levantar su cuerpo cansado la hizo sentir como en otro mundo. Todo le dolía como a un perro castigado, su cabeza se sentía grande y tiesa cuando la elevó.

Como si estuviera en un sueño, flotó hacía la puerta.

Y la abrió a una pesadilla.

"No. Es imposible." Agitó su cabeza como si pudiera hacer desaparecer la imagen de Benjamín. "Te vi. Estás muerto."

Benjamín le sonrió a ella – una de esas sonrisas dulces que ella recordaba de la primera vez que se conocieron. El corazón de Catalina latió con fuerza mientras trataba de enderezar todo.

"Lamento lo que hice. Jamás quise que pasara." Su garganta y ojos empezaron a arder como si estuviera conteniendo el llanto. "¿Me perdonas?"

Benjamín simplemente permanecía ahí, mirándola a ella con una sonrisa tan extraña que le producía un escalofrío en su espalda. El vello detrás de su cuello se erizó, y empezó a temblar de miedo.

"No te quedes ahí." Ella le ordenó que rompiera el silencio. "¡Di algo!"

La sonrisa suave de Benjamín se tornó siniestra. "Sólo vine a terminar el trabajo."

Y sin ninguna advertencia, su gruesa mano se elevó y rodeó el cuello de ella.

Dejó salir una protesta, corta y aguda, que se ahogó al sentir como aumentaba la presión de la mano. Inhaló por aire.

"Catalina." Él la llamó y la agitó suavemente. "Vamos, chica."

Ella peleó contra el demonio en su pesadilla. Sus pequeñas manos buscaban aferrarse, pero no alcanzaron su objetivo.

Él la llamó de nuevo. "¡Despierta Catalina!"

La niebla se disipó rápidamente, y Catalina esfumó a la horrible pesadilla. Abrió los ojos y se encontró a Matthew observándola.

La luz del sol irradiaba en el cuarto, enmarcando a Matthew de una manera que parecía como un ángel que venía a rescatarla.

Debió de verse espantosa. Elevó una mano temblorosa, y acomodó su cabello despeinado que se había soltado de su trenza.

"Debiste de haber estado soñando algo muy feo."

Él se sentó al lado de ella en la cama – sus manos fuertes calentaban sus hombros mientras la ayudaba a sentarse. Las sábanas se deslizaron, dejando expuesta el pijama de algodón de ella.

Catalina arrastró las sábanas de regreso hasta su barbilla mientras Matthew se levantaba y se alejaba de la cama.

Ella hizo lo posible para ignorar el incómodo momento. Lo último que ella quería era el admitir a alguien – especialmente a él – la verdad sobre con quién había estado soñando. ¿Qué tal si él pensaba que ella seguía sintiendo algo por un antiguo galán?

"Fue una noche pesada." Logró sonreír un poco aunque todavía se sentía como una bola de nervios.

"Bueno, eso es decirlo de manera bonita." La voz de él se suavizó por la preocupación

"No tienes idea." Catalina cerró sus ojos y recargó su cabeza. Lo único que ella quería hacer era el olvidar que todo había pasado. "Espero no volver a experimentar algo así jamás."

"Es por eso que me apresuré a venir así. Te escuché gritar de nuevo." Pasó una mano por su cabello. Sus agudos gorjeos le dieron un susto que no podía quitarse. "Pensé que alguien había logrado escabullirse de mí, o algo parecido."

"¿Escabullirse de ti?" Catalina lo estudió por un momento, el peso de sus palabras se hundía. "¿Pasaste toda la noche en el corredor?"

Algo de calor subió hasta el cuello de Matthew. Trató de alejar la vergüenza.

"Lo tuve que hacer. Hice un juramento personal de proteger a la gente cuando empecé a trabajar para la ley." Se movió un poco como si estuviera incómodo y continúo. "Y hubiera provocado chismes si hubiéramos pasado la noche en el mismo cuarto."

Una ceja levantada le confirmó que la última parte había sonado mal.

"No pretendía decirlo así." Buscó las palabras correctas. "Um..."

"No tienes que explicarlo." Se apresuró a salvarlo. "Lo entiendo."

Catalina observó detrás de él y notó la puerta abierta completamente.

Miró hacia abajo antes de hablar.

"Supongo que estabas haciendo lo que cualquier

buen comisario hubiera hecho." La tristeza inundó sus ojos mientras ella hablaba. "Al menos, espero que sea verdad. Tú has sido de las pocas personas que conozco que parece preocupado por mi bienestar."

Matthew no sabía de donde había salido el pensamiento, pero se acordó de una escritura que había leído hace mucho. Él no creía mucho en Dios, pero había estado interesado en una parte de la biblia.

"Bueno, es como dice en el evangelio." Matthew se detuvo por un momento mientras recordaba las palabras exactas. "Cualquiera que te obligue a llevar carga por una milla, ve con él dos."

Catalina se emocionó. "¡Conoces los evangelios!"

"En realidad no."

La sonrisa de ella se desanimó un poco, pero era mejor que supiera la verdad.

"Sólo he leído el libro de Mateo." levantó los hombros, incómodo y reacio. "Pensé que era una buena idea porque tengo el mismo nombre en inglés, pero seré honesto...no recuerdo que versículo es."

Catalina cerró sus ojos y pensó por un momento.

"Sabes, el libro de Mateo es uno de mis favoritos, pero también seré honesta. No recuerdo los evangelios para nada." Apuntó a su bolsa en el suelo. "Creo que mi biblia está ahí. ¿Puedes revisar por mi, por favor?"

Matthew buscó dentro de la bolsa y sacó una pequeña biblia – la cubierta de piel estaba desgastada sólo un poco.

Se la aproximó a ella, pero negó con la cabeza.

"¿Te molestaría buscarla mientras me arreglo?"

La apariencia de su rostro le sugería que a él no le agradaba mucho la idea. Aun así, aceptó la simple tarea y se levantó para retirarse.

"¡Espera!"

Matthew se detuvo y miró de regreso a ella. Se

estaba mordiendo su labio. ¿Cómo reaccionaría él a su siguiente petición? "¿Me dejarías hacer algo antes de que te vayas?"

Matthew la observó con duda, pero accedió y acercó una silla a la cama.

Por favor, Padre. Dame las palabras correctas para decir.

Ella colocó su pequeña mano en las de él, ignorando el calor y gusto de hacerlo. Cerró sus ojos e inclinó la cabeza. Él la imitó y ella empezó a rezar.

Matthew sólo tenía una ligera idea a lo que se estaba refiriendo ella mientras rezaba sobre ya no tener sed. Luego le pidió a Dios que hiciera brillar una luz en sus corazones abiertos.

Él escuchó los suaves murmullos de un "Amén," pero falló en decir lo mismo. Sólo podía sentarse ahí, paralizado. La única persona que había rezado con él había sido su madre cuando él era un pequeño niño.

Matthew tragó la densa sensación que se acumulaba en su garganta. Una emoción crecía en su pecho. Trató de ignorarla, pero no había razón de negarla.

Esto era algo más que simplemente sentirse atraído por una cara bonita.

Inhaló largamente mientras se levantaba. Había algo que quería – no, necesitaba – decir.

Abrió su boca para hablar – las palabras se encontraban en la punta de su lengua, pero la proclamación murió. En vez de confesar como se sentía, simplemente levantó la biblia.

Él asintió, aceptando su reto, para luego alejarse – dejando a Catalina mirándolo con confusión.

Ella había sentido el cambio en el aire, ¿verdad?

Le restó importancia.

Ya cuando cerró la puerta, Catalina se tomó un

momento para absorber el tranquilizante silencio.

Tenía la intención de rezar por Matthew. En vez de eso, le había pedido a Dios que abriera el corazón de ambos.

Como si una débil y consistente voz le hubiera ordenado, Catalina sabía que debía dejar a un lado su incertidumbre.

Era tiempo de que buscara en su corazón lleno de dudas, y aceptara lo que había dentro.

Capitulo Once

La biblia se encontraba abierta al lado de la taza de café de Matthew como una puerta hacia otro mundo. Desde el momento en el que había empezado a leer, las palabras se habían grabado dentro de él como palabras en joyería fina.

"Padre, perdónalos, porque no saben lo que hacen."

¿Cómo alguien podía ser amable con aquellos que le habían mostrado tal crueldad?

El simple pensamiento de que alguien podía estar dispuesto a sacrificarse para que otros pudieran tener salvación y esperanza desconcertaba la mente de Matthew. Una sed de aprender más lo mantuvo investigando más páginas.

"Es una buena lectura la que tienes ahí."

Matthew casi saltó de su asiento. Había estado tan perdido en el mensaje que no había escuchado a nadie aproximarse a él.

"Buenos días, alguacil." Matthew se levantó para apretar la mano del hombre. "Unos días lejos de los chicos y parece que estoy perdiendo el toque. Nadie había sido capaz de atraparme con la guardia baja."

"Bueno, he estado escabulléndome por un tiempo." El alguacil se sentó en la silla mientras le hacía una seña a la mesera. Era la misma que le había dado a Matthew un guiño pícaro justo después de que Catalina se alejara la noche anterior. Mantenía la cabeza baja esta vez, y él podía asumir que era por la reprimenda que le había dado.

"Una taza de café, por favor."

Se asomó con precaución a la taza de Matthew para verificar si necesitaba que la rellenaran. Viendo que no era necesario, se retiró sin decir ninguna palabra.

De suerte, el alguacil Durbin o no había notado o no le importaba la actitud fría de la chica. Lo último que necesitaba Matthew era que alguien le cuestionara su carácter. Un malentendido con la policía local sólo complicaría las cosas.

"He estado pensando en lo de anoche." dijo el alguacil Durbin.

Matthew cerró la biblia y puso toda su atención en el alguacil.

El hombre estaba sentado ahí examinando sus uñas como si pensara que necesitaban una buena limpieza.

Matthew podía sentir como se erizaban los vellos de su cuello. Algo le decía que no iba a disfrutar esa conversación.

"¿Qué tiene lo de anoche?"

El experto alguacil se enfocó en Matthew, sus ojos brillaban con un propósito. "He estado pensado que tal vez este ataque no sea una coincidencia."

"¿A qué se refiere?"

"No pensaste que iba a dejar que pasara un incidente como el de anoche sin investigar más, ¿verdad?" el alguacil Durbin hablaba de manera directa. "Los busqué – a ustedes dos, eso es lo que hice. Sé del accidente en Carolina."

Matthew abrió su boca y le cerró rápidamente. No podía mentir. Al mismo tiempo no estaba seguro de si admitir la verdad causaría más problemas.

Estaba formando una respuesta cuando Catalina entró en la habitación.

¿Por qué el alguacil estaba sentado en la misma mesa que Matthew? ¿Había descubierto nuevas pistas sobre su atacante?

"Buen día, caballeros." Los dos hombres se levantaron mientras ella tomaba asiento.

"Buenos días, Señorita Santé."

Catalina extendió una mano hacia su servilleta. ¡Espera! ¡El alguacil la había llamado por su apellido! Su mano se quedó suspendida sobre la tela finamente doblada. ¿Cómo había descubierto quién era ella? Matthew había registrado los cuartos a su nombre. Seguramente él no había dicho algo.

Aun así, tal vez si lo había hecho. Después de todo, Matthew también era un comisario.

Catalina levantó la servilleta y la colocó en su regazo, mirando a Matthew con una ceja levantada.

Él agitó su cabeza en negación.

Catalina miró fijamente al alguacil.

"No recuerdo haberle dicho mi nombre, alguacil... ¿Durbin?"

La cabeza del alguacil se movió. "Si, eso es correcto. Mi apellido es Durbin – nombre John." Se detuvo mientras la mesera regresaba con su café. Le ofreció una pequeña disculpa por lo que había tardado en entregarlo – explicando que tenían que hacer la infusión primero.

"Ahora nosotros sabemos quién es usted," Matthew continuó una vez que la chica se había ido. "Sin embargo, eso no explica como sabe usted de nosotros – aunque puedo imaginar cómo consiguió la información."

"¿Y cómo piensas que la conseguí?"

Como si Matthew no supiera que el alguacil Durbin estaba preguntando, tratando de sacarles información a ellos. "¿Por qué no me dice usted mejor?

Si está en lo correcto, se lo haré saber."

"Me parece justo," empezó el alguacil. "La primera cosa que llamó mi atención era que habían pedido dos cuartos."

"Eso no es un crimen." Matthew se recargó y cruzó sus brazos frente a su pecho.

"No. No es un crimen – sólo es extraño." El alguacil tomó un sorbo de su café antes de continuar. "Y también delatador. Si estuvieran casados o fueran hermanos, entonces hubieran compartido una habitación."

Catalina se adelantó. "No necesariamente. ¿Por qué una mujer debería compartir una habitación con su hermano?"

"No debe de hacerlo," sonrió el alguacil Durbin. "Pero él no es tu hermano."

"¿Y cómo sabe que no lo es?"

"Cariño, yo tengo hermanas." La sonrisa del alguacil se amplió. "Y nunca he mirado a ninguna de mis hermanas de la forma en que él la miró a usted anoche."

Matthew se atragantó y casi escupió su café. Miró a Catalina. Un profundo rosa se asomaba en sus mejillas. Ella se negaba a mirarlo – en vez de eso se enfocaba en el plato enfrente de ella.

¿Estaba avergonzaba de haber sido puesta en ese lugar, o sólo por el tema de conversación?

Matthew se levantó de su asiento, aventando su servilleta en la mesa. "¿A dónde quieres llegar con eso, amigo?"

El alguacil Durbin le señaló pacientemente que se sentara.

Le contestó.

"No te enojes, haciendo un escándalo por nada. Mejor pasemos a la carne y a las papas."

"Por favor," rogó Catalina. "Para así pasar a las verdaderas papas y carne. Algunos de nosotros no hemos tenido el placer de desayunar."

"Mis disculpas, señorita. Permítame servirle algo a usted."

"No, no lo haga." La urgencia en la orden hizo que la voz de Catalina sonará demasiado aguda. Volvió a bajar su voz. "No creo que me agrade que alguien más escuche nuestra conversación."

Matthew le dio la razón. "¿Qué tal si termina de decirnos lo que nos estaba comentando?"

El alguacil Durbin asintió empáticamente. "Me parece justo. Después de concluir de que no había ninguna relación entre ustedes dos, contacté al operador del barco que usaron para cruzar el Mississippi. Él me confirmó tu nombre, comisario, y el hecho de que estabas viajando con una Señorita Catalina Santé." El alguacil se recargó y cruzó sus brazos, como si estuviera satisfecho por un trabajo bien hecho.

"Déjeme ver si puedo terminar el resto por usted," dijo Matthew. "Había mencionado donde trabajaba como comisario. Una vez que confirmó eso, preguntó sobre la mujer con el nombre de Santé."

Catalina dejó escapar un suspiro. La paz de la plegaria de la mañana se había evaporado.

Sus hombros se dejaron caer hacia atrás. Aquí estaba en medio de Texas donde ningún alma había escuchado de ella antes, y la historia de lo que había pasado en su casa ya asomaba su horrible cabeza. ¿Cómo iba a escapar de su pasado?

"Oye." Matthew trató de distraerla. "No hay razón de que te enojes. Tú no hiciste nada malo."

"Él tiene razón," añadió el alguacil Durbin. "No quería hacer parecer que ustedes eran el foco de mi investigación."

Catalina miró confundida al alguacil. "¿Entonces por qué le importa quién soy yo?"

"No es tanto el quién eres," habló lentamente el alguacil. "Es más sobre los problemas que podrías traer."

"Espere un momento." Matthew se inclinó hacia adelante mientras le hablaba al alguacil. "Nosotros sólo estamos pasando por la ciudad. Ninguno de los dos queremos traer algún problema."

"Tal vez no, pero parece que los problemas los han seguido hasta aquí."

"Bueno, eso no es mi culpa – y ciertamente no es la de ella."

"Eso no cambia el hecho de que haya sucedido el ataque de anoche."

"No me lo recuerde." Catalina elevó sus manos y se tocó suavemente al lado de la cabeza. "Aun siento los efectos secundarios."

"¿Quieres que llame al doctor?" el tono de Matthew estaba lleno de preocupación.

"No. Estaré bien," respondió rápidamente Catalina. Cualquier cosa era mejor que beber más de la "mezcla especial" del doctor. El mejunje pudo haber calmado su dolor, pero también nubló su mente. No se podía quitar esa sensación de mareo que la perseguía. "No es algo que no pueda aguantar. Además, de verdad quiero apurarme   y continuar con el viaje."

"Y eso me lleva al punto central del asunto." interrumpió el alguacil Durbin.

Catalina y Matthew intercambiaron una mirada. ¿Ahora qué?

"Estaba pensando que no me molestaría viajar con ustedes."

"¿Qué?" preguntó Matthew, la sorpresa recorría sus venas.

La boca de Catalina se abrió completamente.

"Estamos muy halagados." empezó ella. "Pero me temo que ya hemos robado mucho de su tiempo."

"Y no le gustaría dejar a la ciudad desprotegida." añadió Matthew.

"Tonterías." el alguacil Durbin ignoró sus excusas. "Ya tengo un comisario ansioso de llevar mi placa. Estoy muy inclinado a dejarlo. Parece que cualquier día hay un pistolero que viene al pueblo, tratando de probar que es más rápido que yo. No me ha ganado, pero estoy seguro que mi tiempo se va a acabar muy pronto si me quedo por estos rumbos. Mejor retirarme mientras puedo."

Matthew miró hacia Catalina y se encogió de hombros. Tal vez tener a otro relacionado con la ley no sería tan malo. Al menos, era más protección por si reaparecía el atacante. Reflexionó sobre la idea por un momento, y asintió lentamente.

Un gruñido de decepción salió de Catalina. ¿Cómo iban a continuar la conversación de esta mañana con un par de oídos extras escuchando?

"Ese viejo doctor dijo que ella debía tomar un día de descanso." Agitó su cabeza hacia ella. "Una pena porque habíamos planeado originalmente el irnos después del desayuno. Tal vez llegar al rancho de su abuelo al anochecer. Pero parece que lo de anoche cambió eso."

"Oh, no. No cambiemos de planes." intervino Catalina. "Seré la primera en admitir que el episodio de anoche me dejó más que agitada. De hecho, no creo sentirme como yo hasta que esté en un techo permanente. Así que no perdamos más tiempo expuestos a un camino. Yo digo que comamos, salgamos del hotel y nos dirijamos a México."

El alguacil le dirigió una mirada conocedora a

Matthew.

Matthew se tragó su orgullo, el mensaje de ella era claro. No confiaba en él para protegerla. No que pudiera culparla después del ataque de anoche. Debió de haber ido tras ella.

"Yo digo que el desayuno suena como una buena idea," comentó el alguacil. Le hizo una seña a la mesera. "Este hotel tiene el mejor desayuno que puedas encontrar en todo Texas. Sirven un generoso plato de jamón, huevos y pan de elote."

El estómago de Catalina gruñó, y sus ojos se abrieron más mientras se aproximaba la mesera. "Bueno, está decidido. Creo que pediré el desayuno especial." ordenó ella.

Ambos hombres ordenaron lo mismo. Luego Matthew se recargó y le guiñó a Catalina.

"Tal vez deberías mandar a hacer una de esas "canastas de bísquets" otra vez."

Ella sonrió, pero se borró cuando vio una figura familiar entrar al área. ¡Thomas Delany!

"Alguacil, ¿También investigó a Thomas Delany?" preguntó ella.

Ambas cabezas giraron hacia el Sr. Delany. El hombre se sentó y rugió sus órdenes a la servidumbre, su voz cargaba sus demandas por todo el comedor.

"Lo hice" confirmó el alguacil. "Parece que salió bien. Tiene una mina registrada a su nombre en Silver City."

"Tal vez, pero sigo sin confiar en él." Catalina movió sus labios como si hubiera probado algo amargo. "Algo de él me deja un mal sabor de boca."

"No es sorprendente." comentó el alguacil. "No todos son como dice el papel."

La mesera apareció con la comida.

Matthew se aclaró la garganta. "Bueno, creo que

todos podemos sacar las mismas conclusiones de lo que sería su carácter. Así que no tiene caso arruinar una buena comida hablando de eso."

"Bien dicho," concordó el alguacil, agarrando sus utensilios y cortando un grueso pedazo de jamón.

Matthew lo imitó, pero detuvo su tenedor a mitad de camino. Esperó a que Catalina inclinara su cabeza y rezara por su comida. No estaba listo para tomar ese paso y hacer lo mismo. Sin embargo, pensando sobre la experiencia de la noche anterior, ahora podía apreciar por qué alguien más lo podía hacer.

Capítulo Doce

"Me pregunto a donde se estarán dirigiendo," dijo Catalina desde el asiento de atrás. Un tanque del ejército y par de camionetas llenas de soldados avanzaban lentamente del lado del camino. El grupo comía sus lonches mientras observaban a los jóvenes. Algunos de ellos llevaban una expresión seria – como si temieran su misión. Luego había otros (probablemente aquellos que no habían visto la parte horrible de la guerra) que seguían joviales. Sus risas llegaban hasta el Modelo T.

Desafortunadamente, su felicidad hizo poco en animar su espíritu. Cansados del largo viaje, la última media hora del viaje había sido en completo silencio – el primero en todo el viaje.

"Probablemente vayan al mismo lugar al que vamos nosotros." Matthew se detuvo para dejar pasar al ejército – otro retraso que había hecho un viaje de doce horas entre Texas y Arizona en uno de dos días.

"Dudo mucho eso," dijo el alguacil Durbin, masticando un pedazo de enebro mientras miraba por la ventana. "Posiblemente terminen en la frontera, ¡pero estoy seguro que esos chicos no están lo suficientemente locos para cruzarla!"

Catalina suspiró, anticipando la discusión inevitable ante la ruda observación. Los dos hombres habían estado confrontándose casi desde que dejaron

Abilene. Primero había sido una pelea que casi había ocurrido después de que Thomas Delany había expresado un deseo de disculparse por cualquier malentendido. Un pequeño apretón de manos pronto se tornó en un beso en el dorso de la mano de Catalina. Matthew se había alertado, pero permaneció sentado.

Hasta que el beso se transformó en varios recorriendo el brazo de Catalina.

Ella había tratado de soltar su brazo, pero el Sr. Delany había atrapado su mano en un agarre de acero.

Ahí fue cuando Matthew se abalanzó y tomó al señor por el collarín. Lo hubiera agarrado a golpes si no hubiera sido por el alguacil señalando rápidamente la infracción.

"Bueno, John, ya te he dicho. Eres más que libre para viajar a donde tu corazón deseé. Después de todo, tienes un caballo perfecto en la parte de atrás que se está desperdiciando."

El caballo había sido un detalle incómodo desde que el alguacil Durbin había sorprendido al grupo con una yegua que él insistió que trotara detrás del Modelo T. La pobre bestia había necesitado numerosos descansos para beber agua. Luego sus ataduras tenían que ser reanudadas a la llanta de refacción cuando notaron que trotaba en otra dirección diferente a la del carro.

Los retrasos se podían haber evitado si el alguacil hubiera vendido al caballo antes de dejar el pueblo. Él no se había sentido capaz de separarse de esa belleza castaña. Había sido un regalo de la gente de Abilene cuando el alguacil atrapó a un destacado bandido durante un asalto a un banco hace dos semanas. Ahí fue donde tuvo la noción de quebrar al caballo y cabalgar lejos de Abilene.

Hasta que Matthew y Catalina llegaron –

presentando la posibilidad de marcharse antes.

"Bueno, te lo he dicho una vez y te lo vuelvo a decir que Abigail apenas está aceptando la silla para montar."

"Una razón más por la que debería estar usando una ahora," debatió Matthew. "La mejor manera de quebrar a un caballo es montándolo."

"Eso dices tú" intervino el alguacil Durbin. "Yo tengo mi manera de hacer las cosas, y tú tienes las tuyas. Cuando sea tu caballo del que estemos hablando, entonces puedes quebrarlo de la manera que quieras, hijo."

Matthew se tensó por la palabra, *hijo.* El único hombre que lo había llamado así había sido su padre justo antes de dejar claro que no estaba interesado en ser un "hombre de familia."

No estaba destinado a serlo, hijo.

El alguacil sólo era un par de años más viejo que él. ¿Quién cree que era él llamándolo "hijo"? Matthew frunció el ceño y le dedicó una mirada al pasajero. "He quebrado a un caballo antes, *chico,* y no incluía manejar a 10 millas por hora para que el caballo no se cansara."

"No seas sarcástico ahora, hijo. Si tienes una necesidad de ir más rápido, te digo que ella podría ir al doble de velocidad si tomas esos pies de abuelo que tienes –"

"¡Suficiente!" gritó Catalina.

Ambos hombres se asustaron y giraron sus cabezas hacia el asiento trasero.

Silencio. Eso estaba mejor. Ella reguló su voz. "Ha sido un largo y cansado viaje para todos. Sin embargo, pelear sólo nos va a irritar más de lo que ya estamos. Así que, tratemos de ser más civilizados entre nosotros."

Matthew le dedicó una sonrisa rápida antes de

enfocarse de nuevo en el camino. Admiraba la firmeza y durabilidad de Catalina, cualidades que una mujer necesitaría en México.

"¿Continuamos?" preguntó él.

Catalina lo miró sorprendida. El tono de su voz era juguetón, pero podía ver el reto en sus ojos en el espejo retrovisor. Decidida a seguirlo, se enderezó un poco y elevó su cabeza ligeramente.

Miró por la ventana como si no le importara y contestó. "Tan pronto como pase este carro."

Surgieron risas desde el asiento del copiloto. "Mirarlos a ustedes dos en acción es mejor que ver una de esas películas en movimiento."

Catalina trató de verse ofendida, pero era inútil. Sonrió por la ridiculez de todo esto.

"Como si ustedes dos no fueran mejores," contestó ella. "Peores que una vieja pareja de casados. Peleando por una mula."

"¿Mula?" el alguacil se ahogó en una tos. "Eso es un buen caballo, señorita."

Matthew dejó escapar una profunda y gutural risa que retumbó en el vehículo. Se volvió contagiosa, y ambos el alguacil y Catalina se unieron a ella.

"Espera." el alguacil limpió las lágrimas de risa de sus ojos mientras una gruesa gota de lluvia caía al parabrisas. Introdujo la última tortilla en su boca. "Mejor regresemos al camino y busquemos refugio."

Matthew sacó su cabeza por la ventana y observó al cielo nublarse. "Oh, no se ve tan mal."

"Eso dices tú," contraatacó el alguacil Durbin. "La sincronización tiene que ver con el resultado de la danza de la lluvia."

Catalina elevó una ceja en duda. "¿Qué se supone que significa eso?"

"Es un viejo dicho de vaqueros," respondió

Matthew por el alguacil. ¿Cuál era la historia de John?

Un carro los rebasó. Que extraño era ver otro vehículo en este camino tan solitario.

Se detuvo detrás del carro y continúo. "Significa que, si va a llover ahora, entonces va a suceder – sin importar de lo que alguien diga, piense o haga."

"Se," concordó el alguacil. "Eso lo resume."

¿Silencio desde el asiento trasero? Eso era incluso más raro que el otro carro. Matthew sonrió.

"Heredé algunas cosas de mi padre," explicó Matthew. "Él era de Arizona."

Catalina notó el tono en la voz de Matthew. Sonaba algo resentido.

Y usó la palabra *era*.

¿Su padre había fallecido?

La pregunta permaneció en la punta de su lengua, pero como podía ella entrometerse – especialmente enfrente del otro compañero de viaje. Además, si Matthew hubiera querido que ella supiera más, entonces lo hubiera dicho.

"No lo llegué a conocer bien."

Catalina observó el retrovisor, esperando el toparse con la mirada de Matthew. No podía hablar por el juez, pero podía prometer que no juzgaría a Matthew por su pasado.

Él finalmente levantó la vista.

"La familia de mi padre lo ayudaron a... um... ver su *error* en lo que hacía. Él pidió una anulación justo antes de que yo apareciera."

La boca de Catalina se abrió de sorpresa. ¿Su padre lo había abandonado? ¡Y había pedido una anulación! No era sorpresa de que él tuviera dificultades aceptando a Jesucristo.

Un silencio incómodo se apoderó del grupo y el alguacil toció.

"Si. Justo como decía." el alguacil Durbin se enderezó y reajustó su sombrero como si se preparara para la acción. "Aquí viene la lluvia."

Tan pronto como habló, el cielo se abrió y desató un furioso aguacero sobre ellos.

Matthew condujo más despacio, la lluvia dificultaba ver el camino. ¿Era mejor el detenerse o continuar? Un rayo cayó al lado derecho. "¡Wow! Eso estuvo cerca. Estamos a menos de una hora de Nogales," les informó a los otros dos. "Yo digo que continuemos."

El caballo detrás relinchó como si protestara.

"Y yo digo que no," protestó el alguacil. "Abigail necesita donde refugiarse."

"No te preocupes," respondió Matthew. "Los caballos han estado parados bajo la lluvia mucho antes de que los humanos aparecieran."

"Él tiene razón, alguacil," habló Catalina. "Además, ahí está la verdadera razón por la que ella parece molesta."

Apuntó hacia adelante a las luces que resplandecían enfrente de ellos. Un carro bloqueaba el camino, el mismo que los había rebasado, dos soldados uniformados estaban de centinelas. Uno era alto y macizo, el otro chaparro y rechoncho. El alto le hizo una seña a Matthew para que disminuyera su velocidad y lo llevó al lado del camino.

"¿Qué está pasando?" preguntó Catalina.

"Tal vez necesitan ayuda." Matthew ofreció como posible explicación.

El alguacil Durbin agitó su cabeza en desacuerdo.

"¿Entonces por qué están bloqueando el camino? Esto es sospechoso."

Matthew se detuvo a un lado del camino. "Tal vez hay un accidente más adelante." Estaba tratando de permanecer positivo, pero era difícil en medio de una tormenta eléctrica, soldados, y un caballo agitándose que reflejaba su propia ansiedad.

"Aquí viene uno" señaló Catalina. "Si no hay más, tal vez nos puedan ayudar a encontrar un lugar para resguardarnos de la lluvia."

Un soldado joven golpeó en la ventana del carro. Le señaló a Matthew que abriera la puerta, el cual lo hizo mientras los otros pasajeros aguardaban ansiosos.

"Buenas tardes, señor." Un soldado joven que parecía apenas con la edad para estar en el ejército asintió hacia ellos, su acento sureño era notorio. "Tendré que pedirles a todos que bajen del automóvil."

"Buenas tardes, soldado. Soy el comisario Martín. ¿Cuál parece ser el problema?" La sospecha lo invadió a través de su estómago y miró a John. El alguacil acariciaba el mango de su pistola.

El soldado se incomodó y miró sobre su hombro a un hombre parado al lado del otro carro.

¿Qué estaba pasando? Una alarma sonaba en la cabeza de Matthew. Algo estaba mal. Sus dedos se curvaron sobre la manija de la puerta.

"Perdone, señor." El soldado puso su mano en la puerta para evitar que la cerrara. "Como he dicho, usted y sus amigos tendrán que bajarse del vehículo. Las lluvias torrenciales han causado unas inundaciones inesperadas más adelante, y es muy peligroso cruzar."

Matthew se asomó a la pequeña pendiente. Tal vez podía haber algunas inundaciones. De todas formas, la tierra se veía relativamente plana.

Se encontró con la mirada desconfiada del alguacil. No. Definitivamente había algo mal. "Bueno, en ese caso, creo que mejor nos regresamos."

Matthew empezó a cerrar la puerta de nuevo...hasta que una pistola apareció en su rostro.

"Wow, hijo." El alguacil agarró rápidamente su propia arma.

"Ni siquiera lo pienses, o tu amigo aquí tendrá una cara llena de disparos." se mofó el joven hacia el alguacil Durbin mientras acercaba la pistola a la cara de Matthew. Matthew rechinó sus dientes e instintivamente buscó su propia arma.

"*Yo no haría eso si fuera tú. ¿Entiendes?*" Uno de los otros hombres había salido del carro que bloqueaba el camino. Le advirtió a Matthew sobre sacar su arma mientras se aproximaba.

Matthew notó el uniforme del ejército, pero era obvio que no servían al ejército de los Estados Unidos. Todo del hombre – su cara, caminar, su hablar – declaraba claramente que era mexicano.

"Si, te entiendo perfectamente." Matthew le respondió, su inglés se notó súbitamente con un acento español. "Aunque, déjame decirte. ¡Tú no eres yo y yo haré lo que quiera!"

Empujando la puerta del carro, empujó al soldado joven el cual bajó su pistola de la cabeza de Matthew.

Matthew plantó firmemente una bota en el estómago del hombre.

El alguacil Durbin salió del lado opuesto del carro y desenfundó su pistola justo cuando uno de los hombres se apresuraba y lo atajaba. Aterrizó sobre su espalda con un sólido golpe, el arma se deslizó de sus manos, perdiéndose en algún punto debajo del carro.

Matthew buscó su arma. Apenas la había sacado de su funda cuando un disparo sonó en el aire.

La bala cruzó al lado de su oreja y cayó en el carro con un agudo chirrido.

Catalina gritó.

Agachada detrás del asiento, se mantuvo debajo mientras se asomaba para revisar a Matthew.

"Escóndete" gritó él.

El caballo relinchó y se movió, agitando el carro de arriba a abajo por su miedo. Se levantó, sus poderosas patas golpeando la parte trasera del carro.

"¡Abigail!" gritó el alguacil. Giró y le dio a su atacante una fuerte patada.

El hombre gritó y cayó al suelo, agarrando su rodilla.

El alguacil sostuvo las riendas de Abigail justo cuando se liberaba.

"¡Chica, espera!"

El caballo se liberó. Negándose a soltarse de las riendas, el alguacil salió disparado por el aire.

"¡John!" gritó Matthew mientras el caballo arrastraba al hombre hacia el desierto de Arizona.

El sonido de más disparos llamó su atención, pero era muy tarde.

"¡Matthew!" gritó Catalina.

La fuerza de la bala estrelló a Matthew, haciéndolo girar. Cayó sobre el carro, para luego caer al suelo.

Ella salió y se arrodilló ante él, usando su falda para tapar la mancha roja que crecía en su hombro. "¡No, no, no!"

Una mano agarró su brazo y la jaló lejos de Matthew.

"¡Suéltame!" ordenó ella. Levantó su mano y la dejó caer sobre la cara redonda del hombre. La cachetada estremeció su mano, pero sólo hizo que el hombre se riera.

El agarro por el brazo y trató de jalarla hacia el otro carro.

Los dedos se curvaron en un puño, Catalina apuntó para que cayera justo en la mandíbula.

El hombre detuvo su puñetazo, atrapando su

muñeca antes de que el puño pudiera hacer algún daño. Sus labios se curvaron, revelando dos hileras de dientes amarillos y chuecos.

Catalina se paralizó.

"Tengo una manera especial de lidiar con señoritas como tú." se mofó y la aventó al asiento trasero de su carro.

Catalina observó al lado opuesto, pero el otro hombre entró al vehículo, bloqueando su salida.

Jadeó y giró su cabeza sobre su hombro.

Matthew yacía tirado sobre su Modelo T.

"*Agárrala*," le ordenó a uno de los hombres.

Unos brazos fuertes la mantuvieron en su lugar. Su captor sacó un pañuelo blanco y luego lo mojó con un líquido.

Catalina forcejeó y logró un vistazo por la ventana.

Matthew no se había movido. ¿Estaba vivo? ¿Sobreviviría a una herida de bala? ¡Necesitaba atención médica ahora!

El pañuelo le cubrió la boca y la nariz. Agitó su cabeza en un intento de no respirar eso.

Luego todo se volvió negro.

Capítulo Trece

Nogales, Sonora, México

Todo es un mal sueño.

Cosas malas pasan a veces, ¿pero *esta* cantidad de cosas malas al mismo tiempo? Tenía que ser un mal sueño. Una pesadilla. Todo lo que ella tenía que hacer era despertar, y estaría de regreso en su hogar en su cama, ¿verdad?

Peleó para salir de ese lugar entre el sueño y la lucidez. *Sólo abre los ojos. Puedes hacerlo.*

Excepto que no podía.

Sus brazos tampoco cooperaban.

Así que ella no sólo estaba con los ojos vendados, también sus manos estaban atadas detrás de su espalda. ¡Y tan apretado! Trató de moverse un poco, pero la cuerda frotó un lugar herido en sus muñecas.

El pánico la recorrió, y su pulso se aceleró. Respiró profundo varias veces para calmar a su corazón acelerado. Su nariz se llenó de tierra y el polvo se acumulaba en su garganta.

Con el temor de respirar, y con mayor de toser, cerró su boca y afinó sus oídos para captar cualquier sonido.

Ahí. Un jadeo. Definitivamente no era ella. Se paralizó y exclamó una plegaria silenciosa pidiendo coraje y fuerza, y por Matthew.

¿Por qué la persona no había dicho nada?

"Sé que estás ahí." Trató de sentir algo detrás de su espalda y sus manos tocaron algo duro y frío. Delineando la forma, supo que era una roca que pertenecía a la pared detrás de ella. Trató de recargarse contra ella. "¿Por qué estás haciendo esto? ¿Qué quieres de mi?"

Nada excepto... ¿jadeo?

¿Un perro? ¿Y eso era un bostezo? ¿El perro guardián resultaría enemigo o amistoso? ¿Escapar sería una opción?

Si sólo pudiera soltarme de estas cuerdas.

Sentándose todo lo que pudo, Catalina maniobró sus manos por el muro de ladrillos.

Derrumbándose. Afilado. ¡Tal vez podía usar una saliente filosa para liberarse!

Su pulso se aceleró, excitación y miedo se juntaron en su estómago. Frotó las cuerdas contra la saliente filosa. Las ataduras le quemaban su piel, un dolor agudo pasaba por sus muñecas. Catalina hizo una mueca de dolor.

Sólo piensa en algo feliz. Mamá cosiendo un nuevo vestido. Papá llenando los mostradores. Adam escondiendo sus zapatos un domingo en la mañana. Matthew...

Las memorias momentáneas de tiempos felices eran fugaces. Pensar en ellos sólo la hacían sentir peor. Especialmente cuando empezó a pensar sobre las rosas que Matthew había encargado para ella.

Unas lágrimas calientes se deslizaron por sus mejillas. Suficiente de pensar en tiempo felices. ¿Pero que más podía hacer ella? Se mordió el labio para evitar gritar, la frustración y el dolor la cegaban.

¿Y qué tal si gritaba? ¿Alguien la rescataría?

Sonó una perilla. Su cabeza se movió automáticamente hacia dónde provenía el sonido.

Luego la puerta crujió al abrirse.

Se quedó quieta.

"¿Así que ya estás despierta? Eso es bueno." Un hombre con un inglés con un fuerte acento mutiló las palabras. "Voy a quitarte esto."

Unos gruesos dedos se revolvieron detrás de su cabeza hasta que la venda fue removida. Entrecerró los ojos por la luz que entraba al cuarto por medio de cuatro pequeñas ventanas alineadas en las dos paredes y luego se enfocó en el hombre.

Él era probablemente de la edad de su papá y casi el doble de su tamaño. Mientras se levantaba y mostraba su altura y la miraba hacia abajo, notó que su altura no ayudaba a su porte corpulento.

Metió su mano en un bolsillo y la señaló con la otra. "¿Sabes algo? Parece que eres astuta." Se acomodó su tupido bigote y asintió como si concordara con algo. "Si. Siento que eres problemas."

Se detuvo como si esperaba que Catalina confirmara o negara sus observaciones.

Ella se negó a darle esa satisfacción.

"De acuerdo." El hombre juntó sus manos. "Esto es lo que vamos a hacer. Harás lo que te diga Belmonte cuando él te diga que lo hagas. A cambio, te desataré y te daré libertad por todo Jericó."

"¿Quién es Belmonte?"

El hombre pareció ofendido. "Yo, por supuesto. ¿Quién pensabas?" Blandió una larga navaja enfrente de la cara de ella.

Ella jadeó y retrocedió, haciéndose bolita. ¡Oh Dios, ayúdame!

Él se rió, algo sonoro y malvado, luego la acercó. Su respiración se detuvo mientras él cortaba las cuerdas.

Catalina se froto sus brazos, con una mueca de dolor.

La jaló para que se parara, ayudándola a equilibrarse cuando se tambaleó.

Aunque si se veía más gordo que su padre, resultó que no era tan alto. Ella lo rebasa fácilmente por unos cinco centímetros. Era raro como un simple detalle le daba un poco de satisfacción, especialmente dadas las circunstancias. "¿Qué es Jericó?"

Belmonte se aproximó a la puerta. Con una mano en la perilla, le indicó que se acercara.

Catalina no se movió.

"¡No te tomes todo el día!" le gritó.

Se asustó y forzó a sus piernas a obedecerlo, deteniéndose al lado de él.

Él abrió la puerta, moviendo su brazo por el aire, su voz llena de orgullo. "Esto es Jericó."

Catalina observó un pequeño pasillo que llevaba a una cantina llena.

Le indicó que ella fuera primero que él por el pasillo.

Se deslizó para pasar al vil hombre, el terror alentaba sus pasos. Llegó a la entrada de la cantina.

Varios hombres se encontraban sentados en viejas y desgastadas mesas, algunos jugando cartas, otros sólo tomando, con mujeres colgadas de sus cuellos, o incluso sentadas en sus piernas. Un distintivo olor rancio asaltó la nariz de Catalina. ¡Alcohol!

La ansiedad de asentó en el estómago de Catalina. Logró ver la puerta delantera del establecimiento.

"Ni siquiera lo pienses," Belmonte murmuró detrás de ella.

Catalina volteó y encaró al pequeño hombre.

"No te temo," le dijo, levantando desafiante su barbilla.

El hombre suspiró y entornó sus ojos. Parecía algo entretenido mientras agitaba su cabeza y decía "Definitivamente una alborotadora."

Belmonte tronó los dedos y señaló detrás de ella.

"Esto es lo que va a pasar," dijo el hombre. "Te vas a quedar aquí y harás a mis clientes felices. No tan felices, ya que tu benefactor ya puso algunas reglas para ti. Aun así, puedes hacer otras cosas." El señor señaló al grupo de hombres, que ahora le miraban a ella, ávidos y hambrientos, como si fueran a devorarla a ella de almuerzo.

"No," gritó. "No me quedaré aquí."

"Si, lo harás porque así es como funcionan las cosas por aquí."

Catalina retrocedió lejos de Belmonte sólo para ser atrapada por un robusto hombre. La colocó sobre su hombro y se dirigió hacia unas escaleras.

"¡SUEL...TA...ME!"

Golpeó la espalda del hombre con sus puños y pateó, tratando de lastimarlo. Él ni siquiera reaccionó.

Terminaron de subir las escaleras y abrió una puerta de una patada. Entraron a los modestos cuartos, la bajó como un saco de harina en una cama dura. Ella aterrizó en un delgado colchón con un gruñido, luego vio como salía del cuarto y cerraba la puerta detrás de él.

Catalina corrió detrás del hombre, girando la perilla. ¡Encerrada! Golpeó en la madera, las astillas atravesaban su piel. "¡Ayúdenme, por favor!"

Sus gritos pronto se convirtieron en sollozos, y largas lágrimas recorrieron sus mejillas. Se derrumbó como un bulto en el fondo de la puerta.

"Eso no te ayudará."

Catalina miró, asustada de ver a una mujer joven casi de su edad sentada en una segunda cama en la esquina del cuarto.

"Mi nombre es Mercedes."

"Tú hablas inglés," expresó Catalina.

"Claro que lo hago." bufó la mujer. "Estamos a sólo unas calles de la Avenida Internacional. Con todos los negocios y viajeros entre aquí y allá, casi todos en este pueblo hablan tanto inglés como español."

Catalina murmuró una disculpa. "Lo siento. No trataba de ser ruda. Es sólo que pensé que como era México, todos sólo hablaban español. Es bueno conocer a alguien con quien pueda hablar." ¿Esta mujer podría ayudarla? ¿Y por qué estaba ella aquí?

"Bien," Mercedes colocó sus manos en sus caderas con impaciencia. "¿No me vas a decir cómo te llamas?"

"Oh, lo siento." Se levantó y le ofreció una mano sucia. "Soy Catalina Santé. Bueno, no en realidad. Lo que quiero decir es que, lo soy, pero ese no es el verdadero apellido de la familia." Tropezando con su explicación, agitó su cabeza y se detuvo.

Mercedes miró la mano por un momento. Luego la tomó y le ofreció un buen apretón de manos.

"Bienvenida a Jericó."

"¿Exactamente que es este lugar?" Catalina elevó una ceja y miró alrededor del cuarto. Una pequeña mesa con dos sillas se encontraban del lado de ella; un gran ropero de madera con una puerta con espejo ocupaba la esquina contraria.

"Jericó. La cantina donde *todo* está a la venta. Las bebidas cuestan cuatro pesos. Pero si un hombre quiere comprarle una bebida a una mujer, le cuesta ocho pesos, y pide a una mujer en particular para que se siente con él y le haga compañía."

"¿Pero las mujeres no se emborrachan?" tembló Catalina. Seguramente el alcohol sería tan malo (o peor) que el mejunje del doctor. Las náuseas se asentaron en la boca de su estómago.

"Algunas lo hacen," explicó Mercedes, "pero sólo porque ellas quieren. La mayoría de nosotras sabemos cómo jugar al gato y al ratón con estos animales. Todo lo que tienes que hacer es hacer como si le tomaras a tu bebida. Luego dices que irás al baño, trayendo tu bebida contigo y tiras la mayoría del mismo. Eso hace que sea necesario que los hombres te compren otra bebida."

"¿Pero por qué quieres que lo hagan?"

"Porque se supone que las mujeres se llevan la mitad del todo el dinero que ayudaron a conseguir para así comprar algún día su libertad. La otra mitad va con el dueño, el señor Belmonte."

El disgusto y la repulsión recorrió a Catalina. ¡Qué horrible!

"Luego está la última compra – comprar el afecto de una mujer. Si un hombre hace eso la mujer es suya por el resto de la noche. El señor Belmonte permite que las mujeres escojan su propio precio."

"¿Cuál es el precio más alto?"

"Bueno, Eloísa es la mejor pagada con cincuenta pesos. Pero tu eres más bonita que ella, así que probablemente puedas pedir más."

Catalina dejó salir un jadeo, horrorizada. "¿Qué? No planeo dejar que alguien me compre una...una tortilla, menos el pagar por algo sagrado. Soy cristiana y hay ciertos principios que sostengo. Y sólo para hacer que ninguno de estos hombres se haga ideas, planeo ser tan desagradable y pedir tanto dinero que ellos cambiaran de parecer."

"Bueno, igual no eres como el resto de las mujeres de por aquí." suspiró Mercedes. "Alguien está pagando para mantenerte aquí."

¿Pagando para mantenerla aquí? ¡Eso era ridículo!

¿Quién haría eso? "¿Cómo sabes eso?"

"Oh, yo sé todo lo que pasa por aquí." sonrió Mercedes y guiñó. "Soy considerada como *la señora* de la casa."

"¿Tú eres la señora de la casa?" preguntó Catalina, la sorpresa destacaba en su voz. ¿Cómo podía serlo? Esa mujer no podía unos años mayor que ella.

Mercedes negó con la cabeza, "Sé lo que estás pensando, y, no. No estoy casada con Belmonte. Sólo me llaman así porque he estado aquí el mayor tiempo, y de alguna manera cuido de las chicas."

Catalina asintió al entender, pero eso estaba más lejos de la verdad. Agitó su cabeza, masajeando sus sienes. ¡Cómo si eso pudiera despertarla de esta horrible pesadilla! "Escucha," empezó a decir. "Dijiste que cuidabas de las chicas. Así que tal vez podrías ayudarme."

"Absolutamente no." le negó a Catalina. "Ni siquiera pienses que escapar es posible."

"Pero ni siquiera debería estar aquí." protestó Catalina. "Incluso Belmonte dijo que no podía hacer a los clientes *tan* felices. ¿Ves? No soy ese tipo de chica."

"Eso me asusta más porque significa que ya tienes a un comerciante, pero tú no sabes quién es o por qué lo hace. Así que no sabes cuál es su intención verdadera. Al menos el resto de nosotras sabemos que si seguimos los lineamientos de la cantina, nos ayudará a sacar dinero."

Catalina frunció el ceño. Su vida hasta ahora no la había preparado para esta dura realidad.

"Es verdad," continuó Mercedes. "De hecho, hubo una vez una chica que conoció a su esposo justo aquí en el bar. Oh, fue como un cuento de hadas. El hombre la amaba tanto que quería casarse con ella y llevarla lejos de aquí. Así que le pagó a Belmonte diez mil pesos y cabalgaron hacía el atardecer."

Catalina empezó a pasearse por el cuarto. Que indignante era el pensar que un hombre comprara su mano en matrimonio. ¡Y después de denigrarle de una manera tan vil!

"Me niego a aceptar un centavo – o un peso – de una manera tan humillante. ¡Usaré todo lo que tenga en mi poder para decepcionar al comerciante de... venderme!" Apenas pudo pronunciar esas palabras. Le mostraría a él que ella era de alto mantenimiento y no valía la pena. Tal vez así la dejaría ir.

"*Mmmm*. Parece que tendremos que ver eso." Mercedes se movió de su sitio y se posó frente al largo y simple ropero. Introdujo su cabeza dentro y sacó una falda negra y una blusa blanca. "A Belmonte le gusta que las chicas se vean bien. Así que ponte esto."

Catalina agitó su mano en el aire. "Lo siento, Mercedes, pero yo— "

"No digas que no quieres, porque otra chica lo hizo y no la he visto desde entonces. Así que cámbiate y luego ven conmigo. Te presentaré con las otras chicas, y te ayudaremos a sentirte como en casa. *¿Si?*" Mercedes no esperó por una respuesta, pero regreso al tocador y empezó a sacar varios tubos de labiales y coloretes.

¿En verdad pretendía pintarle toda la cara con el maquillaje?

Un escalofrío empezó desde sus pies y subió por todo su torso. Se abrazó a si misma. ¿Cómo se había metido en esto, o cómo iba a escapar?

Catalina observó la ropa, las lágrimas se asomaban por sus ojos. ¿Mercedes hablaba en serio sobre una chica que desapareció por negarse a usar la ropa que Belmonte ordenaba? ¿O era una amenaza en vano?

¿Por qué, Dios? ¿Por qué estaba pasando esto?

¿Podría salir de ahí? ¿Volvería a ver a Matthew?
¿Seguirá con vida?

Capítulo Catorce

"¡Papá! ¡Ya se mueve!"

Matthew entendió a la mujer mientras le llamaba a su padre. El hecho de que alguien estuviera vigilándolo y reportando cada movimiento lo motivó a abrir los ojos. Luces brillantes aparecieron en su vista mientras se enfocaba en el cuarto. Las paredes blancas de adobe y los postes de roble le recordaron a su casa de la infancia.

Gruñó mientras se recargaba de lado y trataba de sentarse.

"Relájate, Hijo." Una mano se posó en su hombro y le dio un empujón leve hacia la cama.

"Gracias por la preocupación, amigo," Se dio cuenta que la palabra en español para hijo no le molestaba tanto como cuando la escuchaba en inglés. Debió de ser porque era parte del lenguaje común en México. Un término de cariño en vez de autoridad. "Tengo una banda que capturar."

"¿Los que te hicieron esto?" El hombre señaló la cabeza de Matthew.

Matthew se tocó la cabeza, esperando un coágulo de sangre o un gran chichón, pero se sorprendió por la venda que lo rodeaba.

"Debió de haber pasado durante el tiroteo." Se acomodó y gruñó. Su cabeza palpitaba, fuerte y sin descanso, y las náuseas lo amenazaban de avergonzarlo enfrente del amable hombre. Tomó una respiración profunda y colocó una mano en el colchón, y trató de sentarse.

Oh. Eso fue un error. Se dejó caer de regreso, débil como una muñeca de tapo.

"Te dije que te relajaras," el hombre mayor le recordó, la empatía se mostraba en sus líneas que aparecían en sus mejillas.

Matthew elevó sus manos y cubrió su cara como si pudiera borrar la vergüenza de parecer tan débil.

"Lo sé, lo sé"

Removió su mano de sus ojos y miró alrededor. "¿Dónde estoy?"

"Mi rancho." El hombre le mostró una sonrisa amable y orgullosa. "Mi hija ha estado cuidando de ti por dos días."

"¡Dos días!" se lamentó Matthew. Esos bandidos ya estarían lejos. "Tengo que irme de aquí."

Peleó para levantarse de nuevo. Con la ayuda del hombre, giró sus piernas sobre el colchón y se sentó.

"Gracias, señor. Estoy agradecido por la atención médica y por la amabilidad de su hija, pero tengo que irme." Matthew se paró de la orilla, colocando una mano sobre la pared, y se equilibró a si mismo sobre sus pies y buscó sus botas. "Supongo que le debo mi vida." Le ofreció una mano extendida.

El hombre la agarró, con un apretón firme y lleno de vitalidad. "No fue nada, hijo. Además, en realidad fue mi hija, Amorina, quién salvó tu vida." Señaló a la joven mujer que estaba parada a unos cuantos pasos. "Te encontró al lado del camino. Todavía tenías algo de fuerza, y te ayudó a que te subieras a nuestra carreta y te trajo aquí."

Matthew miró a la joven mujer, y asintió con gratitud. "Gracias."

Amorina agachó la cabeza tímidamente. "Fue, um, fue..." luchó por las palabras correctas, "fue un placer."

"Mi hija no habla muy bien el inglés." se disculpó el hombre.

"Está bien," Matthew le aseguró que todo estaba bien. "Yo hablo español. *Gracias por su ayuda. Me llamo Mateo Martín.*" Se presentó por su nombre en español.

Amorina volvió a asentir. Luego, como si recordara algo, indicó a su padre. "Este es mi padre, Papá Juan."

El hombre tomó la mano de Matthew y la agitó por segunda vez. "Oh, perdone. Ha habido tanta emoción por aquí que casi lo olvido. Mi nombre es Juan Rangel."

Matthew se frotó la frente, tratando de aclarar la duda. Había algo familiar sobre el nombre, pero no podía recordad que era. Ignoró el pensamiento y le dedicó una sonrisa a Juan.

"Otra vez, les agradezco – a ambos – por salvar mi vida. Sin embargo. Necesito continuar mi camino." Matthew pisó cautelosamente, posando una mano en la cabecera cuando una ola de mareo lo inundó.

"Lo siento, mi'jo, pero no creo que puedas irte a ninguna parte pronto."

Matthew rechinó los dientes. "Esto no puede estar pasando. No puedo perder otro segundo posado en cama. ¡Tengo a una pandilla que buscar!"

El hombre estudió a Matthew por un momento. Una mirada seria cruzó su rostro. "Escucha, hijo. Tienes varias heridas graves. Si no las dejas sanar, entonces empeorarán – incluso se infectarán." El hombre apoyó su mano en un hombro de Matthew. "¿El perseguir a una pandilla en realidad vale tanto la pena como para arriesgar tu vida?"

"Lo es si los capturo," respondió Matthew

"¿Por qué? ¿Por qué es tan importante para ti capturar a los bandidos?"

Matthew le dedicó una mirada incrédula al hombre. "Es importante por la seguridad de cada hombre, mujer y niño del territorio del suroeste. No podemos permitir otra redada como la que pasó en Columbus. ¡Tengo que atrapar a los hombres responsables!"

Las tupidas cejas de Juan se elevaron, su mirada sorprendida se movía entre Matthew y su hija. "¿Por qué hablas de una vieja batalla? Esos hombres ya no están por aquí."

"¿Ya no están por aquí? ¿De qué habla?" preguntó Matthew, tratando de ignorar a las caras dobles y el cuarto girar.

El hombre repitió lo que había dicho. "Ya sabes. Muchos ya están muertos. Otros en la cárcel."

"Eso es imposible." Matthew frotó sus vendajes, buscando entre la bruma de su cerebro por respuestas. "¿Qué día dijo que era?"

"Sábado." El viejo hombre luego dijo la fecha.

Matthew se sentó en el colchón, sus codos en sus muslos, ocultando su cara en sus manos.

1918.

¿Cómo era eso posible?

¿Y por qué no podía recordad los últimos dos años de su vida?

Capítulo Quince

"¿Ves? No te ves tan mal."

Catalina giró para ver a Mercedes, que se recargaba en el espejo. Una simple mirada a su reflejo y Catalina hizo una mueca de susto. Con el vestido ajustado a su figura, tenía un atuendo de *tómame-soy-tuya.* Jaló la parte frontal de su vestido, pero la bastilla insistía en permanecer justo arriba de sus rodillas mientras que la parte trasera caía al piso. Las mangas habían sido acortadas, quedando justo en los codos – dejando el resto de sus brazos desnudos.

Estaban cosidos en rojo, para llamar más la atención. Si eso no funcionaba, la faja roja atada alrededor de su cadera ciertamente lo haría.

"Como dije" sonrió Mercedes. "No está tan mal"

Catalina negó con la cabeza. "Siento tanto ser tan negativa, pero simplemente esto no funcionará."

"¿A qué te refieres a que no funcionará? ¿Qué piensas? ¿Qué tienes opción o algo parecido?"

Exasperada, Catalina elevó sus manos en el aire. "¡Bueno, no puedo ir por ahí luciendo así!"

"Bueno, ¿cómo piensas que vas a lucir?"

Una idea surgió. Catalina sonrió, y tomó a Mercedes por el brazo. "Vamos. Te mostraré."

"Oh, vamos. No es como que a alguien le vaya a importar como te ves."

John se encontraba parado al lado del camión militar que lucía como un sitio abandonado. Había tierra por todo su brazo y un gran hoyo en la parte trasera de sus pantalones. Abigail lo había arrastrado por el desierto hasta que ella se había agotado. Afortunadamente, en su larga caminata de regreso al carro en el calor abrasador había cruzado camino con un par de soldados.

Soldados *reales*. ¡Gracias a Dios!

Desafortunadamente, no parecía que Abigail quisiera cooperar. No se dejaba atar o montar.

John dio otro paso hacia Abigail. Levantó la silla para montar en el aire y la sostuvo como si fuera un premio. "Piensa en esto como un regalo adelantado de navidad."

El caballo relinchó y retrocedió. John se acercó unos pasos más. El movimiento irritó al animal y estampó un casco como advertencia.

"Perdón, alguacil, pero no creo que vaya a lograr que esta bestia haga lo que usted diga."

John ignoró al soldado.

"Creo que mencionó algo antes... y puede ser, pero resulta que estoy en desacuerdo." John buscó en una bolsa de la silla que había obtenido del Modelo T abandonado y sacó una brillante manzana roja. "Todo lo que necesita esta señorita es un poco de azúcar, ¿no es verdad, corazón?"

John movió la manzana y chistó hacia ella. El caballo agitó su cola y luego se acercó con un paso precavido hacia el alguacil. Oliendo la manzana, la levantó de la mano de él y la devoró.

Mientras ella estaba parada masticando, John se acercaba lentamente hacia ella y le colocaba la silla de montar sobre su espalda, con el cuero apenas rozando su pelaje. Ella se levantó de nuevo.

"¡Wow, chica!" gritó él, escuchándose sobre la risa de los soldados. Luego recordó con quién estaba hablando. Cloqueó un par de veces, luego habló suavemente. "Tenemos un trabajo que hacer, Abby. Tenemos que encontrar a nuestros amigos antes de que los bandidos les hagan algo malo."

El primer soldado se puso serio con la mención de los bandidos mexicanos.

"¿De qué estás hablando? Tú dijiste que tu caballo te arrastró lejos durante un ataque a tu vehículo. Nunca mencionaste nada sobre bandidos secuestrando a alguien."

"Bueno, es ahí a donde fueron. Ellos me atacaron a mi y a mis amigos – incluso le dispararon a uno. Eso hizo que Abigail tuviera un ataque nervioso."

"¿Abigail?" preguntó el segundo soldado.

"Si," John apuntó a su caballo. "Abigail"

Los dos soldados intercambiaron una mirada.

John reconoció el escepticismo.

"Miren," su voz se tornó grave por la emoción. ¿Quién sabe cuánto quedaría de sus amigos? ¡Era hora de dejar de perder el tiempo! "No estoy loco. ¡Todo lo que les he dicho es la santa verdad! Alguien se detuvo cerca del vehículo en el que iba. Luego ellos me dispararon a mi y a mis amigos, y eso hizo que Abigail se liberara de sus ataduras tan rápido como un ladrón corre de una pelea."

El primer soldado entornó sus ojos y suspiró. "Te diré algo. Tenemos que reportarnos de regreso con el Teniente Coronel Herman. Puede venir con nosotros y decirle su historia."

"Si" interrumpió el segundo soldado. "Aun así él debería ser el que decidiera si es una cuestión del ejército."

John asintió en acuerdo. Entre más perdiera el tiempo, en más peligro estarían sus amigos. "Pienso que hablar con su Teniente es exactamente lo que necesito hacer." John re posicionó la silla para montar en sus manos y encaró a Abigail. Observó al caballo, determinado. Su mandíbula se endureció.

"Bueno, intentemos de nuevo."

Capítulo Dieciséis

Matthew apretó sus ojos e hizo una mueca a la carreta que se zarandeaba.

Preferiría que me dispararan una docena de balas que estar sentado aquí un minuto más.

Excepto que eso no era verdad. Él en *verdad* no quería que le dispararan ni una bala – especialmente si era como las que había recibido. Iba a haber una cicatriz permanente en su hombro. Y no quería ni pensar cómo se iba a ver su cabeza después de que una bala la hubiera rozado.

"¿*Te gusta? ¿*Te gusta la idea?" Amorina agitó las riendas contra los caballos mientras le preguntaba a Matthew que pensaba sobre sus planes sobre su vida. Eran sobre encontrar un buen esposo, tener hijos, y pasar el resto de su vida cuidando se su familia y hogar.

Él captó sus implicaciones y se incomodó interiormente – aun así pudo asentir con simpatía.

"Supongo que suena bien."

¿Este caballo no puede ir más rápido?

La distancia entre el pueblo y el pequeño rancho era de un poco más de media hora, pero la plática constante de Amorina sobre matrimonio hacía que la distancia se sintiera como si fuera eterna. El esfuerzo de ella de tratar de solidificar algún tipo de relación entre ellos dejaba a Matthew sintiéndose mal por ella. Después de todo, había demostrado ser una gran enfermera por las dos semanas pasadas. Era bonita a la vista también. Curvas en los lugares correctos y dispuesta a servir. Cualquier hombre sería feliz hacerla su esposa.

Excepto Matthew.

La obvia desesperación de casarse alejaba a Matthew de cualquier noción de relación con ella, aunque podía entender por qué ella estaba tan desesperada buscando un marido. Por lo que él había visto, Juan era un padre estricto que esperaba sólo perfección de su hija.

Y parece que también quiere lo mismo de un yerno.

El hombre parecía amable – casi servil durante la primera semana de la estancia de Matthew. Sin embargo, la actitud del hombre (y el comportamiento) había cambiado durante los últimos días.

Eran pequeños matices al principio que hubieran pasado desapercibidos para un ojo sin entrenamiento. Sin embargo, Matthew era un comisario.

De lo que podía recordar.

Él también recordaba cómo había sido entrenado para captar los matices en la variación de los tonos y los cambios sutiles en el lenguaje corporal. Él podía decir cuando una persona estaba mintiendo o algo que no eran todo lo que parecían.

Y podía identificar el momento exacto cuando él pasó de "invitado" a "familia" en el rancho de Juan. En un momento él estaba deambulando por el rancho. ¿El siguiente? Bueno, había hecho cualquier tarea agotadora posible. Mientras tanto, el "viejo" hombre se quejaba sobre su espalda justo después de que salía el sol, y desaparecía en las colinas a hacer quien sabe qué.

"¿Sí? ¿Está bien hacerlo?" Amorina interrumpió los pensamientos de Matthew.

Él sonrió, pero miró el camino, sin toparse con la mirada de ella. ¿Se dio cuenta de que él no había escuchado ninguna palabra por los últimos cinco minutos? Seguramente no. La mujer hablaba sin parar.

"Uh… Si. Está bien." Matthew aceptó, finalmente terminando la conversación. "Estoy seguro de que estará bien."

Ella le sonrió a él y agitó las riendas contra el caballo con excesivo entusiasmo. ¿Qué había aceptado?

Fuera lo que fuere, estaba agradecido por el silencio que cayó sobre ellos desde la primera vez que dejaron el rancho.

Catalina agarró *masa* seca con sus manos, exhalando con cada pincho de dolor que le abrían a través de sus palmas hasta las puntas de sus dedos. Trató de ignorar el intenso calor que radiaban de sus manos, pero era imposible.

Inhalando, dos gruesas lágrimas rodaron pos sus mejillas llenas de harina.

"¡Ay, no seas chillona!" gruñó Mercedes, alejándola de la prensa.

"¡No soy una llorona!" respondió Catalina. Sin embargo, se movió con felicidad de la prensa de madera que estaban usando para hacer tortillas. Alejándose hacia el otro lado de la pequeña cocina externa, se recargó contra una tablilla de madera que formaba parte de la pared. Su rebelión en contra del código de vestimenta del dueño de la cantina la había sentenciado a la servidumbre.

Arrancando la bastilla de su vestido de viaje, y portando la blusa tradicional mexicana con un rebozo rojo atado alrededor de su cintura no había impresionado a Belmonte. La faja improvisada seguía estando algo apretada para el gusto de Catalina, pero al menos no estaba enseñando las piernas como el resto de las mujeres.

Una mirada y Belmonte había gruñido, "¿Quieres lucir como una sirvienta? De acuerdo. Entonces te trataré como una."

La mandó a trabajar junto con "La Fea," en la *pileta* de madera que funcionaba como un cuarto de baño para las chicas. Ella había estado arrodillada por horas tallando las ropas de las otras mujeres, como también las de Belmonte, sus guardias, y los hombres que pagaban para pasar la noche.

Luego fue mandada a la cocina a tratar de preparar platillos mexicanos que a ella nunca se le podrían haber ocurrido

No había duda por qué Jericó había prosperado en tiempo de guerra. Algunos de los clientes que lo visitaban eran soldados americanos. ¿Qué hombre no hubiera preferido unas sábanas calientes de una cama limpia y unos brazos suaves de una hermosa mujer en vez de un pozo lodoso?

Ellos ignoraron sus súplicas de ayuda. No les importaba que ella fuera americana retenida contra su voluntad; algunos incluso la acusaron de mentir. A ellos sólo les parecía importar el ser servidos, tener ropa limpia, mucho alcohol y comidas calientes. Estaban dispuestos a creerse las declaraciones de Belmonte de que ella estaba ahí para pagar sus deudas de un empleador anterior que la había encontrado robando utensilios de plata invaluables...

"Después de años de tratarla como parte de la familia – incluso educándola como si fuera su hija... Por lo cual es la razón por la que no está a la venta."

Catalina agitó su cabeza en disgusto y caminó hacia la puerta de la cocina que había sido dejada abierta para permitir que saliera algo del calor de la preparación de las tortillas.

"¿A dónde vas? La puerta está cerrada, nena."

"Cómo que aprendí eso hace un par de semanas, Mercedes." Catalina no podía ocultar el sarcasmo.

Su espalda le dolía. A penas podía mover un dedo. Sus ojos le ardían y su cabeza golpeaba al ritmo que haría que sintiera celos un tamborilero. Estaba cansada. Tan cansada de este papel que se le había puesto. Tenía poca paciencia disponible para ser amable con una mujer que actuaba más como una brabucona que como una amiga. "He caminado lo suficiente este patio para darme cuenta que no hay manera de escalar los muros. Sólo estoy tomando aire fresco, *pequeña*."

Incluso no podía conseguir satisfacción al usar las palabras de Mercedes en su contra.

"Parece más que estás siendo una *floja* otra vez."

¿Floja? El rubor subió por el rostro de Catalina y sus puños se apretaron. *¿Floja?* ¡Cómo se atrevía esa mujer a decir tales mentiras!

Se detuvo abruptamente en la puerta, su postura se endureció, el pecho apenas se movía. ¿Confrontaría a Mercedes por todos los apodos de las semanas pasadas?

Se forzó a respirar. Dentro. Fuera. Dentro. Fuera. Cerró sus ojos y rezó por fuerza, paciencia, sabiduría. Confiaba que la salvación llegaría si ponía su confianza en el Señor. Aun así, no podía evitar preguntar por qué le estaba pasando esto. ¿Era por el incidente con Ben?

Al menos los hombres que la secuestraron habían tomado su bolsa, y después de inspeccionarla, Belmonte le permitió que se quedara con el contenido. Los artículos de aseo y la biblia no tenían valor para él. Ella intercambió sus artículos de aseo, y las palabras de Dios le traían paz cada noche.

Por supuesto, Belmonte confiscó el dinero que su madre le había dado a ella al iniciar el viaje para que no sobornara a alguno de los soldados y la ayudara a escapar.

Hogar.

Parecía un lugar muy lejano. ¿Alguna vez lo volvería a ver? ¿Alguna vez volvería a abrazar a su madre otra vez?

La puerta de metal al final del cuarto soltó un fuerte sonido, forzando a Catalina a abrir los ojos.

Dos de los guardias de Belmonte hicieron entrar a un grupo de niños pequeños. Ella contó cinco niñas y dos niños. Ninguno de ellos parecía tener más de ocho años.

Inocentes.

"¿Por qué ellos están aquí?" Catalina preguntó sobre su hombro a nadie en particular. Pero si era honesta con ella misma, ya sabía la respuesta. Se giró, esperando confirmación, con horror en el estómago.

"¿Quién?" preguntó Mercedes mientras continuaba presionando la *masa* en tortillas perfectamente redondas. Retiró una de la prensa y se la entregó a La Fea para calentarla en el *comal*, que la colocó en el acero caliente mientras retiraba otra con habilidad sin quemarse los dedos.

"Ellos." contestó Catalina y apuntó al grupo de niños.

"Métete en tus asuntos." El comando permaneció firme en la pesadez entre Catalina y Mercedes. Como si presintiera la amenaza de una pelea, la mirada de La Fea se movió entre ellas y luego continuó formando bolas de masa para la prensa.

"¿Qué?" replicó Catalina, enfrentando a Mercedes.

¿Cómo podía creer que este modo de vida era aceptable?

Las manos plantadas firmemente en sus caderas, Catalina se preparaba para la batalla. "¿Me quieres decir que voluntariamente te harás de la vista gorda con estos niños indefensos siendo explotados?"

Mercedes arrojó la masa en la mesa e imitó la pose de Catalina.

"¿Por qué no?" preguntó ella. "Todos parecían dispuestos a hacerlo cuando me pasó a mi."

Con la confesión de Mercedes, Catalina retrocedió, su mano rápidamente cubrió su boca. "¿Eras muy joven?" preguntó, su voz apenas era un susurro.

Mercedes dejó escapar un ligero suspiro. Se limpió las manos en su delantal y se encogió de hombros.

"No tan joven como La Fea," dijo ella con una pequeña inclinación de cabeza hacia la otra mujer.

La Fea ignoró el comentario y continuó cocinando las tortillas.

"¿Qué edad tenías?"

"Apenas había cumplido quince años." Mercedes caminó en frente de Catalina y se recargó en la entrada mientras veía al último de los niños. "Fue cuando me convertí en una mujer...y una carga para mi familia."

"¿Una carga? ¿Cómo tu familia te puede considerar una carga?"

Mercedes se encogió de hombros. "Bueno, eso eres cuando eres una de doce hermanos con nada que ofrecer."

"Estoy segura que así no es como pensaban de ti. Además, no hay mucho que una niña de quince años *pueda* ofrecer a alguien a esa edad."

Mercedes agitó su cabeza en desacuerdo. "Sigues sin entender cómo funcionan las cosas, *nena*."

"Entonces explícamelo." Catalina cruzó sus brazos sobre su pecho y elevó una ceja retadora. Había visto algunas situaciones desagradables desde que llegó a

Jericó. Incluso su propio puesto de sirvienta no era uno seguro. Uno – o más – de los hombres podrían tratar de acorralarla en cualquier momento. Les había pasado a varias mujeres de ahí.

Aun así, tomar ventaja de los niños era una historia diferente.

Una que planeaba detener...si podía.

"Mira, es algo así. Muy pocas chicas son educadas. Difícilmente alguna de ellas puede leer o incluso escribir su propio nombre. Así que no pueden ganar dinero para ayudar en casa."

"Y no pueden trabajar la tierra como hacen los chicos," comentó La Fea. Mantenía su cabeza baja y continuaba trabajando.

"Exactamente," continuó Mercedes. "¿Así que qué haces con una boca extra que alimentar cuando no hay dinero para hacerlo? Haces lo mejor y se la das a alguien más para que la cuide."

"¿Así que los padres piensan que están entregando a sus hijos a gente que los cuidarán mejor?

"Si" confirmó Mercedes. "Y usualmente es alguien bueno. Si un hombre llega buscando a una joven *señorita,* entonces lo típico es que quiere una esposa que sea lo suficientemente fuerte para darle muchos hijos. Así que le pagará a su familia para tenerla y funciona para todos."

"Porque ahora a la familia le alcanza para comer y tienen un hijo menos del cual preocuparse." terminó Catalina.

Mercedes asintió, la tristeza se asomaba por sus labios. "Pero a veces no funciona así." Miró al cielo y suspiró profundo. Cerró sus ojos y volvió a hablar. "A veces el hombre dice las cosas indicadas y le paga a la familia el dinero que necesitan, pero luego él la trae a ella a un lugar como este en vez de casarse. Así puede seguir haciendo dinero con ella."

"¿Y qué hay con los niños?" preguntó Catalina, un rastro de miedo inundaba su voz.

"Cualquier cosa puede pasar." explicó Mercedes. "Tal vez hay una agradable pareja de americanos que no pueden tener hijos y los adopten a ellos. Ese es el sueño que les venden a sus padres que quieren que tengan una mejor vida."

"Pero eso no es lo que pasa. ¿Verdad?" La horrible verdad se hundió como un bloque de concreto, para nunca ver la luz del día.

¿Así es como se sentirían los niños? Alguna analogía sobre la obscuridad.

La mujer agitó lentamente su cabeza. "Lo más seguro es que sean usados como sirvientes en las casas." Mercedes se detuvo antes de continuar. "O algún día sean como nosotras."

Catalina estaba sin palabras. Mercedes había hablado con orgullo de su posición en Jericó cuando Catalina apenas había llegado. Lo había hecho ver como una profesión elegida – no una sentencia de servidumbre.

"¿Y qué pasa con todo el dinero que ganas?" la desesperación le debilitó las rodillas, dificultando su respiración. "¿No lo puedes usar para salir de aquí?"

"Claro que podría," habló La Fea. Colocó una tortilla y se limpió las manos, el odio surgía de sus ojos. "Posiblemente podría tomar su dinero y escapar hacia América y vivir feliz para siempre. Claro, Belmonte tiene que *darle* primero su dinero."

La vista de Catalina se posó de regreso a Mercedes.

El mismo odio que poseía a La Fea endurecía los hombros de la otra mujer.

"¿Él se lo queda todo?"

Mercedes sonrió, pero no era por humor. "Oh, no. No se lo queda *todo*. Nos da los *pesitos* que necesitamos para ir al mercado y nada más." Sus ojos se humedecieron y la mujer se limpió su mejilla con la toalla sucia. "Él mantiene el resto escondido – por nuestro propio bien, por supuesto."

"Pero eso significa –"

Mercedes asintió, con un sollozo.

La Fea dirigió su atención de regreso a las tortillas.

El estómago de Catalina cayó hacia sus botas, el miedo la controlaba. No necesitaba confirmación para saber lo que eso significaba.

No había escapatoria de Jericó.

Capítulo Diecisiete

El doctor revisó la cabeza de Matthew, palpó el cráneo y le levantó su brazo, revisando si había infección.

Amorina se asomaba sobre los hombros del doctor, su mirada lo examinaba como si fuera un espécimen en exhibición. ¿Por qué no podía darle espacio? El doctor y él habían tratado de convencerla de que permaneciera afuera, pero ella no había cedido. ¿No se daba cuenta que inapropiado era que ella estuviera aquí? ¡También lo hacía sentir incómodo a él!

"Esto se ve muy bien. Todo limpio, sin fiebre." El doctor asintió en aprobación. "Parece que tienes una buena enfermera."

"Eso sí." aceptó Matthew, reacio de reconocerla, pero entendía que debía darse el crédito cuando era necesario.

Miró hacia Amorina mientras ella trataba de hacerse la retacada, bajando su cabeza como si estuviera apenada por el cumplido. Él suspiró para sí al ver como reaccionaba ella por la más ligera de las felicitaciones.

El doctor debió de haber mal entendido el intercambio entre los dos. Se inclinó hacia Matthew, bajo la farsa de hablar con él en privado.

Excepto que él a propósito falló el bajar su voz cuando habló.

"No la dejes escapar," dijo con un guiño.

Matthew movió su lengua a su mejilla. Ignorando el comentario del doctor, usó su mano sana para buscar en su bolsillo por algo de dinero.

"¿Cuánto va a ser por la visita de hoy"? Preguntó.

Amorina se adelantó rápidamente y se dirigió al doctor. "Mi padre pidió que lo pusiera en su cuenta cualquier cargo por los servicios de hoy." Las palabras salieron perfectas, como si las hubiera repetido muchas veces.

Un sentimiento de incomodidad se alojó en su pecho. "Prefiero pagar por mi propia cuenta. Aun así, gracias por ofrecerse." Sostuvo un fajo de billetes para el doctor.

"No." Ella colocó sus manos sobre las de él. "Él insiste en pagarte por el trabajo que has hecho."

Matthew vio a través de su farsa. El trabajo que había hecho en el rancho era laborioso, pero difícilmente equivalía a la cuenta del doctor cuando se agregaba el cuarto, cama y servicios de enfermera.

O la chica o el padre trataban que Matthew tuviera una deuda con ellos. Él no quería ser parte de ese tipo de arreglos. Era tiempo que empezara a moverse.

El doctor pasó la vista entre los dos, con duda.

Matthew le puso el dinero en las manos del doctor. "Como dije, prefiero pagar mi vida. Además, tú y tu padre ya han hecho suficiente por mi."

Los hombros de Amorina se dejaron caer, y su labio inferior sobresalía.

Él odiaba lastimar a la mujer, a cualquier mujer, pero especialmente a una que había ido demasiado lejos con tal de gustarle.

Aun así, no encontraba otra forma de evitar que se le subiera la esperanza. Ella quería más de Matthew de lo que él estaba dispuesto a dar. La mirada de adoración nunca parecía dejar los ojos de ella.

"Gracias, doctor." Matthew apretó la mano del médico y salió de la pequeña clínica.

Como un perro siguiendo a su dueño, Amorina marchó detrás, cerca de sus pisadas.

"Necesito ir a un lugar más." Ella esperó a que él asintiera. "¿Me acompañas?

Matthew consideró ofrecerle su brazo como cualquier caballero. Las calles de Nogales podían ser peligrosas. Pero, eso le daría una impresión equivocada a ella.

Así que hundió sus manos en sus bolsillos y caminó al lado de ella por la Avenida Internacional, el camino de tierra que separaba al pequeño pueblo mexicano de Nogales y el Nogales, Arizona de América.

La pintoresca arquitectura resonaba por casi todo México, pequeña en comparación con la que estaba justo al otro lado de la frontera.

Regresó su atención hacia la chica cuando esta giró hacia uno de los edificios con una cruz colgada afuera.

Matthew dudó. *¿En verdad quiero entrar ahí?*

Había estado pensando mucho sobre Dios últimamente – especialmente desde que el disparo a su cabeza lo había dejado con un desorden incomprensible. Imágenes de otra vida – rastros y pedazos que necesitaban juntarse como un rompecabezas – llenaban sus sueños noche tras noche.

Él consideró el rezar sobre eso, pero él y Dios no habían estado en buenos términos por mucho tiempo.

"¿Vienes?" Amorina se detuvo fuera de la puerta frontal de la iglesia.

Matthew miró a la cruz una vez más. Luego tomó una respiración profunda. "Detrás de ti." Entró, exhaló y miró alrededor del cuarto.

Al lado de la puerta había un pequeño recipiente con agua. Detrás había un jarrón con flores.

Amorina sumergió su mano en el agua y se persignó.

Un hombre anciano con una larga túnica negra apareció. "Buenos días, mi'ja." El hombre estiró su mano a la chica para saludarla. Ella la besó. "¿Cómo puedo ayudarle hoy?"

"Buenos días, Padre Emmanuel."

Matthew continuó explorando sus alrededores mientras que su compañera explicaba sus razones de la visita. Caminó varias filas de bancas antes de elegir una cerca del altar. Una gran estatua de Jesús en la cruz lo miraba de regreso.

Una urgencia por rezar surgió, suave como un murmullo, tal gentil como el roce de una pluma de ángel, pero los alrededores desconocidos detuvieron las palabras.

Su mirada viajó al Salvador, colgado en la cruz. Sin condenar, incluso con las manos y pies clavados. Sólo bienvenida. Calor. Gracia.

Sus alrededores se desvanecieron en el fondo, sin importancia, insignificantes, y se arrodilló.

Bajando su cabeza, cerró sus ojos. Las palabras clamaban en su cerebro, peleando por liberarse, pero sólo cuatro salieron.

Dios, por favor ayúdame.

Matthew se arrodilló por un tiempo con su cabeza baja, repitiendo la misma frase una y otra vez. Ninguna otra palabra se liberó. No se sentía más iluminado que la primera vez que entró a la iglesia.

¿Había puesto su confianza en vano? ¿Perdió el tiempo al venir?

Una mano aterrizó en su hombro. "¿Estás bien, hijo?"

Matthew miró al sacerdote. Un suspiro pesado escapó mientras se levantaba de su posición y se colocaba de regreso a la banca.

"No lo sé." Frotó una mano contra su frente en un intento de disipar un dolor de cabeza. "He tenido miles de cosas en mi cabeza. Ninguna tiene sentido."

El sacerdote se sentó al lado de Matthew y ajustó su túnica.

"Si. He escuchado de tu apuro." El sacerdote sonrió por la ligera turbación de él. "No hay mucho que pase por aquí sin que yo me llegue a enterar. Muchos vienen a mi cuando están desesperados o con un apuro. Incluso individuos que piensas que sólo verías en su lecho de muerte aparecen de la nada si las circunstancias son adecuadas."

"Supongo que caigo en la última categoría," admitió Matthew, avergonzado de hablar con el señor después de haber estado alejado de la iglesia por mucho tiempo, pero no pudo contener la verdad. "Creo que podría decir que en lo que respecta a fe, soy un trabajo en proceso."

El sacerdote se encogió de hombros. "Todos somos un trabajo en proceso. Ninguno de nosotros es perfecto." Se detuvo y miró directamente a Matthew. "Es por eso que necesitamos al que si lo es."

Matthew sintió como si la mirada del anciano pudiera penetrar hasta su alma.

¿Él puede decir que tipo de hombre soy? ¿Puede ver cómo soy?

"Conozco todo sobre el que me habla. Leí su historia en la biblia y todo." Miró a sus manos y agitó su cabeza. "No creo que quiera a alguien como yo."

"Eso no es verdad." El Padre Emmanuel habló enfáticamente. "Él nos quiere a todos, todo el tiempo."

Matthew quería pensar que era verdad, pero él sabía qué tipo de hombre había sido. A pesar del trabajo de su madre – trayéndole a misa de manera regular y tratando de educarlo de la manera correcta – el odio y la ira habían enjaulado a su corazón cuando había sabido que su padre lo había abandonado.

Todo porque ellos eran de la "gente equivocada."

Y él estaba enojado con Dios por permitir que lo humillaran enfrente de la familia nueva de su padre. Él había buscado al hombre – un deseo de la adolescencia por el padre que nunca tuvo. En vez de ser recibido amorosamente, lo habían ridiculizado y rechazado.

"Usted no entiende," empezó Matthew. Si no podía confesarse con un sacerdote, ¿entonces a quién le abriría su alma? "No puedo ni siquiera confiar en el padre que me ayudó a nacer, y lo puedo ver. ¿Por qué debería creer en un hombre invisible en el cielo? Él jamás me ha probado que le importo."

"Ay, hijo. Creo que eres tú el que no entiende." explicó el Padre Emmanuel. "Tú pensaste que ese hombre al que querías llamar padre era la respuesta. Pero no era. Dios es la única respuesta, y sí le importas. Sólo piensa en lo que está escrito en el salmo, 'Tus ojos vieron mi cuerpo en formación; todo eso estaba escrito en tu libro. Habías señalado los días de mi vida cuando aún no existía ninguno de ellos.'

El sacerdote se detuvo, dejando que Matthew digiriera la escritura.

"¿Ahora vez cómo funciona el amor de Dios? Él te conocía – *amaba*- antes de que hubieras nacido. Tanto que escribió tus días en Su libro. Luego, como si no fuera poco, te dio un regalo. Fue el más grande regalo que cualquiera te podría dar...a Su único hijo. Así de mucho ama a Sus hijos. Así de mucho *te ama.* Estamos en la posición para ser perdonados de nuestros pecados y ganar la salvación – sólo si la aceptamos. ¿La aceptarás, hijo? ¿Quieres al Padre que nunca te abandonará?"

Una urgencia repentina apretó su pecho, y sabía que era lo que quería – lo que *necesitaba* hacer.

Bajando su cabeza, él rezó, admitiendo sus errores que había cometido en el pasado y pidiendo a Dios que le limpiara su corazón de toda la confusión que tenía ahí. Si, él quería al Padre Celestial.

Matthew abrió sus ojos con un renovado sentido de propósito y vio al sacerdote inclinado en oración. Él esperó, el silencio calmaba a su espíritu sanado, hasta que el hombre levantó su cabeza.

"Espero que no te haya molestado que haya rezado por ti."

Matthew sonrió. "Para nada. Me gustaría pensar que Dios escucha todas las plegarias – incluso las mías."

El sacerdote asintió. "Estarías en lo correcto." dijo él mientras se levantaba y se acomodaba su túnica. "Ahora creo que hay otro asunto importante que tenemos que discutir."

Matthew se levantó de la banca y enarcó una ceja. "¿Qué cosa?

"Vaya, necesitamos hablar de los arreglos para tu boda, por supuesto."

Capítulo Dieciocho

¿Casada?

Catalina dejó los frijoles lavados. Mercedes y La Fea colocaron los chiles chipotle al lado para secarlos al rato. Las tres mujeres miraban incrédulas a Eloísa. La chica había bailado por todo el patio y entró repentinamente en la cocina, prácticamente cantando las noticias de su buena fortuna.

" Así es, nenas. Me voy a casar. Para mañana en la noche, ya estaré lejos."

"¿Ah, sí?" Mercedes colocó ambas manos en sus caderas y enfrentó a Eloísa. "¿Quién lo dice?"

"El mismo Belmonte," cantó Eloísa. "Me dijo que el soldado americano que siempre solicitaba mis servicios ofreció por mi mano justo esta mañana. Él estará aquí por mi mañana."

"¿Así que eso significa que él quiere casarse contigo?" Preguntó Catalina.

"Si."

"No." sonrió burlona Mercedes.

¿Cómo ella no podía estar feliz por Eloísa? La mirada de Catalina viajaba entre las dos mujeres que se observaban maliciosamente la una a la otra.

"Me casaré mañana." el enojo resaltaba en su declaración. Las cejas de Eloísa se juntaron, y un fuego brillaba en sus ojos color café. "Sólo estás celosa de que nadie te ha escogido – ¡y nunca lo harán ya que eres una vieja bruja!"

Los labios de Mercedes se curvaron en un gruñido. Se veía lo suficientemente malvada como para morder a la chica que se había osado a llamarla una vieja bruja. Se acercó a la chica.

"Lo que quieres decir es que él te compró para casarse contigo." Catalina levantó el tazón con los frijoles y se colocó entre las dos mujeres. "¿Eso no significa que le perteneces?"

Miró a la chica. ¿Eloísa entendería que ella no era realmente libre, que sólo era cambiada de un dueño a otro?

"Ese es exactamente mi punto." interrumpió Mercedes y asintió a Catalina.

Gracias a Dios que la mujer había detenido su ataque hacia la pobre Eloísa, y borró el veneno de su cara.

"Y la razón de por qué me he negado a que me compre *cualquier* hombre. ¡Prefiero salvar mi dinero y liberarme yo!"

Catalina agitó su cabeza lentamente. Ninguna de las dos mujeres parecía entender que nunca serían libres: "¿No entiendes, Mercedes? Belmonte puede que te haya dicho que ganarías lo suficiente para comprar tu escape de aquí, pero en realidad es una mentira. Incluso tú dijiste que sólo te da un poco para ir al mercado."

"Lo sé, pero aun así tenemos *algo* que ahorrar," argumentó Mercedes, elevando su barbilla. "Sólo eso me da algo de esperanza – y consuelo."

"¿En realidad te da esperanza, Mercedes? ¿En verdad piensas que Belmonte alguna vez decidirá qué has ahorrado lo suficiente para comprar tu libertad?" Se volteó hacia la siguiente mujer. "¿Y qué hay de ti, Eloísa? ¿Este hombre alguna vez dijo que te amaba?

Por lo que sé, él podría estar buscando una esclava. Tal vez está más interesado en tener a alguien para que cocine y limpie para él en vez de una esposa."

Eloísa jadeó y se cubrió la boca.

Ella no había terminado. Catalina se volteó hacia la última mujer. "Y sé lo que estás haciendo, La Fea... *La Fea*. ¿De verdad quieres que te conozcan como 'La Fea' por el resto de tu vida? Tratas de hacerte lo menos atractiva posible – negándote a arreglarte tu cabello o incluso bañarte. Sé que lo haces con la esperanza de repeler a los hombres que vienen aquí, pero eso no cambia el hecho de que te siguen tratando como un animal."

Silencio. Las tres mujeres intercambiaron miradas.

"Bueno, ¿qué sugieres tú que hagamos?" demandó La Fea. Su usual voz tímida era firme por la frustración.

"Si, ¿cuál es tu gran plan?" preguntó Mercedes, cruzando sus brazos enfrente de su pecho. "Estás ahí parada juzgándonos a nosotras y a nuestro modo de vivir, pero tu situación no es mejor que la nuestra."

Catalina agitó su cabeza. "No las estoy juzgando. Sólo estoy diciendo que no deberían aceptar como están siendo tratadas" Tal vez ahora era el tiempo para hablar más. Tal vez era tiempo de que alguien hiciera algo.

Se paseó por los pequeños espacios de la cocina, las miradas curiosas de las otras mujeres clavadas en su espalda. Su antiguo espíritu de pelea se desató como un animal salvaje que era liberado finalmente de su jaula.

"Entre más pienso en ello, estoy más segura de que tenemos que hacer algo para salir de aquí." Catalina se detuvo y golpeó con su puño a su otra palma abierta. Miró fijamente a las otras mujeres – lista para dirigir una rebelión en contra de la cantina entera si era necesario para escapar. "Podemos hacer esto. En verdad podemos. Aun así, nos va a tomar más que a cuatro de nosotras."

"Espera un minuto," Eloísa levantó su mano, retrocediendo. "¿Cuando dije que quería formar parte de su rebelión? Ya les dije que me voy a casar mañana."

"Otra vez eso" la irritación recorrió la espalda de Catalina. "Pensé que ya lo habíamos discutido."

"No. *Tú* lo discutiste." Eloísa lucía aburrida mientras se alejaba de Catalina. "El resto de nosotras escuchamos."

Catalina resopló y cruzó sus brazos.

"No te preocupes por ella," interrumpió Mercedes. "Se dará cuenta del error que cometió cuando sea tarde."

La mujer tenía razón. Discutir iba a robar tiempo precioso. "Tienes razón. Necesitamos enfocarnos más en las cosas importantes – como los verdaderos detalles de nuestro plan de escape." Se detuvo por un momento para mirar a las otras chicas que (como Eloísa) se veían menos que preparadas para la acción. "Para estas horas mañana, ¡podríamos ser libres! ¿No es emocionante?"

Mercedes palideció.

"¿Qué pasa?" Catalina se detuvo. "Parecen como si hubieran visto a un fantas—" Jadeó, un intenso dolor le recorría su cráneo.

"Belmonte dijo que eras problemas." El Perro, un peón de la cantina, susurró en el oído de ella, su aliento caliente y rancio sobre su cuello.

"¡Suelta mi cabello!" Catalina peleó en contra de su fuerte agarre. Estiró una mano hacia las otras chicas, pero ellas retrocedieron, ocupándose en otro trabajo.

Catalina sintió pánico. La llevaría directo con Belmonte, que la mantendría encerrada por animar a las otras chicas a rebelarse contra él. Ella nunca escaparía.

"¡Espera, espera, espera!" Ella arrastraba sus zapatos en contra del suelo, pero él la atrapó con un fuerte brazo alrededor de su cadera.

"¡Por favor! Tengo un trato para ti"

La avaricia detuvo al peón de la cantina en su camino. Suavizó su agarre lo suficiente para voltearla hacia él. Un juego de llaves colgaba de su cuello.

Algunos rumores por Jericó decían que había dos hombres además de Belmonte que tenían las llaves de la puerta. ¿Este era su hombre?

"¿Qué tipo de trato?" La mirada de El Perro viajó por todo el largo de su cuerpo, lujurioso y hambriento. No había diferencia de los otros hombres de Jericó desde que Belmonte la dejó fuera del alcance.

Se contuvo de temblar, jugando la única carta que le quedaba.

Ella misma.

"Tú eres diferente a los otros hombres de por aquí." Ella inclinó la cabeza, relajó su expresión en una sonrisa tímida. "De hecho, pareces del tipo que una mujer le gustaría conocer mejor."

El Perro bufó. "Debiste de confundirme con un tonto." Agitó su cabeza. "Puede que no tenga mucho que mostrar, pero no soy estúpido. Y con certeza no lo suficientemente estúpido para pensar que una mujer como tú me buscaría por voluntad."

No se lo estaba creyendo. *No exageres. Sólo endulza un poco hacerlo dudar.* "Eso no es verdad." Catalina le tocó su mano para luego pasó sus dedos por los brazos de él para posarlos en sus bíceps.

Inclinó la cabeza, mostrando una sonrisa tímida, y se inclinó para susurrar, "Preferiría estar con alguien que es amable en vez de guapo."

El Perro hinchó su pecho y se humedeció sus labios.

Era tiempo de jugarlo todo. "Tal vez puedas mostrarme algo de amabilidad esta vez, y no delatarme para que tal vez pueda pagarte el favor después. *¿Sí, Papi?*" Movió sus pestañas, plantando su palma sobre el pecho de él.

Un bulto viajó por la garganta de El Perro. Miró a la mano extendida sobre su pecho.

Ella apretó sus dientes y obligó a su mano a permanecer quieta. Sus piernas amenazaron con rebelarse, pero ella uso cada gramo de voluntad. Muchas vidas estaban en riesgo por ella como para que se arrepintiera.

Finalmente, él la miró. Afirmando.

Un coro de aleluya sonó en la cabeza de ella. Movió su mano, evitando limpiarse en su vestido.

"De acuerdo." Los ojos de él brillaron con advertencia. "Pero debes de prometer que nunca hablarás a las otras mujeres de escapar – o ellas serán castigadas por ti. ¿Entendido?"

"Si."

"Entonces iré contigo esta tarde. Prepárate para mi," le indicó El Perro, luego se alejó, un pequeño baile se podía ver en sus pasos.

"Sí, claro, amigo." Catalina esperó hasta que desapareciera dentro de la cantina para dejar escapar un gruñido de disgusto. Estar tan cerca de El Perro había hecho que su interior se revelara. Tragó la bilis que se había acumulado en su garganta.

¡Gracias, Dios! Esa es la única promesa que me pidió.

El viejo peón no había notado que ella usó la palabra *tal vez.* Así que ella no había tirado su virtud después de todo.

Aun así, un hombre muy grande iba a estar en su habitación en unas horas – uno que era con facilidad el doble de su tamaño y fuerza.

Él tenía razón cuando le dijo que se preparara. Ella no podía superar a El Perro.

Pero podía ser más inteligente que él. Y tenía que hacerlo sin involucrar a las otras mujeres. Ese había sido el acuerdo.

Catalina atravesó el patio, hacia las puertas de hierro que la separaban del resto del mundo. Sujetó los barrotes, el metal caliente en sus manos.

No tenía caso el tratar de abrirlo. Siempre estaba cerrado. Aun así, le dio unas vueltas a la manija para asegurarse.

La gente caminaba cerca, sin saber lo que pasaba detrás de las rejas.

O tal vez si sabían, pero tenían mucho miedo como para involucrarse.

Una iglesia se encontraba a 15 metros de distancia. ¿Sería un refugio seguro? Un trío se encontraba fuera del pequeño edificio y ella se encontró observando a uno de ellos. Él le recordaba a Matthew. Suspiró, una visión de sus ojos obscuros y una mandíbula fuerte pasaron como un sueño en su cabeza. El mundo se nubló.

El momento en que ella se tropezó y él la atrapó. Las rosas que él ordenó para su mesa. La manera en que cargaba a su cuerpo lastimado. Cómo se había colocado como escudo, listo para recibir una bala por ella. Las lágrimas amenazaron con salir.

"¡Suficiente!" Se ordenó a si misma a despertar. Matthew no era una realidad. Esto – sus dedos alrededor de los barrotes – era real. Jericó era la realidad. El escape era la respuesta si ella quería algo diferente.

Se limpió las lágrimas y decidió enfocarse en lo que necesitaba hacer después. Girando, estaba a punto de caminar lejos cuando una figura familiar camino de la iglesia.

Catalina se detuvo, regresó a la puerta y apretó su cara entre los barrotes. Pestañeó contra el sol del mediodía.

Imposible. Estoy imaginado cosas. Es todo.

Catalina puso algo de espacio entre ella y la puerta y se frotó los ojos cansados.

¿Y si en realidad era Matthew?

Colocó su cara de regreso y se volvió a enfocar. La estructura, ese paso al caminar... ese horrible sombrero que ella nunca olvidaría.

Jadeó y forzó sus mejillas en contra del metal. "¡Matthew!" Ella gritó, y sacó un brazo por los barrotes de metal, agitando con toda su fuerza.

La cabeza de Matthew se levantó, su mirada moviéndose en todas direcciones hasta que cayó en ella. Él inclinó su sombrero en reconocimiento, como lo haría con cualquier extraño que conociera en la calle, luego extendió su mano para ayudar a una mujer a subir a una carreta. Luego el subió al lado de ella, agitó las riendas y el carruaje se empezó a mover.

"¡Matthew!" ella volvió a gritar, pero los caballos galoparon en la dirección contraria.

¿Ya no la reconocía? ¿O había creado otra vida con alguien más?

Un sollozo escapó de su pecho. Soltó su agarre de los barrotes y se dejó caer en el suelo.

¿En dónde está mi esperanza ahora, Dios?

Capítulo Diecinueve

Matthew se levantó de la cama. Su postura rígida era una muestra del pánico que sentía. Dejando caer su cabeza entre sus manos, exhaló un gruñido lastimero.

"Catalina."

Había soñado sobre ella y las cosas que habían soportado en su viaje desde el oeste. Todo parecía tan surreal. Sin embargo, el sonido de su nombre en sus labios le aseguraba a él que esto no había sido su imaginación. Y estaba seguro que había visto su cara justo un día antes.

Matthew se frotó el puente de su nariz, los detalles de ayer seguían borrosos con las imágenes vívidas de sus sueños. ¿Cuándo? ¿Dónde? ¿O también lo había soñado?

El sacerdote le había comentado sobre una propuesta de matrimonio que supuestamente había sucedido durante una conversación con Amorina. Él sólo había descubierto que debió de haber sido en una de tantas veces que ella había hablado y hablado, y él había permitido que su mente viajara durante su conversación.

¿Quién hubiera pensado que el soñar despierto podría causar muchos problemas?

Matthew agitó su cabeza para limpiar las telarañas.

¡En la iglesia! Justo antes de subir en la carreta con Amorina.

¡No era un sueño!

Catalina había presionado su cara por los barrotes, sus dedos agarrados de ellos; su voz casi desesperada y su rostro lleno de emoción.

Luego él inclinó su cabeza en reconocimiento y subió al carruaje. Él miró hacia atrás.

Ella se tumbó en el suelo dentro de los barrotes, sus brazos estirados y su pecho lanzando sollozos.

Como si ella no tuviera a nadie más en el mundo, y él le arrojó de regresó su esperanza y salvación a ella. Debía de ser una prisionera –

¡Una prisionera!

La puerta la separaba a ella del mundo exterior, una fortaleza impenetrable.

Tiró las sábanas a un lado y buscó sus pantalones. ¿Cómo había olvidado sus amables ojos, la suavidad de su piel cuando la sostuvo? Pensó en la primera vez que ella había tropezado en sus brazos, el olor de agua de rosas despertando sus sentidos.

Tenía que ponerse en camino. ¡Ahora! Formularía un plan de rescate en el camino, pero eso requeriría poder humano aparte de un solo comisario. ¿Dónde estaba John? Ahora si le serviría un alguacil. *¡Shoo!* Un ejército de alguaciles estaría bien.

¿Un ejército de alguaciles?

Eso era lo que necesitaba Matthew. Un ejército.

Catalina se movía por los confines de su cuarto ordenado, mordiéndose una uña hasta que saboreó la sangre. La escupió, la cutícula dañada ahora tenía el color rojo.

Ella jamás hubiera hecho algo impropio de una dama como morderse las uñas allá en su casa. ¿Aun así, qué importaba? Las que alguna vez fueron unas hermosas manos se habían convertido en carne expuesta que se endurecía un poco más cada día. No faltaba mucho para que estuvieran llenas de callos. Además, sus alrededores la mantenían tan nerviosa que era imposible relajarse.

Planear un escape ciertamente no ayudaba a la ansiedad.

"Todo es posible con Dios," recitó Catalina el evangelio y ofreció una plegaria rápida – algo que se encontró haciendo más comúnmente entre más tiempo pasaba en Jericó.

Aun así, la paz tardaba en llegar.

Tomó unas lentas y profundas respiraciones y se enfocó en la lista de tareas completas.

Piso barrido. Alfombra azotada.

¡Oh, y cómo la había azotado!

El ver a Matthew alejarse con otra mujer la había llenado de enojo, y la inclinación de cabeza hacia que su cabeza zumbara.

Por favor, Dios, ayúdame a mantenerme enfocada. Catalina agitó su cabeza y estudió la lista.

Cortinas sacudidas. Sábanas lavadas.

Mientras había estado esclavizada en la pileta, las otras mujeres se paraban alrededor del fogón, calentando las tortillas y chismeando sobre los hombres que posiblemente las visitarían esa noche. Ella sintió pena por ellas. Parecían contentas de dar su cuerpo.

Catalina se limpió la humedad que se colectó en sus mejillas, surgía simpatía por las chicas forzadas a estar en un harem. Otra parte de ella se encendió en odio por ver su complacencia por su situación.

Pero luego, ella no había vivido aquí mucho tiempo. ¿Terminaría como ellas si el plan fallaba?

Sollozando, limpió su nariz y pestañeó para evitar que cayeran las lágrimas. No tenía sentido arruinar su rostro maquillado, y no podía permitirse el quebrarse ahora. El Perro estaba por llegar en cualquier momento.

Las flores recién cortadas yacían en un jarrón de barro, burlándose de ella. Sólo unos pocos días aquí y Jericó ya le había robado su vida. ¿Hoy también perdería su "frescura"? ¿Terminaría como Mercedes y las otras, una esclava a la voluntad de cualquier hombre dispuesto a pagar el precio indicado?

Thump, thump.

El golpe en la vieja puerta de pino asustó a Catalina. Su pulso se elevó, y sus manos se colocaron en su pecho.

Puedes hacer esto.

El pequeño aumento de confianza ayudó a calmar un poco sus nervios.

"Puedo hacerlo," murmuro, tratando de ignorar la sudoración que se concentraba en sus cejas. "Con Dios, todo es posible."

Dios, ¿Eso incluye un plan de escape? ¿Un poco de ayuda aquí, por favor?

Sujetó el picaporte, acomodó su vestido, y abrió la puerta.

"Buenas noches." la voz profunda de El Perro retumbó por el pequeño espacio. Él atravesó el umbral sin esperar una invitación.

Catalina se tensó, manteniendo su respiración hasta que él pasó. ¿Bien? Eso depende del éxito de su plan.

"Um, buenas noches. ¿Por qué no se sienta?" Ella apuntó hacia su cama.

El Perro sonrió con malicia y plantó una mano pesada en el hombro de ella. "¿sentarme?" Soltó una risa, sus ojos brillaron como los de un niño en una juguetería. "No estoy aquí para sentarme." Con los dedos acarició la parte de arriba de su blusa, su mirada penetraba su pecho.

Catalina se movió instintivamente lejos de él.

Los ojos de él se endurecieron. "Pensé que teníamos un trato." Sus fosas nasales estaban dilatadas, mientras que apretaba sus dientes.

Catalina tragó saliva. Si no jugaba su parte, su situación podía empeorar. Era malo que estaba capturada. ¿Pero manchar su honor?

Tembló. Si, ella podía hacer esto. "Claro que lo tenemos," Catalina inclinó su cabeza, sonriendo mientras jugaba con un rizo de su cabello en sus dedos. "¿No querrías que valiera tu dinero?"

"Pagar no era parte del trato. ¿Recuerdas?" El Perro tomó otro paso atrevido hacia ella.

Catalina se mordió su lengua. El riesgo no era parte de su naturaleza. Tal vez una aproximación más directa podría funcionar a su favor.

"Claro que no estás pagando," lo comentó como un hecho. "¿En verdad? Nunca he hecho algo como esto antes. Pero, tú ya sabes eso." Ella cruzó sus brazos sobre su pecho.

Los ojos de El Perro sobresalieron y sus nudillos sucios rozaron la mejilla de ella.

Ella se quedó quieta, como estatua, determinada a no mostrar repulsión por el hombre.

"No te preocupes. Seré suave contigo. Lo disfrutarás tanto, que me invitarás a regresar muchas veces." Sus labios se abrieron para revelar unos dientes negros. Pasó su lengua encima de ellos.

Así que un caso de "fealdad" no era la única razón por la que seguía soltero. Su comportamiento repulsivo revelaba la verdadera razón de que las mujeres de la cantina lo evitaban.

"Bueno, no puedo ver el futuro, así que no puedo decir si eso es verdad o no. Lo que sé es que esto me pone nerviosa." Catalina retorció sus manos. "¿Así que no te molestaría darme algo de privacidad mientras me preparo?" Giró sus dedos, señalando que se volteara.

El Perro se encogió de hombros. Se quitó el poncho y lo aventó en la cama. Sus dedos jugaron en el cierre de sus pantalones.

Los ojos de Catalina se abrieron más. Con seguridad él iba a –

Él movió la cabeza hacia atrás y se rió, algo perverso y vil, pero le dio la espalda a ella.

¡Gracias, Dios!

Catalina tomó el pesado florero de barro y sacó las flores, como si sólo la presencia del hombre en el cuarto fuera suficiente para marchitarlas. A ella no. Energizada con esta oportunidad de oro, lo elevó lo más que pudo y lo estrelló en contra de la cabeza de él.

El florero se quebró en miles de pequeños pedazos.

El peón de la cantina se tambaleó hacia adelante, cayendo en medio de la cama como un perro muerto.

¡Ay, no!

¿Lo había hecho de nuevo? ¿Matar a alguien por accidente?

Contuvo su respiración, esperando por pruebas de vida o muerte.

La lenta respiración que se veía por la espalda de El Perro indicaba que seguía vivo.

¡Gracias Dios, por esta pequeña victoria!

Catalina dejó salir su aliento, pero luego la urgencia puso a trabajar a sus piernas. ¡El tiempo no estaba de su lado!

Desde la seguridad del lado opuesto de la cama, Catalina miró de nuevo al hombre.

Seguía desmayado, pero no por mucho.

¡Ella tenía que moverse!

No llegaría lejos llevando ropa que la identificaba como una mujerzuela de cantina. Necesitaba un disfraz.

Y eso requería un par de pantalones.

Pero el único par a la vista era los de su rehén.

Agarrando una de las botas de El Perro, jadeó y jaló con fuerza, empujándola lejos cuando la logró remover. Elevó su mano para arrojar la bota al piso, pero el emblema de la serpiente dorada en su bota brilló hacia ella.

"¡Ugh!" Catalina aventó la bota al otro lado de la habitación y se volvió a acercar. Le retiró la otra y la arrojó también.

Así que, él era el que la había atacado en el Hotel en Abilene. En las pocas semanas que había estado atrapada en Jericó, estudiar las botas nunca se le había ocurrido. Si lo hubiera hecho, entonces hubiera sabido la verdadera naturaleza de El Perro.

Y hubiera actuado diferente con él – haciendo su plan de escape imposible.

Un plan que empezaba a verse esperanzador.

"¡Perro!" Una voz sonó desde la profundidad de la cantina, unos octavos más alto que el piano y el chocar de los vasos de whiskey.

Asustada, Catalina sujetó los pantalones de El Perro y les dio un fuerte estiramiento. Un par de intentos y ya poseía la prenda en su mano, dándole la espalda a la desnudez de El Perro.

Dejó los pantalones en el suelo al lado de ella y maniobró con los botones de su falda. Parecía como si tomara una eternidad vestirse cuando al final se puso los pantalones desgastados.

Le quedaban lo suficientemente sueltos para esconder su forma femenina, pero probablemente no pasaría por un chico. La blusa la delataba, así como el largo de los pantalones.

"¡Perro! ¿Dónde estás?"

Una puerta se cerró.

¡Rápido! Sería una cuestión de minutos antes de que alguien descubriera a El Perro desmayado sobre la cama. Con el miedo como combustible, tomó el poncho de él y se lo colocó. Luego se colocó sus propias botas. El sombrero que colgaba de la pared añadió el toque final de su disfraz.

Varias voces salían de las escaleras.

Le arrancó la cadena que llevaba las llaves de alrededor de su cuello. Él gimió.

Catalina se paralizó.

El hombre no se paró ni se abalanzó sobre ella.

Aseguró las llaves y corrió hacia la ventana, levantando la faja roja del suelo.

La amarró al final de unas cortinas y la aventó fuera de la ventana.

Catalina miró hacia abajo. Sus rodillas temblaban y sus palmas estaban húmedas de sudor.

La soga improvisada estaba justo arriba de unos *nopales*.

¡Ay! ¿Cactus? ¡¿En serio?!

Consideró sus opciones, pero el sonido de voces aproximándose le redujo sus posibilidades. Se sujetó de la cuerda, colocó una pierna sobre el alféizar de la ventana y bajó hasta que estaba justo directamente arriba de las plantas.

Catalina pateó la pared, proyectándose lo más lejos que pudo, y se liberó de la cuerda. Cayó de lado, frotándose con una mueca, pero apenas tenía tiempo de quejarse. El dolor le recorría el cuerpo. Ignorando eso, se levantó con esfuerzo y corrió hacia la puerta como si los sabuesos del infierno estuvieran alcanzándola, sujetando la llave de la puerta.

Su única esperanza de su hogar. ¡De vivir!

Manoseó la llave, la desesperación hacia difícil deslizarla dentro de la cerradura. Tomando una respiración profunda, insertó lentamente y escuchó a la llave haciendo un click.

Libertad.

Catalina abrió las puertas. Salió disparada de la cantina. Llena de miedo, corrió por el pueblo. Transeúntes. Miradas curiosas. Voces apagadas. ¿Alguien la estaba siguiendo?

Piensa en la esposa de Lot.

No se detendría para averiguarlo. Estaba corriendo a ciegas, siguiendo su instinto hacia la iglesia que se encontraba a unos metros.

Con unas palmas sudadas, abrió la puerta y la cerró detrás de si. Jadeando, descansó su frente sobre la madera fría, y cerró los ojos, esperando que su respiración regresara a la normalidad.

¿Normal? Como si todavía fuera posible.

Dejó salir un jadeo, y escuchó. Todo bien hasta ahora. Los sonidos de la calle permanecían sin cambio.

"Buenas tardes, mijo."

Catalina se exaltó por el sonido del hombre detrás de ella, dándole las buenas tardes.

Él le había dicho hombre. Eso era bueno, ¿no? ¡Eso significaba que su disfraz funcionó!

Como un animal capturado sin aviso, se giró para verlo.

El hombre entrecerró los ojos e inclinó la cabeza en un ángulo peculiar. El reconocimiento surgió en su rostro. "¡Eres mujer!"

No duró mucho la pequeña victoria. "Si," Catalina susurró. "¡Soy una mujer! Ahora por favor, váyase." Ella esperó, viendo si el hombre respetara su petición, pero él permaneció fijo en su lugar.

"Como obviamente eres nueva en el pueblo, te explicaré por qué no puedo hacer eso." El hombre extendió su mano y se presentó. "Soy el Padre Emmanuel, y esta es mi parroquia."

Catalina frunció el ceño. ¿En quién debía de confiar en este pueblo? Finalmente, aceptó la mano que le ofrecía. "No se ve como un sacerdote."

El Padre Emmanuel miró hacia sus ropas arrugadas y luego de regreso a ella, y sonrió. "Tendrás que disculparme." Le indicó a Catalina que lo siguiera. Apuntó a una ventana en donde se veía unos terrenos cercados detrás de la iglesia. "Estaba en una misión que requería una forma más cómoda de ropa. De hecho, acabo de terminar y estaba a punto de cambiarme cuando te escuché entrar."

El hombre se detuvo, su mirada se posó en Catalina de una manera respetuosa.

"Esa es mi excusa. ¿Cuál es la tuya?" el Padre Emmanuel apuntó a la ropa desgastada de Catalina. "No pareces una mujer."

El rubor apareció en sus mejillas mientras bajaba el rostro de vergüenza.

"Oh, bueno." se encogió de hombros. "La biblia dice 'la verdad te hará libre.' Y no creo que haya un mejor lugar para empezar que aquí con usted."

El Padre Emmanuel la sostuvo del codo y la guio a una banca. Él escuchó, inclinado hacia ella, ocasionalmente pasando un brazo sobre el respaldo de la banca mientras Catalina explicaba lo más importante de su viaje – la muerte accidental de Ben, el juicio pendiente, la ayuda de Matthew para sacarla de Carolina de Norte... y el secuestro.

"Las dos últimas semanas en Jericó han sido las peores de toda mi vida," concluyó.

"¡Vaya!" El sacerdote dejó salir un silbido y se recargó en el respaldo de la banca. "Esa es una historia increíble. Desafortunadamente, lo último suena tan verdadero como para pensar que lo inventaste. Belmonte ha estado operando bajo el disfraz de cantina por mucho tiempo. Todos los que viven aquí saben la verdad. Jericó es el último lugar en el que cualquier mujer decente le gustaría quedarse."

La esperanza floreció dentro de ella.

"¿Entonces me ayudará?" preguntó ella, aferrándose a su brazo.

El sacerdote blandió un brazo por el santuario. "¿Cómo? ¿Qué me sugieras que haga contra alguien como Belmonte? Tu historia no es nueva. Él ha estado operando su asqueroso negocio de vender mujeres por casi dos años. Y la gente lo deja solo porque él gasta su dinero en sus negocios y pone comida sobre sus mesas...Sin mencionar al pequeño ejército de hombres a su disposición para matar a cualquiera que se ponga en su camino."

Catalina se acercó a la ventana frontal de la iglesia. Espió a un par de peones de la cantina tocando las puertas de los alrededores y forzando su entrada. Se agachó para ocultarse.

"¡Ahí vienen! ¿Me puede ayudar a ocultarme?" Imploró, la desesperación se colaba en su voz. "Sólo hasta que los hombres se vayan."

El sacerdote se apresuró a la ventana, cubriéndola a ella de la vista y bajó su cabeza en un rezo silencioso.

El terror creció mientras Catalina esperaba por su respuesta. ¿Él la expulsaría de regreso a las calles? No tenía otra opción, a otra parte a donde correr.

Un silencio ensordecedor surgió como un rugido, sobre su estómago retorcido y el golpeteo de sus rodillas.

El sacerdote levantó su cabeza, como si hubiera tenido inspiración divina, su rostro se veía sereno. "Si. Ven," dijo él. "Te puedo ocultar. Conozco el lugar perfecto. ¡Pero nos tenemos que apurar!"

Él sujetó a Catalina por el brazo, jalándola para que lo siguiera. Juntos, corrieron a la parte trasera de la parroquia y abrió la puerta trasera, saliendo hacia el jardín vacío con tanta fuerza que hasta el burro enganchado en la carreta lo notó. Soltó un casco con irritación mientras el sacerdote corría hacia la carreta.

"Ayúdame con esto," le exigió.

Catalina se apuró hacia su lado y sostuvo una pesada bolsa.

"¿Qué hay aquí?" preguntó ella.

"Frijoles en algunas bolsas. En esta es masa." contestó el Padre Emmanuel. "Harina – para que la gente haga tortillas."

"Si, sé lo que es." Ella debía, después de tantas horas que pasó en Jericó, presionando la masa para que los clientes de la cantina disfrutaran sus comidas. "¿Se las va a dar a ellos?"

El sacerdote asintió. "Lo iba a hacer." Sacó un cuchillo y abrió el saco, luego tiró la harina en el piso. El padre Emmanuel sacudió la bolsa.

"¿Qué está haciendo?" preguntó ella.

"Ayudándote a ocultarte. Ahora sube a la carreta y ponte esto sobre tu cabeza." Él le pasó el saco vacío.

Quitándose el sombrero, ella hizo lo que le dijo. Se sentó en el sobrero, dejando que le pusieran el saco. Se sorprendió al ver como cabía dentro de él completamente. Se acomodó y lo jalaron hacia su otro extremo.

"De acuerdo, estoy adentro." A pesar del esfuerzo de permanecer calmada, su voz se quebró. "¿Cuánto tenemos que esperar?"

"No lo haremos." dijo el sacerdote mientras apilaba las bolsas de masa y frijoles alrededor de ella. "Estaba pensando...el nombre que dijiste antes – Matthew – hace unos días conocí un hombre con el mismo nombre. Tal vez es él. Si es él, entonces sé dónde encontrarlo."

Catalina aspiró con sorpresa.

¿Podía ser verdad?

"¿Sabe en dónde está Matthew?"

"Tal vez si, tal vez no," dijo el sacerdote, su voz se amortiguaba a través de los bultos.

La puerta del patio se abrió con un chillido. Luego el sonido de los pies del padre sobre la tierra se detuvo. Debió de haber montado el burro. "Ahora quédate quieta. Vamos a alejarte de estos bandidos y ellos nunca sospecharán nada."

Catalina se encogió mucho más, buscando aire fresco.

"Es horriblemente bochornoso aquí." se quejó ella.

"*Shhh.*" le ordenó el sacerdote. "Están justo enfrente."

Catalina obligó a disminuir su respiración. ¿Y qué pasaría si muriera sofocada en la carreta? ¡Era mejor que estar en manos de El Perro o dentro de las paredes de Jericó!

La carreta se movía, y Catalina cerró sus ojos y rezó porque su plan funcionara. Apenas había alcanzado a decir "amén" cuando la carreta se volvió a detener.

"Párate... ¿A dónde vas?"

¡El Perro! Ordenaba saber el destino del padre.

Un escalofrío le recorrió el cuerpo. ¿Él descubriría lo que planeaban?

"A los pobres." El Padre Emmanuel se acomodó en el asiento de la carreta.

El olor a harina le hizo cosquillas a la nariz de Catalina, y sofocó un estornudo. Con el pavor corriendo por sus venas, escuchó el sonido de un *click* de pistola.

¡POP!

El sonido de una bala cayendo sobre una bolsa cercana casi la había hecho gritar.

"*¡Ya!*" gritó uno de los hombres. "Deja de desperdiciar balas."

"De acuerdo." respondió El Perro y se escuchó una bolsa rompiéndose.

¡Estaba usando un cuchillo!

Sonido de frijoles cayendo de un saco llegó a los oídos de ella. El proceso se repitió. Se rompió otro saco: se derramó su contenido. ¡Iban a gastar cada gramo de comida sólo para encontrarla!

"Hijo*,"* Catalina escuchó que hablaba el padre. "¿Por qué destruyes la comida de la gente? Estas bolsas están destinadas para alimentar a los pobres – por los que el Señor Francisco Villa está peleando para proveerles. ¿Qué pasaría si se enterara de este desperdicio?"

El Padre Emmanuel se detuvo y dejó que los hombres consideraran sus palabras. No les costó mucho darse cuenta que destruir las bolsas de comida sería visto como un ataque a la gente mexicana.

Un acto que Pancho Villa nunca perdonaría.

Con el disgusto de asesinar a un sacerdote en sus bocas, los hombres le indicaron al Padre Emmanuel que siguiera.

La carreta se movió hacia adelante, y Catalina casi jadeó en voz alta. Colocó su antebrazo sobre su boca.

El burro regresó a su paso perezoso, sus cascos sonando sobre el camino.

Catalina se movió dentro de la gruesa tela. Gotas de sudor mojaban su cabello y bajaban por sus mejillas. Resistió la urgencia de limpiarlas, el movimiento rítmico de la carreta la ponía en un semi trance. ¿O estaba cerca de desmayarse por el calor sofocante? ¿Arriesgaría su plan si llamaba al sacerdote? ¿Habría algún testigo cerca? La única cosa de lo que estaba segura es que se iba a desmayar sin aire fresco.

Buscó y de manera determinada movió sus dedos por los rizos húmedos – un jalón y consiguió un broche de cabello.

"Perdón, Padre Emmanuel," murmuró bajo antes de clavar el broche dentro del saco. Cualquier esperanza de un futuro uso se destruyó cuando el broche rompió con éxito la bolsa. Luego usando dos dedos por el agujero, lo agrandó lo suficiente para respirar profundamente.

Enfocándose en la simple tarea de respirar, Catalina perdió la noción del tiempo. ¿Cuánto tiempo habían estado viajando? El calor insoportable la hacía sentir como si esto jamás fuera a terminar, pero el movimiento ya no era tan fuerte como antes.

¿Se estaba deteniendo la carreta?

¡Si!

El sacerdote saludó mientras las ruedas se detenían. El peso de la carreta disminuyó, y las pisadas sonaron cerca del carro.

"¿Te parece familiar?" El padre le quitó su saco de la cabeza.

¡Precioso aire! Catalina elevó su rostro hacia el sol y respiró profundamente. Rejuvenecida, observó detrás de sus rizos sudados.

"¡Matthew!"

Apenas siendo capaz de soportar su emoción, intentó brincar de la carreta. El sombrero en el que se había sentado se enredó en su bota y perdió el balance. Con los brazos agitándose, ella cayó.

Matthew corrió y sostuvo sus brazos para atraparla, quejándose levemente por el dolor en su hombro.

Sus manos rodearon la cintura de ella y la bajó de la carreta. Luego la dejó firmemente en el suelo. Usando una mano para apartar unos rizos, sonrió.

¿Ella estaba soñando? Lo observó, recordando cada línea de su rostro. Se había bronceado un poco, pero de otra manera se veía igual que siempre. Le sonrió, sus rodillas temblaron cuando él finalmente habló.

"Catalina," Susurró él, su nombre sonaba como una piedra preciosa en su lengua.

Luego se acercó.

Capítulo Veinte

"*Eh hem*," carraspeó alguien.

Catalina movió su mirada de Matthew para observar a una mujer que se encontraba parada con sus brazos cruzados alrededor de su grueso cuerpo, el enojo le coloraba su rostro.

"Debes de ser de la que ha estado hablando mi Matthew." La cabeza alta, se dirigió a Catalina como si hablara con un sirviente inútil.

"¿*Tú* Matthew?" Catalina se paralizó por el tono de superioridad de la mujer.

"Mira, Amorina–" interrumpió Matthew.

El Padre Emmanuel se adelantó hacia Matthew y le colocó una mano en su hombro. "Tal vez sería mejor si vamos adentro antes de que esto avance más."

"Si" La mujer llamada Amorina estuvo de acuerdo, elevando una ceja hacia Catalina. "No sé de donde vengas tú, pero los mexicanos tenemos suficiente modales para saludar a nuestros anfitriones y su familia al llegar."

Catalina resopló, el viaje en la bolsa y la impresión de ver a Matthew le había robado lo último de su fuerza, ¡pero esa actitud! Como si no fuera una dama educada sólo porque no ofreció su nombre. *¡Bueno, disculpa!* Plantó su puño en su cadera, pero la pose se perdía debajo del poncho. "¡Cómo te atreves!"

Estaba a punto de decirle lo que opinaba a su anfitriona, pero Matthew se adelantó.

"Ven, Catalina. Vayamos adentro. Te puedes refrescar. Te serviré un gran vaso de agua." Él apuntó hacia la hacienda que se encontraba ante ellos.

¿Aire fresco? ¿Agua? Catalina aceptó y observó el rancho por primera vez. Los remanentes de lo que alguna vez fue una gran casa, el exterior ahora era de un azul desgastado, el techo de *teja* deteriorado era pálido y le faltaba algunos de los ladrillos. Los que quedaban se quebraban en los extremos. La edad y la suciedad habían bloqueado las ventanas como cataratas, y la puerta colgaba peligrosamente como un diente podrido en un rostro viejo.

Un escalofrío le recorrió la espalda a Catalina, causando que se le erizaran los vellos de su brazo, a pesar del calor insoportable. Ignoró el sentimiento mientras todos seguían a Amorina dentro de la casa.

"¡Papá!" llamó la mujer a su padre tan pronto ellos llegaron a la humilde sala, decorada de manera simple con varias mecedoras con cojines. Les indicó que se sentaran.

Se juntaron alrededor de una pequeña mesa de roble.

"¡Papá! ¿Dónde estás? Tenemos visitantes. El Padre Emmanuel *y a una cualquiera.*"

Catalina se sonrojó con pena al ser ligada con Jericó. Vestida en ropa de hombre, no pensaba que alguien – al menos las demás mujeres – iban a pensar que había pasado tiempo entreteniendo hombres. De repente se sintió tonto en su ridículo disfraz, pero su sentimiento se fue rápido cuando un hombre mayor entró cojeando en el cuarto.

"¡Papá! ¿Qué pasó?" Amorina corrió con su padre y trató de tomar su brazo, pero el hombre la alejó.

"¡Estoy bien! Sólo tuve un poco de problemas con ese caballo." Su padre cojeo hacia una de esas sillas y se sentó con un pequeño gruñido. Se limpió su frente sudada con su mano, y se enfocó en la visita. "Disculpa. Lo siento por no recibirlos de mejor manera, pero no esperaba compañía. Por favor, tomen asiento."

Un movimiento de mano mandó a Amorina a traer refrigerios. El gesto de menosprecio dejó un silencio incómodo.

El Padre Emmanuel lo superó con facilidad. "Buenos días, Juan. Es bueno saber que estás bien." Juan no le tomó importancia al comentario. "Créame, Padre, me siento peor de lo que parezco." Se tocó la rodilla para indicar una vieja queja. "Cada parte de mi me duele tanto que apenas puedo trabajar la tierra. De hecho, no habría plantado en mis tierras si no fuera por mi futuro yerno."

El hombre le sonrió a Matthew.

Catalina jadeó, su mano se colocó en sobre su corazón. ¿Qué? ¿Futuro yerno? Miró a los dos hombres, tratando de ocultar la desesperación en su rostro.

"Así que es verdad." susurró. "En verdad estás comprometido con alguien más."

Juan agitó su cabeza de manera afirmativa. "Así es…"

"Espera un momento," interrumpió Matthew al anfitrión. Negó la idea, dirigiéndose más a Catalina que al hombre. "No sé qué hayas escuchado, pero te aseguro que no es verdad. No estoy comprometido – y nunca lo estaré – con la Señorita Rangel."

Juan Rangel chasqueó su lengua con irritación.

"¿Qué es esto?" dijo indignado. "¿Usas a mi hija sólo para botarla en el momento en que vez alguna cara horrible' ¡Mírala! Vestida como un hombre – una sucia vagabunda, nada más. ¡No lo permitiré! Le hiciste una promesa a mi hija...una promesa que mantendrás por tu propia integridad, o por la punta de mi escopeta."

Matthew se enojó por la amenaza del hombre, levantándose con puños a sus lados.

El sacerdote también se levantó, tomando el control de la escena y colocando una mano en el hombro de Matthew.

"Don Rangel," el Padre Emmanuel se dirigió al señor de manera formal, su voz era fuerte. "Amenaza con un camino de pecado y lo sabe."

Los tres hombres se vieron, el silencio tensaba el aire. De repente, Juan bajó el rostro como si estuviera avergonzado de ser sorprendido en una mentira.

"No puede culparme por intentarlo." Dejó salir un suspiro de derrota y se derrumbó de regreso en su silla, indicándole a Matthew a que hiciera lo mismo. "Relájate. No eres el primer hombre a la que mi hija se ha pegado."

"Es verdad," confirmó el Padre Emmanuel mientras se volvían a sentar. "Eres el cuarto hombre en ocho meses que se adentra en mi iglesia sin la idea de pedirle matrimonio."

"¿Entonces por qué trató de pretender otra cosa?" le preguntó Matthew a Juan.

El hombre se encogió de hombros. "Esperaba que fuera verdad esta vez," empezó. "Las cosas han sido más fáciles contigo por aquí. Tu ayuda en el rancho ha hecho una gran diferencia. Cultivos plantados, caballos quebrados. Y la mejora de la actitud de mi hija. Honestamente, no la había visto así de feliz desde hace casi dos años." Bajó la cabeza. "Desde que su madre falleció."

"Ay. Lamento su pérdida," dijo Catalina, la empatía sonaba en sus palabras.

"Gracias. Eres muy amable," contestó Juan. "¿Y supongo que lo conoces a él?" Y señaló a Matthew.

"Pensé que sí."

Matthew se quitó el sombrero y se pegó en la rodilla, mirándola con incredulidad. "¿Qué significa eso? ¡Claro que nos conocemos! Pasamos días juntos en el camino."

"¿Oh, en serio?" Catalina cruzó sus brazos sobre su pecho y lo miró fijamente. "¿Entonces por qué me ignoraste cuando estabas en el pueblo? ¡Y no mientas! Conozco ese horrible sombrero. Estabas subiendo a una carreta con ella." Catalina señaló a Amorina cuando ella regresaba a la habitación, dejando una bandeja de café con leche y pan en la mesa.

La mujer levantó su vista, y notó la mirada de todos. Una pequeña y hostil sonrisa se formó mientras empujaba la bandeja más cerca de Matthew, ofreciéndole el café y los dulces. "Él y yo necesitamos hablar con el Padre Emmanuel por unos asuntos personales." Luego le dirigió una mirada de adoración a Matthew.

"Amorina," Juan le dirigió una mirada de advertencia. "Ya sé la verdad. Así que no hagas las cosas más difíciles de lo que deben de ser."

La mujer estudió a su padre antes de mirar a sus invitados. Su mirada se posó en Matthew, como si pesara su respuesta a una pregunte sin hablar. La respuesta estaba pintada en sus ojos endurecidos. Apretando sus delgados labios, Amorina se salió del cuarto, su espalda rígida y su cabeza alta con orgullo.

Matthew esperó hasta que la parte trasera del vestido de ella desapareciera y luego pasó su mano por su cabello antes de agitar su cabeza.

El pequeño hábito no pasó desapercibido para Catalina.

"Mira Cat. Ya sé que piensas que viste, pero te equivocas." Matthew explicó todo lo que había pasado desde que los dos habían sido atacados en Texas, hasta el día que ella lo llamó desde el patio de la cantina.

Catalina elevó una ceja con duda.

El Padre Emmanuel debió de ver su expresión de duda y se adelantó para apoyar la declaración de Matthew. "Es verdad, Señorita."

"Sí, es verdad." comentó Juan. "Sé que suena como un cuento infantil, pero yo vi como mi hija lo cuidaba hasta que se recuperó." El anciano le sonrió a Matthew, con algo de tristeza y anhelo. "Supongo que esa es una de las razones por las que ella sintió apego por ti tan rápido. Y perdón porque tratara de tomar ventaja de la situación."

El hombre se levantó para disculparse.

Parándose para aceptarlo, Matthew sujetó con firmeza la mano extendida antes de mirar de nuevo a Catalina.

"Espero que me creas cuando digo que honestamente no tenía intención de herirte. Nunca te podría abandonar así." Él cruzó el cuarto hacia donde estaba sentada se hincó frente ella, tomando sus manos entre las suyas. "Catalina, no me importa admitir que casi me destrocé cuando recordé lo que había pasado y me di cuenta que eras tú detrás de esa puerta. Justo cuando pasó, estaba determinado a sacarte de ahí sin importar lo que necesitara. Aun así, sabía que no podía hacerlo sólo. Así que recé por la ayuda de Dios. No recuerdo haber rezado tanto en mi vida, preguntándome si Dios me escuchaba. Pero Él lo hizo y aquí estás – una prueba de que los milagros en verdad suceden. Ahora estoy rezando por otro milagro – uno donde me digas que me darás otra oportunidad."

La sinceridad en su voz hizo que aparecieran algunas lágrimas en los ojos de ella.

Sus ojos brillaban con esperanza, y ella podía ver el cambio en él.

Sonrió ampliamente. "¿Rezaste por mi?"

Matthew sonrió tanto como ella. Él dejó salir un suspiro exasperado, pero juzgando por el brillo juguetón que desprendían sus ojos, ella sospechó que era falso.

"Bueno, soy cristiano," explicó él. "Es lo que hacemos. ¿Verdad?"

"¡Oh, Matthew!" Catalina rodeó con sus brazos el cuello de él, abrazándolo con tanto entusiasmo que cayeron de espaldas en el suelo.

Catalina separo sus brazos de alrededor de su cuello y se levantó de sobre él, lista para disculparse, pero sus ojos, llenos de felicidad, la detuvieron.

Él dejó salir una risa gutural y el sacerdote y Juan se unieron.

Cuando dejó de reír, Matthew se levantó y extendió una mano para ayudarla.

Catalina se limpió su ropa y carraspeó.

"*Eh hem*, bueno." Trató de encontrar algo que decir.

Matthew se adelantó para rescatarla. De nuevo. "Así que, creo que deberíamos retomar nuestra misión original." sugirió Matthew. "Eso es, ¿si tú te sientes segura allá?"

Catalina dudó. "Había otras mujeres como yo en Jericó. ¡Y niños! Oh, Matthew. ¡Fue horrible! Me quedé pensando si había algo que podía hacer para ayudarlos."

Matthew suspiró.

"Sé que quieres ayudarlos, y está bien que te sientas así. Sólo pienso que nosotros no podemos. No ahora cuando hay alguien que obviamente quiere dañarte. ¿Sabes que pienso? Incluso que no es seguro que estés en México, pero tampoco podemos regresar."

Catalina pensó por un momento.

"Tienes razón. También creo que México ya no es seguro. Sin embargo, siento que estaré más segura aquí que si regreso a Charlotte. Al menos, por ahora. Digo, nuestros problemas empezaron mientras seguíamos en Estados Unidos. ¿Qué tan segura voy a estar allá?"

"Eso es lo que estaba pensando." aceptó Matthew. "Quién te atacó antes de que cruzáramos la frontera nos ha estado siguiendo desde hace un tiempo. Así que sería mejor encontrar a tu familia aquí. Ellos posiblemente te puedan dar un refugio seguro mientras tratamos de descubrir con quién estamos lidiando. El problema será llegar ahí."

"Eso es verdad. No sabemos exactamente hacia dónde vamos – sin mencionar que no tenemos como llegar allá"

"Tal vez yo pueda ayudar." comentó Juan. "He vivido en esta área toda mi vida."

Matthew volteó hacia Juan, avivando sus ojos. "¿Has escuchado de la familia Santiago de Maravatío?"

"Por supuesto," aclaró el anfitrión. "Miguel Santiago es uno de mis primos. Su rancho se encuentra a un par de días de aquí. Aunque es un viaje difícil."

Matthew se dio un golpe en la frente. "Sabía que reconocía su nombre. Usted está relacionado con la familia de Cat."

¿Este hombre y su hija eran familia? Sorprendida, Catalina miró al anciano. "'¿Estamos relacionados? ¿Entonces conoce a mi padre, Gian...digo, Carlos Santiago?"

"El único Carlos Santiago que alguna vez conocí era el hijo de Miguel." dijo Juan. "Pero él dejó México hace mucho tiempo cuando apenas era un hombre. Si recuerdo correctamente, se fue después de una pelea con su padre. Esa fue la última vez que escuché de él...o de la hermana de usted. ¿No es verdad?" se dirigió Juan al sacerdote.

Una mirada grave se posó en el rostro del padre Emmanuel.

"Si," contestó él, ojeando con la mirada a Catalina lleno de esperanza. "Nuestros padres murieron en un accidente poco después de que me uní a la iglesia. Así que me hice cargo de mi hermana. Ella estaba enamorada de Carlos, pero pensé que era muy joven para casarse. Así que lo prohibí. Ella era muy testaruda. Así que se fugó con él." Agitó su cabeza, un suspiro pesado escapó de sus pulmones mientras agachaba la cabeza. "Es lo último que supe de ella."

Así que eso haría del sacerdote su –

"¿Entonces no tiene idea que ella cruzó hacia los Estados Unidos," preguntó Matthew al padre Emmanuel, "¿o de que ella formó su propia familia?"

Tío. Se le abrió la boca, las noticias le debilitaban sus rodillas.

Matthew la sostuvo de su codo, salvándola de desmayarse.

"No," admitió el padre Emmanuel. Él levantó sus manos, pero sus pasos fallaron y se dejó caer de nuevo en su asiento. Su rostro se tornó serio. "Lo siento, señorita. Sólo que no puedo imaginar que sea de mi hermana. Es demasiada coincidencia. Debes de lucir como su padre."

"Para nada." la negación le pegó a Catalina. "Me veo exactamente como mi madre. Eso es, cuando no estoy vestida así." Catalina pasó su mano por su cuerpo.

Todas las cabezas se giraron para ver su ropa desgastada.

"Eso es un problema," dijo Matthew. Una esquina de su boca se curvó con un aire de broma. "Necesitamos encontrar algo de ropa adecuada antes de continuar. Después de todo, no puedo llevarte con tu abuelo luciendo como como un chico salido de un matadero."

Catalina colocó sus manos en sus caderas, lista para contestar con algo ocurrente, pero Amorina regresó al cuarto para limpiar la mesa.

"Puedes tomar prestado uno de los vestidos de mi hija." comentó Juan.

Amorina se levantó con un jadeó sonoro, casi soltando la bandeja.

Juan ignoró los dramas de su hija y continuó hablando. "Tiene varios, así como unos que heredó de su madre. Además, ustedes dos son familia."

Horror cruzó por el rostro de la mujer.

Ella se adelantó, presionando una mano gentil en el brazo de Amorina. "Acabamos de descubrir que somos algún tipo de primas. Digo, estamos algo separadas. Aun así, estamos emparentadas si no me equivoco." Su intento de una plática agradable divagó, y el rostro de Amorina se congeló. "De hecho, parece que todos estamos relacionados de alguna manera. Bueno, todos excepto Matthew."

Matthew se movió al lado de Catalina. Colocó un brazo protector sobre su espalda, y la miró.

"Pretendo cambiar eso pronto." aseguró él.

Un hermoso sentimiento de seguridad floreció en el pecho de Catalina.

Los ojos de Matthew brillaban con amor y promesa – una promesa en la que ella podía apostar su vida.

Como si no lo hubiera hecho ya.

En ese momento, cuando todo lo demás se desvaneció, y sólo era ella y él mirando sus rostros,

Catalina sabía fuera de dudas que Matthew era el indicado para ella.

¡Gracias Dios, por escoger a tan maravilloso hombre para mi futuro! Ella se acercó más a Matthew, permitiendo que su brazo la calentara.

El momento no duró mucho.

Un fuerte estirón la separó de los brazos de Matthew. ¿Amorina?

El enojo reemplazó a su sorpresa inicial. "¿Qué--?"

"Vamos, *prima.*" Sonrió su prima, una imagen de inocencia burlona se dibujaba en su rostro. "Tenemos que sacarte de esa horrible vestimenta y arreglarte en algo digno de una dama de tu posición."

Catalina observó a su nueva prima con sospecha. Las palabras eran dulces, pero cargaban algo de malicia. Reacia de seguirla, Catalina contestó.

"Es muy amable de tu parte, pero no me gustaría arruinar uno de tus hermosos vestidos." Levantó sus manos sucias para explicar. "Me temo que me ensucié un poco durante el camino."

Amorina menospreció la negativa. "Oh, eso es fácil de arreglar. Te puedes bañar en el manantial. No está muy lejos de aquí."

"Si," Juan asintió a su hija. "Esa es una buena idea. Te dará una oportunidad de limpiarte antes de continuar con tu viaje, así como tiempo para que las dos se conozcan mejor."

Amorina sonrió a su padre. "Si," asintió. "Seremos mejor que primas. ¡Seremos como hermanas!"

Catalina se mordió el labio inferior, avergonzada de pensar lo peor de Amorina. Esa es la chica que estaba ayudándola cuando, en realidad, la pobre probablemente estaba tratando con el hecho de que Matthew no la amaba.

Como cuando estaba herida y enojada cuando Benjamín le informó que se iba a casar con Harrington en vez de con ella.

¿Matthew había tratado a Amorina de la misma forma en que Ben la había tratado a ella? ¿Le había dado promesas vacías y besos robados?

Observó a Matthew e inmediatamente supo la respuesta. Él no era del tipo de jugar con los sentimientos de una mujer. Aun así, Catalina sentía empatía con su prima y apreciaba que Amorina escogiera ser amable, a pesar de su amor no correspondido.

"De acuerdo," habló finalmente Catalina. "Vayamos a ese manantial que mencionaste. ¡Me gustaría sentirme como yo de nuevo!"

La mujer se aferró a su brazo.

"Un momento," el padre Emmanuel detuvo el proceso. "El manantial que mencionó Amorina es uno peligroso llamado La Bruja."

"¿La Bruja?" preguntó Matthew. Miró a Amorina, la sospecha nubló su rostro. "¿Por qué se llama así?"

"Porque tiene un remolino natural," contestó Amorina elevando sus hombros casualmente.

"Absolutamente no." Matthew agitó su cabeza mientras le hablaba a Catalina. "Después de por todo lo que hemos pasado, no hay manera en que te deje ir cerca de un remolino."

"¡Un remolino!" exclamó Catalina. Miró a Amorina, tratando de adivinar las intenciones de su prima.

El rostro de la mujer estaba en completa calma. ¿Era de confianza?

Juan Rangel carraspeó.

"Es verdad," dijo él. "La Bruja tiene un remolino, pero sigue siendo seguro. Bueno, yo mismo he ido a nadar ahí muchas veces. Además, no tienes que ir muy lejos para bañarte."

"Exactamente," continuó Amorina. "Sólo tienes que sumergirte hasta la cintura. Y será más rápido que juntar leña y calentar el agua para el baño."

Catalina consideró la idea y aceptó. Un baño sonaba divino. Entre más rápido, mejor. "Ella tiene razón, Matthew. Si soy rápida, podremos continuar nuestro camino hoy. Podríamos alcanzar el rancho de mi abuelo antes de que alguien descubra nuestro rastro."

Matthew se frotó atrás del cuello con unas de sus manos. La incertidumbre nublaba su expresión. "No lo sé. Entiendo que tú quieres verte bien la primera vez que veas a tu abuelo, pero estoy acostumbrado a confiar en mis instintos y algo me dice que esto no está bien. Tal vez deba ir contigo."

Catalina negó con energía.

"Ella tiene razón," habló Amorina. "Se vería mal si alguien pasa y te ve ahí mientras se está bañando. Además, yo iré con ella."

"Así como yo," se ofreció el padre Emmanuel. "Soy bien conocido en todo el pueblo. Así que nadie cuestionará mis intenciones si me ven ahí." Le sonrió a Catalina. "Además, como mi sobrina, es mi responsabilidad y privilegio el vigilarte."

Catalina fijó su atención en Matthew para ver su opinión.

Él asintió con el plan.

Ella se volteó con el padre Emmanuel. Su tío. Una oleada de cariño la inundó. "De acuerdo. Gracias." Asintió antes de dirigirse con Amorina. "¿Segura que no te importa que use uno de tus vestidos?"

"Para nada," exclamó Amorina mientras dirigía a Catalina de la sala hacia un corredor apenas iluminado.

La única luz visible provenía de un hoyo en la puerta de un cuarto. Amorina empujó la puerta, la pesada madera rechinó.

La luz surgió por unas grandes ventanas, casi cegando a Catalina.

Mientras sus ojos se ajustaban a la luz, Amorina fue hacia un armario y extrajo un par de vestidos.

"Tengo estos dos, "dijo, "No son los mejores, pero tampoco los peores."

Catalina rozó la tela de algodón de uno de los vestidos. Bonito, pero nada comparado como lo que ella vestía en su casa. No es que esos vestidos elegantes con sus bolsas y moños combinados importaran ahora. ¿Cómo le podía importar esas frívolas posesiones ahora que sabía que había niños y mujeres siendo abusados de horribles maneras?

Pero no podía pensar eso ahora. Sólo podía pelear una batalla a la vez, y eso significaba seguir viva si quería ayudar después. Sostuvo el vestido, inspeccionándolo.

"Al contrario," contestó ella, "Pienso que son hermosos. Gracias por prestarme uno."

Amorina no le dio importancia. "No te preocupes. Sólo elige uno y vayámonos."

Catalina descolgó el vestido de algodón con una sonrisa. "Tú pareces más emocionada de ir al manantial que yo."

"Bueno, es muy hermoso." Amorina cerró sus ojos y elevó su rostro como si estuviera ahí, en la playa, con el agua mojando sus pies. Sus ojos se abrieron, y regresó a la realizad. Recogió el segundo vestido y lo colgó en el armario. "Así que trato de nadar ahí cada vez que puedo. Es todo."

"¿Y es tan peligroso como temía Matthew?"

¿Amorina había hecho una mueca por la mención de Matthew? Pobre chica. Debía de sentirse mal.

"Claro que no. De hecho, yo he nadando en el mismo remolino."

"¿En serio?" preguntó Catalina, sorprendida con la idea de que su prima intentara algo tan atrevido. "Yo nunca he visto un remolino, mucho menos nadado en uno. Debiste de haber estado muy asustada la primera vez."

"Claro que no," Amorina negó con la cabeza. "El que está en el manantial es muy débil. Bueno, un niño pequeño podría nadar fácilmente por él."

"Bueno, ¿por qué el Padre Emmanuel parecía muy preocupado si es tan gentil como dices?" preguntó Catalina.

Amorina le dirigió una sonrisa condescendiente a Catalina, como si un niño le hubiera preguntado algo obvio.

"Porque él es del pueblo – no del rancho. Él ni siquiera sabe lo que es nadar en el manantial."

"¿Así que no hay ningún peligro?" insistió Catalina. "¿Nadie se ha ahogado al nadar ahí?"

"Sólo puedo decir de uno. Antes de mi y la razón por la que el manantial se ganó el nombre de *La Bruja.*"

"¿Qué pasó?" Catalina se sentó en la orilla de la cama de Amorina y escuchó a la mujer que contaba la historia.

"Hace mucho tiempo...mucho como para que yo sepa cuando fue...había una hermosa chica campesina que vivía a unos cuantos ranchos del manantial. Ella a veces iba a ahí, pasando por otros ranchos, sólo para conseguir agua. Mientras iba caminando, ella cantaba una dulce canción sobre el amor verdadero. Un día, su canción se topó con el oído de un chico campesino. Hipnotizado por su belleza, decidió tratar de ganar su mano. Le llevó raras flores silvestres y pan dulce. Aun así, el padre de la chica no consentía el matrimonio. Él sabía que la belleza de su hija podía traerle un dote más grande. Así que la comprometió con un viejo y rico ejidatario. Al oír del acuerdo, la chica cayó en una horrible depresión. Pero su padre estaba lleno de codicia, y no iba a cambiar de opinión. Así que un día antes de la fatal boda, la chica fue a una última vuelta por conseguir agua, deteniéndose en la casa del chico campesino para despedirse. Sin embargo, la única persona en la casa era la madre del joven, quien le informó a la chica que su hijo se había ido de casa hace dos días... determinado a encontrar una fortuna para que no fuera rechazado la siguiente vez que encontrara el amor. Entristecida por escuchar que el campesino ya estaba buscando a otra novia, ella se fue al manantial."

Amorina se detuvo por un momento, un brillo malvado apareció en sus ojos. Miró a su prima.

"¿Tú sabes que hizo luego ella?"

En un trance, Catalina agitó su cabeza.

"Dicen... ¡que se arrojó y se ahogó!" Catalina jadeó. Satisfecha, Amorina sonrió. "Sólo que no fue porque el chico se había ido a buscar fortuna y amor. No teniendo intención de matarse por un hombre, la chica decidió el obtener el agua e irse a casa. Ella se casaría con el *ejidatario* y aprendería a amarlo, a pesar de sus abundantes arrugas y su mal aliento. Eso es, hasta que llegó al *manantial.* Ahí cerca del agua, ella encontró un enorme jarrón de barro. Y en el agua, flotando en círculos en el *remolino,* estaba el joven campesino. Aparentemente, él había ido al lago a beber y a olvidarse de sus problemas. Él no quería ahogarse," Amorina terminó la historia. "Sólo que estaba muy borracho como para nadar después de haberse caído al lago."

Catalina tembló con la palabra borracho. Así era como las mujeres en Jericó describían a los hombres cuando ellos salían de la cantina después de una noche de festividades.

"¿Qué pasó con la chica?" preguntó ella.

"Bueno, no podía dejarlo ahí." se encogió de hombros Amorina. "Después de todo, él hasta cierto punto había muerto por ella. Así que trató de sacarlo del agua, pero fue arrastrada por sus ropas y también se ahogó."

Catalina gimió. ¡Qué triste final para una pareja tan joven!

"Pero no nos tenemos que preocupar por eso." Amorina la jaló del brazo para salir.

Un sentido de incomodidad se asentó en el estómago de Catalina. Aun así, siguió a su anfitriona fuera del cuarto, sujetando el vestido de algodón como si fuera una especie de salvación.

Capítulo Veintiuno

La carreta se movía de un lado a otro. El paisaje pasaba con la velocidad de un caracol. La vegetación era más dispersa comparada con la del área rural cerca de su casa. Los árboles parecían cuerpos robustos con largos y curvados dedos saliendo de ellos. Sus hojas eran puntiagudas como las de un cactus, dando un aire hostil.

"Que arboles tan curiosos," dijo finalmente Catalina.

Amorina siguió su vista. Agitó su cabeza en desacuerdo. "No son curiosos. Eso es la Yuca y son maravillosos," explicó ella. "Sólo que no los estás viendo cuando están en floración. Durante la primavera, cada uno se llena de grandes y hermosas flores."

"Eso es algo que me gustaría ver," comentó Catalina antes de regresar a estudiar los arboles una vez más. Sin las flores, parecían manos alcanzando el cielo.

Como el árbol llamado "Josué" que estudió en la universidad en la clase de historia. Observando a las ramas torcidas, Catalina sólo podía imaginar a un hombre alzando sus manos hacia el cielo, orando para que Dios mantuviera el sol. Con los ojos cerrados, elevó su rostro y dejó que el calor le recorriera su piel. Dejó salir un suspiro de paz.

Iba a ser un gran día.

"*Ya, ya.*" El padre Emmanuel agitó las riendas contra el caballo.

Los ojos de Catalina se abrieron.

Ellos apenas habían hablado durante el viaje, y ella sólo tenía la idea de que él estaba tratando de procesar la información de que ellos estaban relacionados. Él había hecho un chiste sobre que todos los del pueblo estaban relacionados, y luego había caído el silencio, enfocándose en manejar el caballo por el camino de tierra hacia el manantial.

La carreta empezó a detenerse en el fondo de una loma. El camino de tierra termina abruptamente ante un parche de verde pasto. Un puñado de flores silvestres adornaban el suelo, creciendo más densamente mientras era más alta la loma.

Catalina bajó de la carreta y colectó los artículos de limpieza prestados.

"Es sólo una pequeña escalada hacia el manantial," el padre Emmanuel apuntó hacia la cima de la loma. "Amorina te guiará mientras yo espero aquí y vigilo el área."

"Gracias," dijo Catalina, esperando que su mirada se conectara con la suya. Ella sonrío, luego siguió a Amorina a través de una capa de flores amarillas, blanca y púrpuras que le rosaban sus tobillos. Su deliciosa fragancia flotó hacia ella. Llegaron a la cumbre de la loma y observó el paisaje.

"Es hermoso," exclamó ella cuando vio el ancho manantial debajo de unos grandes sauces. Sus ramas se agitaban débilmente por el viento antes de inclinarse hacia el agua, sus hojas creaban ondas que gradualmente crecían hasta desvanecerse.

Catalina calculó el ancho del manantial, sus ojos notaron en la orilla lejana en donde el agua giraba en círculos. Le recordaba cuando ella más joven y jugaba con su té en la mesa. Usaba su cuchara para agitar la bebida hasta que un pequeño huracán aparecía. ¿El remolino parecería un huracán bajo el agua?

"¿Ves lo lejos que está?" preguntó Amorina. "No tienes nada de qué preocuparte. Así que adelante. Iré a colgar tu vestido en el árbol de allá."

La mirada de Catalina siguió hasta donde Amorina estaba apuntando, al otro lado del manantial – a sólo un metro lejos del remolino.

"¿Por qué ese?" preguntó. La incomodidad se resbaló hacia el fondo del estómago.

"Porque es el único con una rama lo suficientemente baja para alcanzarla," respondió Amorina antes de añadir, "Y no quieres dejarlo en el suelo. ¿Verdad?"

"No imp—"

Amorina la interrumpió. "Exacto." Ignoró a Catalina. "Es por eso que voy a colgarlo allá. Luego voy a caminar de regreso a la loma para vigilar."

Catalina dejó salir un leve y ansioso suspiro mientras se acercaba al manantial. Dudo un momento antes de empezar a quitarse la ropa. Luego se acercó a la orilla del agua, dejando que un pie desnudo probara la frialdad.

"Oh, eso está bien." murmuró Catalina mientras el calor subía hasta cubrirle sus tobillos. Se inclinó para mojarse su cabello y pronto, estaba inmersa hasta el cuello, tarareando mientas se lavaba con el jabón de rosas, determinada a quitarse el polvo de cada rizo.

Se enjuagó, disfrutando de la suave sensación del agua que se resbalaba por su piel. Como un niño jugando en una bañera, jugueteó con los brazos fuera y dentro del agua, los pasados traumas de las semanas anteriores se iban de ella.

Se quedó ahí hasta que salieron arrugas en sus dedos. Salió del manantial, exprimió el agua de su cabello y luego fue por su ropa. Una vez que terminó de vestirse, volvió a ver al remolino, hipnotizada por el movimiento circular. La espuma de su cuerpo flotaba hacia él, y ahora se iba en espiral hacia el fondo. Catalina se encontró tranquilizada por el suave y constante fluir del agua.

Un fuerte crujido rompió la tranquilidad.

¿Qué? Catalina giró su cabeza alrededor para observar al árbol astillado, una rama caía del tronco.

Otro crujido forzó a Catalina a brincar hacia atrás.

El tacón de su zapato se atoró en una raíz sobresaliente del viejo árbol, y cayó de espaldas, sus brazos se agitaban alrededor de ella, nada más que el aire de donde agarrarse. Ella gritó, pero el agua ahogó el sonido. Volvió a surgir, pero la rápida corriente atrapó la bastilla de su vestido. En un instante, el fuerte tirón del agua la arrastró hacia el remolino.

¡Se iba a ahogar! El miedo la impulsó a la acción, sus brazos peleaban contra la corriente, pero sus piernas se enredaban con el vestido. El peso de su ropa mojada empezó a arrastrarla hacia el fondo. Tomó una respiración profunda antes de que su cabeza se sumergiera. Pataleó y volvió a surgir, pero sus fuerzas disminuían con cada braceo.

"¡Catalina!"

¿*Matthew*?

Elevó su cabeza hacia la dirección de la voz.

Matthew colgaba de una rama baja del árbol astillado, un brazo abrazado alrededor de una rama floja, la otra estaba libre.

Su Matthew. La había encontrado.

Volvió a hundirse en el agua.

¿Había llegado tarde?

Matthew se arrastró por la delgada rama, apretando sus dientes cuando una gran astilla se enterró en su palma. Se tragó una maldición, pidiéndole fuerza a Dios. La idea de que no estaba haciendo esto solo le llenó de fuerzas, e ignoró el fuego que quemaba en sus manos desnudas. Continuó arrastrándose por la rama.

Se inclinó por su peso.

"Cat," gritó, apretando sus piernas alrededor de la rama. Se inclinó hacia ella, usando al débil árbol como un ancla con un brazo mientras estiraba el otro. "¡Sujétate de mi!"

Ella intentó sujetar su mano, fallando por una fracción antes de que gritara débilmente "No puedo." Su cabeza se volvió a sumergir.

"¡Catalina!" volvió a gritar Matthew, la desesperación le hizo soltar el otro brazo. La rama se inclinó peligrosamente bajo mientras él se colgaba de cabeza, a unos cuantos centímetros de la superficie del agua, la espuma salpicaba en su nariz.

En el instante que ella re-surgió, él sujetó el cuello del vestido. La jaló y la sostuvo. ¿Ahora qué? De cabeza, no tenía palanca.

"Sujeta mi cinturón"

El cansancio surgió en su rostro húmedo, y la derrota le ensombreció los ojos. Su boca se abrió, pero nada salió de ahí.

¡Él no dejaría que se rindiera! "Vamos, cariño, tú puedes."

La madera crujió bajo sus piernas.

Él se detuvo. Los ojos de Catalina se abrieron con miedo.

No se atrevió a moverse. "No te preocupes," la tranquilizó "Lo lograremos, pero necesito que hagas exactamente lo que te diga, ¿de acuerdo?"

Le contestó con una afirmación tensa.

"Buena chica. Te voy a jalar un poco más," explicó él. "Sólo lo suficiente para que te estires y te sujetes de la rama."

"No puedo," sollozó Catalina.

"Si puedes." le aseguró Matthew. "Sé que estás cansada, cariño, pero será por un segundo. ¿de acuerdo?"

Ella suspiró un pequeño "de acuerdo" antes de sentir a su débil cuerpo siendo jalado hacia arriba. Matthew la jaló hacia la rama y eso provocó otro crujido debajo de él. Catalina sujetó sus brazos alrededor de la rama. Hizo que sus piernas también lo hicieran y empezó a arrastrarse hacia la tierra. Matthew se acomodó y la siguió.

"Oh," lloró ella, deteniéndose.

"Ya casi estás ahí," Matthew la animó por detrás. "Puedes hacerlo. No te detengas. Vamos, cariño."

Las palabras de Matthew funcionaron.

Catalina continuó arrastrándose hasta que terminó sobre la orilla del manantial, y soltó lentamente la rama con las piernas.

Matthew se soltó hacia la tierra y la alcanzó.

Catalina se liberó del árbol, y cayó en sus brazos.

Exhausto, Matthew se desplomó por Catalina y ambos cayeron al suelo. Él dejó salir un sonoro gruñido.

"Perdón" Catalina se movió de encima de él, recostada sobre su espalda, jadeando.

Se ajustó debajo de su brazo, su mano descanso en el pecho de él. No tenía planes de dejarla ir.

Se acomodó macizos de cabello mojado, su voz estaba ronca. "¿Qué pasó? Todo estaba bien. Estaba mirando hacia el agua y luego pensé escuchar un disparo."

"Lo hiciste." Matthew confirmó sus sospechas. "Amorina te disparó por la espalda."

"¿Qué?" Catalina giró su cabeza hacia él. "¿Cómo hizo eso? El padre Em – um, mi tío la hubiera visto."

Matthew se apoyó en uno de sus lados, recargando su barbilla en su mano dolorosa, el codo en el suelo.

"Ella usó la culata de la pistola para pegarle y noquearlo antes de dispararte."

Catalina jadeó y un temblor le sacudió el cuerpo.

Con su mano libre, él le frotó su brazo. Estaba tan fría. "No te preocupes. Él estará bien."

"Gracias a Dios," susurró Catalina.

"Si," contestó Matthew. "Y gracias a Él que Amorina no es buena disparando. El revolver que estaba usando está hecho para distancias cortas, pero aun así puede causar serios daños a larga distancia."

"No puedo creer que mi prima me haya tratado de disparar." El árbol destrozado atrajo la atención de Catalina. Tembló. "Eres mi héroe. Otra vez." Lo miró, agradecida.

Él quería ser ese hombre para ella. Siempre.

"¿En dónde dejaste a Amorina?"

"Atada de manos y pies en la carreta." Le dirigió una sonrisa traviesa antes de colocar su brazo libre alrededor de ella.

"Me podría acostumbrar a esto." dijo él.

Catalina dejó escapar una pequeña risa, y él inhaló el olor húmedo y limpio de su cabello. Sus pulmones se llenaron de menta y sonrió.

"Creo que prefiero el olor de menta a esa fragancia de sudor y masa que llevabas hace poco."

"Eres malvado," bromeó ella. Pero sus hombros se relajaron en su abrazo.

Matthew masajeó ligeramente los brazos de ella, eliminando lentamente la ansiedad que había sentido. Catalina dejó escapar un suspiro profundo. "Aunque, eso se siente maravilloso."

Catalina volteó y se encontró observando los hermosos ojos de él. La incertidumbre que ella había sentido al principio de su viaje ya no existía. Ya no cuestionaba si merecía ser amada. Un sentido de paz le acarició su corazón y sabía que el plan perfecto de Dios incluiría al hombre que la miraba de regreso, la adoración desbordaba de su rostro.

"Matthew—"

"Catalina—"

Ambos empezaron y se detuvieron.

Matthew se rió. El peso de esta delicada, pero a la vez determinada mujer en sus brazos lo tranquilizó. Ajustó su abrazo alrededor de ella. Si sólo pudiera mantenerla a salvo para siempre.

"¿Qué voy a hacer contigo, cariño?" Matthew suspiró y la besó en la frente.

Un gruñido femenino interrumpió la paz "¡Aléjate de mi esposo!"

Catalina se acercó a él con el sonido de la voz de Amorina. Tanto ella como Matthew se levantaron de golpe.

"Yo no te llamaría su esposa," exclamó ella mientras que trataba de confrontar a la mujer. Sin embargo, Matthew la mantenía detrás, protegiéndola de Amorina.

"Tal vez no todavía, pero lo seré una vez que estés fuera del camino." Apuntó la misma arma con una puntería experta a la cabeza de Catalina. "Dudo que falle esta vez."

Matthew se adelantó. *¿Cómo diablos?* Esta mujer era como un mal dolor de muelas. "Até la cuerda algo ajustada. ¿Cómo pudiste escapar?"

"¿Qué? ¿Pensabas que cargaría una pistola, pero no un cuchillo?" Amorina resopló, algo desagradable y vengativo. "*Ay, amor.* Tienes mucho que aprender de cómo es en realidad la vida en México."

"Y tú tienes mucho que aprender de la vida en general," contestó Catalina desde atrás. "No puedes hacer que alguien te amé. Créeme cuando te digo que no termina bien."

"Ella tiene razón," concordó Matthew, poniendo su brazo para colocarla detrás, pero ella se negaba a ceder. "Ya hemos hablado de esto, y tú sabes cómo me siento. Matar a Catalina no va hacer que te amé. Si algo hace, es que sienta más repulsión por ti de la que tengo ahorita."

El rostro de Amorina se desmoronó.

"¿Sientes repulsión por mi?"

Matthew dejó escapar un suspiro. Sus años de experiencia estudiando criminales le habían alertado de la idea de que Amorina podría necesitar atención médica.

Agradar a la mujer y mantenerla en su lado amable aparentemente no había funcionado. Exhausto física y mentalmente, surgió el odio, pero no lo iba negar esta vez. En vez de eso, se la entregó a Dios.

Por favor, Señor. Necesito estar calmado. Llévate este odio, y lléname de Tu paz.

"¿Cómo no podría estarlo?" Matthew tragó saliva. Su mirada se quedó en el arma de Amorina, pero analizó su ambiente. ¿Qué podía usar en contra de ella? "Mira lo que estás haciendo. Estás apuntando un arma a la mujer que amo, amenazando con matarla. ¿Te sentirías bien si estuvieras en mi posición? ¿Qué pasaría si alguien amenazara con dispararme?"

Sus palabras parecieron resonar con la mujer. Su arma empezó a bajar.

Matthew se adelantó y la agarró. Sujetó la muñeca de Amorina.

"Vayámonos." Acompañó a la mujer derrotada de vuelta a la carreta. Catalina lo siguió a una distancia segura al lado opuesto de su prima.

"Estoy impresionada," se inclinó hacia él y susurró. "Estaba rezando para que supieras que decir para hacerla cambiar de opinión."

"También yo," admitió Matthew. "Es bueno saber que tú también lo hacías."

La recompensó con un guiño rápido y subieron la loma hacia la carreta, con el sol calentando sus espaldas. Esperó que el padre Emmanuel se encontrara bien, y le ayudara a amarrar con más fuerza a Amorina.

Catalina gritó. El agudo sonido alertó a Matthew.

Miró a una media docena de hombres parados en la cima. El sol brillaba en los rifles que les apuntaban.

Amorina empezó a reír.

Él miró a la mujer. ¿Acaso se había vuelto loca?

La cabeza de Catalina se agitó, su rostro era una máscara de horror. ¿Sorpresa?

Él no podía lidiar con eso ahora. Sacudió bruscamente la muñeca de Amorina.

"¿Qué?" sonrió con ironía como si tuviera la última palabra. "¿Pensaste que te entregaría la única arma que tengo sin que tuviera un plan? En realidad, no tenía un cuchillo. Esos bandidos pasaron por aquí y aceptaron liberarme. Lo único que tenía que hacer era traerlos a ustedes dos de regreso a la loma. Nadie quiere arriesgarse a acercarse al remolino."

Matthew observó al grupo de bandidos. Uno, dos...cinco, seis. Se frotó el lugar en donde la bala había rozado su cabeza.

"Oye, yo te recuerdo." Se dirigió a uno de los hombres, reconociéndolo del tiroteo en Texas.

"Si, yo también te recuerdo," el hombre le gruñó con un acento marcado. "Tuviste suerte la última vez porque tenías a tu amigo el alguacil, pero ahora estás sólo."

Levantó su rifle hacia Matthew.

"¡No!" Catalina brincó enfrente de él.

Matthew alejó a Amorina y sujetó a Catalina por la cintura y giró para colocarla detrás de él.

Otro hombre se adelantó y sujetó a Catalina por el brazo, separándole de Matthew. "Ya has causado suficientes problemas, estúpida." Le enseñó sus dientes en amenaza. "¡Mi primo está muerto por tu pequeño escape!"

El hombre elevó su otra mano y descargó el dorso de la misma en la cara de ella, el golpe provocó un eco por la loma.

La cabeza de Catalina se agitó, su mano cubriendo su mejilla, que ya se tornaba roja.

"¡Déjala!" gritó Matthew y se abalanzó contra el hombre.

Otros dos hombres lo sujetaron de cada brazo, evitando su ataque.

El pistolero volteó, giró su rifle, y golpeó las costillas de Matthew con la culata.

Matthew se dobló, jadeando por aire.

El líder del grupo detuvo todo. "¡Es suficiente!" ordenó, señalando con la cabeza a Catalina. "Nos pagan para traerla a ella con vida. Llevaremos a los otros y dejaremos que Belmonte decida qué hacer con ellos."

"¿Jericó?" susurró Catalina. Meneó su cabeza, lento al principio luego con un movimiento enérgico, su mejilla ya estaba hinchada y morada. "¡No!" Forcejeó con su captor, pero el hombre sólo se movió para sujetarla por la cintura.

"¿Qué quieres decir con eso?" Amorina se encogió cuando uno de los hombres se aproximó a ella y la sujetó del brazo. "¡Tenemos un trato!" gritó ella.

El hombre elevó a la prima de Catalina sobre su hombro, riendo mientras sus pequeños puños le pegaban en su espalda. Cuando uno de sus manos le jaló su cabello, él gritó y la bajó el tiempo suficiente para soltar una cachetada, para luego volver a cargarla.

Jericó.

La prisión.

Catalina miró a Matthew, pero él no se atrevió a verla. No podía, o no tendrían ninguna posibilidad de sobrevivir porque moriría tratando de salvarla de ese lugar.

Se decidió por una imperceptible negación con la cabeza.

¿Ella lo notaría? ¿La desanimaría a ella de pelear?

Ellos estaban superados en número. Ahora era tiempo de re-agruparse, y pensar en un plan.

Los bandidos los llevaron de vuelta a la carreta en donde el padre Emmanuel estaba sentado, atado y con una mordaza.

Pronto, todos estaba en la carreta, de la misma forma.

El camino de regreso al pueblo fue uno silencioso, pero Matthew rezaba y planeaba, y luego rezaba y planeaba más.

¿Escaparían de Jericó esta vez?

Capítulo Veintidós

"¡No puede hablar en serio!" John descargó su puño en el escritorio frente a él. No podía creer que un coronel del ejército se negara a ayudarlo a rescatar a ciudadanos americanos.

El Coronel Herman se cuadró, su mirada penetraba a John.

"Alguacil Durbin," empezó, "Entiendo su preocupación por sus amigos. Sin embargo, el Ejército de los Estados Unidos no puede simplemente marchar hacia México y demandar que los liberen."

"Lo sé," admitió John, "pero no estoy pidiendo que envíe tropas. Sólo estoy buscando a un par de buenos hombres que vayan conmigo por si las cosas se ponen duras. Ya sabe, para nivelar un poco los números."

El Coronel Herman agitó su cabeza. "Un hombre o cientos – no hay diferencia," explicó el Coronel. Tamborileó con sus dedos en el escritorio, su expresión sugería que se debatía entre si continuar o no. "Escucha, la verdad es que en realidad no me alcanza para mandar a nadie."

"¿Por qué no?" Frustrado, John elevó sus manos en duda. "Ellos son ciudadanos americanos que fueron secuestrados de su propia tierra. ¡Tenemos el derecho de hacer lo que podamos para proteger a los nuestros!"

"Estoy de acuerdo." el Coronel Herman juntó sus manos y se inclinó sobre su escritorio. "Está bien, aquí está el problema. Ahora tome en cuenta, lo que voy a decir no sale de esta habitación, porque usted no tiene la suficiente seguridad. No debería de estar diciéndole esto, pero entiendo lo que es perder a buenas personas por malas razones."

"Tiene mi promesa solemne que lo que diga aquí morirá aquí," prometió John, mientras se inclinaba hacia el escritorio.

"Bueno, es algo así," empezó el Coronel. "Recientemente recibí una carta anónima de alguien que decía ser uno de los ex-oficiales de Pancho Villa. La carta decía que un ataque a Nogales – a este mismo fuerte – estaba planeado para el 25 de agosto."

"Eso fue dos días atrás." John se volvió a sentar, cruzando sus brazos. "No ha pasado nada. Podría ser que alguien estaba jugando una broma con ustedes – aunque no hay mucho de que reírse."

"No estoy seguro de eso." el Coronel Herman se entretuvo con papeles dispersos por su escritorio. "Algunos de nuestros hombres se escapan a una pequeña cantina justo cruzando la frontera. Los locales le llaman Jericó. Algo así. Solía hacerme de la vista gorda – pensando que eso traería tranquilidad entre las tropas. Pero luego empecé a recibir reportes hace unas semanas sobre un grupo de mexicanos hablando con un tipo de soldado alemán y juntando suministros. Municiones, armas, lo parecido."

John dejó escapar un silbido.

"Exactamente," respondió el Coronel Herman. "Un soldado americano entrando a México justo ahora puede que desencadene una batalla. Añada el factor de que he tenido que dar de baja médica a varios hombres, y podrá ver que no tengo a nadie a quien pueda enviar."

El Coronel Herman se levantó, indicando que su encuentro había acabado, justo cuando un soldado entraba para reportarse con él.

"Lo siento, Alguacil Durbin. En verdad espero que encuentre a sus amigos."

Dándose cuenta que estaba siendo despedido, John también se levantó. Se colocó de vuelta su sombrero y le dio la mano.

"Lo entiendo. Tiene que hacer lo que debe de hacer," dijo él, acomodando sus rizos con su sombrero. Dispersó las partículas de polvo flotando enfrente de él. "Pero tenga en cuenta que yo también tengo que hacer lo que debo de hacer."

Luego, John giró y salió de la oficina del coronel.

Parece que estaba por su cuenta.

Parece que estaba otra vez por su cuenta.

Catalina miró con los ojos hinchados, luego los volvió a cerrar. ¿En serio? ¿De regreso aquí? Entonces no había sido una pesadilla. Este lugar era real.

"Eso fue algo muy estúpido de hacer"

Catalina apenas y podía ver a la figura en la oscura habitación en donde se encontraba, pero reconoció la voz. El hedor...alcohol viejo y sudor mezclado con perfume barato.

Sus palabras salieron como gruñidos amortiguados y casi se ahoga con su propia lengua.

"Espera un minuto." Mercedes suspiró y se pasó por la débil luz de la mañana que se filtraba por la sucia ventana. Desató la mordaza de Catalina y sacó un trapo extra de su boca. "Ay Catalina. Te amordazaron al doble...chica estúpida." Agitó su cabeza.

Catalina al fin encontró su voz. "Apreciaría si dejaras de llamarme estúpida," contestó. "Sólo hice lo que tenía que hacer para escapar."

"Ay, pero no escapaste. ¿O sí?" Mercedes colocó una mano en su cadera, la otra ignoraba el valor de Catalina. "No. ¡Sólo te colocaste tú sola en el peor cuarto de la casa!"

Catalina se reprendió porque su peor error era haber involucrado a Matthew y a su caprichosa *prima*. Bueno, le estaba tomando muchas oraciones a Catalina para recordarse que ella era cristiana y no debía desearle el mal a nadie – ni siquiera a Amorina. Matthew, por otro lado, era otra historia diferente. Él ya había pasado por mucho, y todo era por ella.

No, no puedes pensar así.

Catalina se negó a permitir a que la culpa la volviera a abrumar. ¿No era un dicho que Dios ayuda a aquellos que se ayudan a si mismos? Bueno, sentir lástima por ella ciertamente no iba a ayudar en nada.

Lo que ella necesitaba era otro plan de escape y... a Matthew.

Catalina estudió sus alrededores, pero no pudo ver mucho en la oscuridad. Una silla de manera, a la que estaba atada, parecía ser el único mueble.

Atada con cuerdas de manera tan ajustada que le sorprendía no haber perdido la circulación de sus manos.

"No se ve tan mal." Trató de infundir un poco de humor a la situación. "Sólo necesita un poco de limpieza. Soy muy buena con un cepillo para restregar."

Mercedes colocó sus dos manos en sus caderas. "¿En serio estás haciendo chistes en instantes como estos?" resopló.

Catalina suspiró. "Estaba tratando de distraer mi mente de estas cuerdas. Están lastimando mis muñecas." Se acomodó contra la tensión, pero el dolor ardiente que le recorría sus brazos la forzó a detenerse. "¿No serías capaz de desatarme? ¿Verdad?"

"No con mi vida o la tuya," Mercedes agitó un dedo enfrente de ella. "Y probablemente sea la mía. No, *amiga*. Sólo me colé aquí para ver como estabas." Pausó, luego añadió. "¿Qué tal algo de agua?"

Catalina forzó una sonrisa y aceptó la pobre oferta. "Si, por favor. Eso sería bueno."

Mercedes abrió la puerta y observó afuera. Abandonó la habitación, y regresó rápido con una cubeta de agua. Sujetó el cacillo y se lo ofreció a Catalina. "Lento o te enfermarás." le sugirió Mercedes. "No que importe mucho. Probablemente termines como Eloísa. Pero como siempre, apuesto a que todos lo haremos.

Catalina levantó su cabeza. ¿Qué había pasado con Eloísa? "¿De qué estás hablando?" preguntó "Fue justo ayer que ella nos dijo que se iba a casar."

"Si, y fue justo ayer cuando ella fue asesinada." le informó Mercedes. "El hombre que vino por ella en realidad no quería una esposa. Sólo era un animal y quería desquitar su ira contra alguien. Por supuesto, sólo hay unas cosas que puedes hacerles a las mujeres de Belmonte – eso es, a menos que las compres. Así lo hizo el hombre." Mercedes bajó su cabeza con un suspiro. "Encontraron su cuerpo esta mañana."

Catalina observó a Mercedes. Era difícil el asimilar la idea de que alguien pudiera hacerle algo tan terrible a otra persona.

"¿Por qué?" preguntó, tratando de procesar la información. "¿Y cómo sabes?"

"Ya te dije el por qué." Mercedes colocó el cacillo de regreso en la cubeta y se levantó. "Y lo sé porque escuché a algunos de los hombres debatiendo si debían enterrarla a ella y a El Perro juntos, o sólo quemar los cuerpos."

Catalina tembló con el pensamiento de tan inapropiado entierro. ¡Un momento! ¿El Perro? El terror se asentó en su estómago. ¿Era responsable de la muerte de otro hombre? "¿Qué pasó con El Perro?"

Mercedes se encogió de hombros. "Te dejó escapar."

Catalina se enderezó, pero el mareo hizo que girara el cuarto. Contuvo la respiración hasta que el efecto pasó. "¿Qué? Un momento." Agitó su cabeza. ¡Increíble! El miedo se transformó en enojo. "¿Me estás diciendo que Belmonte lo mató porque me escapé? ¡Eso es una locura! Él no sabía lo que tenía planeado—"

"Y si hubiera sabido," habló una voz desde el marco de la puerta con letal precisión, "entonces igual lo hubiera matado por arreglar el verte en privado."

Belmonte se deslizó en la habitación como una serpiente.

Escalofríos recorrieron la espada de Catalina. Se sentó un poco más derecha, y los nudos ajustados se frotaron contra sus muñecas. Su piel estaba expuesta por el abuso, y podía sentir la sangre que empezaba a resbalar hacia las palmas de sus manos.

Le dirigió una mirada de precaución a Mercedes, pero Belmonte siguió su mirada.

Belmonte observó a Mercedes, haciendo una muestra intencional de su poder, sus fosas nasales estaban abiertas. Una mano salió disparada, tan rápido como un ataque de serpiente, y sujetó un puñado de cabello de la mujer en su mano. "¿Qué estás haciendo aquí, Mercedes? No recuerdo haberte dado permiso de hablar con esta *perra*."

"Es mi culpa" trató de cubrir Catalina a Mercedes.

"¿Es tu culpa que Mercedes viniera aquí por su propia voluntad?" Belmonte desechó su bravata.

"No, Jefe. Fue mi culpa," Mercedes trató de agachar su cabeza con reverencia, pero él sujetó su cabello más fuerte. "Sé que ella es importante para su negocio, y vi que tus hombres no estaban cuidándola. Así que vine para asegurarme que no muriera de sed." Le mostró el cacillo, el líquido caía de los lados. "¿Ve? Sólo traje agua."

Su compañera se agazapó ante el hombre que tenía sus vidas en sus manos con experiencia de alguien que ha trabajado con él por mucho tiempo.

Belmonte estudió a una, luego a la otra. Con una liberación abrupta, despidió a Mercedes del cuarto. "La próxima vez, me pedirás permiso."

Obedeciendo silenciosamente sus deseos, Mercedes se inclinó mientras retrocedía fuera del cuarto, dejando a Catalina sola para enfrentar la furia de un hombre que había perdido dos mercancías en una noche.

"Piensas que eres algo especial," Belmonte escupió la acusación como si tuviera algo amargo en la boca. Se paseó frente a Catalina, su cabeza baja como si estuviera en pensamientos profundos.

Algunos de sus hombres entraron en la habitación con una mesa y la colocaron frente a ella.

Finalmente, él habló, "Vienes aquí y tratas de poner a mis chicas en mi contra hablando de Dios. Luego tomas ventaja de mis hombres y tratas de escapar. ¿Y después de todo lo que hecho por ti? Me he asegurado de que ningún hombre te toque. Te he permitido caminar por los terrenos como te plazca, y te he alimentado y vestido. ¿Y así es como me pagas?"

Belmonte agitó su cabeza como si regañara a un niño pequeño.

"Deberías ser castigada," continuó él, mientras un par de hombres traían sillas. "De hecho, cualquier otra mujer hubiera sido azotada y entregada a uno de mis hombres para que le hiciera lo que quisiera."

Catalina miró al hombre con absoluto desprecio, controlando las palabras que colgaban de su lengua.

Belmonte había probado que él era realmente un hombre malvado al hacer que mataran a uno de sus propios trabajadores de la cantina. Por un simple error de haber sido superado en intelecto.

"Pero yo sé cómo encargarme de ti, cariño." continuó hablando mientras varias chicas – La Fea y otras dos nuevas caras – entraban, sus brazos llenos de platillos. Desdoblaron un mantel blanco y prepararon la mesa como si fuera un banquete.

Olores deliciosos flotaban por el aire desde la vajilla colorida llena de platillos tradicionales mexicanos.

Catalina olió el aire – una lenta y prolongada inhalación que forzó a su estómago a gruñir con anticipación. Después de casi un día sin comida, estaba débil y apenas podía pensar. Mientras su cerebro empezaba a nublarse por los aromas, trató de enfocarse en las palabras de Belmonte.

¿Qué había dicho sobre *su* benefactor?

Les indicó a dos hombres que la movieran a una silla. Luego él se sentó enfrente de ella. "No estoy seguro que apreciará tu nueva apariencia."

La Fea le sirvió su comida y regresó a una esquina de la habitación, su mirada enfocada en el piso enfrente de ella.

Con una boca llena de comida, Belmonte dijo, "No. Definitivamente no. Tendremos que arreglar eso."

Catalina sollozó y mantuvo su cabeza un poco más alta. Tenía que tener fe de que su libertad estaba cerca.

Hasta entonces, no iba a permitir que ningún hombre la sometiera a indecencias que traicionaban a su moral.

"Soy hija de Dios." Habló calmadamente. "Y no voy a ser arreglada para un hombre para que termine como Eloísa."

Belmonte dejó de masticar. Sus ojos se volvieron dos pequeñas líneas y tragó.

"Hay una pequeña parte de mi que admira tú coraje. Es ese mismo espíritu salvaje en el que encuentro una etiqueta de premio." Una mirada de suficiencia cruzó el rostro de Belmonte. "Sin embargo, hay una gran parte de mi que disfrutaría verte azotada y quebrada como una buena yegua."

Antes de que Catalina pudiera responder, Belmonte se levantó y se inclinó sobre la mesa.

Ella se alejó lo más que pudo, pero eso sólo hizo que Belmonte sonriera por su miedo.

"Ahora cállate y come"

Él tronó sus dedos detrás de él y La Fea se acercó hacia Catalina para colocar una cucharada de frijoles en una tortilla. Catalina aceptó el taco con una pequeña sonrisa. "Gracias."

"Así es mejor," respondió Belmonte sin mirarla a ella, aparentemente sin estar inconsciente de que Catalina estaba hablando con la otra mujer. "Deberías estar agradeciéndome por el trato amable cuando a otra mujer la hubiera arrojado a los hombres."

Al darse cuenta que se encontraba en una posición delicada, Catalina eligió permanecer en silencio. En vez, continuó dando pequeñas mordidas a la comida y calmando su sed una deliciosa bebida. Sabía cómo a leche de arroz endulzado.

Y a algo más.

Catalina miró a la mujer que le servía amablemente, pero ella no la veía a los ojos, sólo bajaba la cabeza.

Algo estaba mal.

Sintió un hormigueo en los pies...

Tratando de hallar sentido al entumecimiento que había empezado a sentir por todo su cuerpo, Catalina miró a Belmonte.

Sentado con sus brazos cruzados enfrente de su pecho, elevó una ceja con interés.

"¿Te sientes bien, nena?" Su voz delató su mirada burlona de preocupación. "¿No? Bueno, no es sorpresa. Verás, tengo que hacerte presentable pata el güero que te ha comprado. Sin embargo, tus pequeños intentos de huir me hicieron pensar que no eres de confianza. ¿Sabes?"

Belmonte se detuvo esperando que Catalina refutara sus acusaciones.

Pero ella no podía mover sus labios. La saliva caía por su mentón.

Él asintió como si ella hubiera respondido.

"Si, pienso que es seguro decir que no causarás más problemas. Verás, necesitamos bañarte, arreglar tu cabello, ponerte un lindo vestido... ¡Tanto trabajo! Y no puedo dejarte que intentes escapar otra vez, o pelear como lo solía hacer La Fea." Belmonte le dirigió una mirada de desprecio a la mujer parada en contra de la pared, quieta como una estatua. Pero nadie pagaría ni un peso – *ni un centavo* – por La Fea. Pero tu... Ay, por ti... ¡Me mantendrían por el resto del año! Así, que pensé "Belmonte, ¿qué vas a hacer con esta? Es tan terca. Siempre es muy difícil." Pero tengo que hacer algo, porque serán unas horas antes de que me deshaga de ti. Ahí es cuando se me ocurrió lo de la bebida."

La sangre se le fue del rostro a Catalina, y surgió las náuseas.

"¿Qué me diste?" murmuró entre la saliva y una doble visión de Belmonte.

Él tomó otro bocado de su comida y masticó, calmado y fresco, como si se debatiera si merecía una respuesta o no.

Se encogió de hombros. "Morfina."

No importaba. Las palabras difícilmente alcanzaron a Catalina mientras ella se desmayaba.

Matthew cayó en el frío suelo con un golpe sólido. Nudos dobles lastimaban sus manos y pies, así que no pudo hacer nada para amortiguar la caída. Su cabeza rebotó en el concreto, el dolor se extendió por todo su cuerpo.

"Ni siquiera pienses en escapar," le dijo su asaltante. "Habrá un guardia justo afuera. Luego *El Jefe* decidirá que hacer contigo – después de que termine con tu pequeña *sucia*."

Matthew apretó los dientes ante la idea de que él y Catalina habían sido inmorales.

Voy a necesitar una gran ayuda aquí, Señor. Primero, con mi temperamento, y segundo, ¡para salir de este embrollo!

"¿Quién sabe?" continuó molestándolo el hombre. "Tal vez hago un buen trabajo y Belmonte me deje tener algo de ella también."

Matthew lo miró, manteniendo una expresión sólida, sin decir nada, tan sin emociones y calmado como el mar después de una lluvia torrencial – cualquier daño indetectable para el ojo desnudo.

Al darse cuenta que no provocaría ninguna reacción de Matthew, el hombre gruñó y abandonó el cuarto. El sonido de la pesada puerta cerrándose detrás de él hizo eco por la habitación y dejó salir una exhalación.

¡Al fin!

Matthew estudió los nudos que le lastimaban sus manos y pies. Había tomado muchas medidas para dejar un escape.

De adolescente, alguna vez había visto un espectáculo de un ilusionista llamado Harry Houdini. Después de la función, fue con el hombre y le preguntó cuál era su secreto. El hombre le había susurrado que no había ningún secreto, pero sólo algunos trucos de ilusión que engañaban al ojo. Al pasar los años, trató de practicar intentos de escape con otro comisario. Nada parecía funcionar.

Señor, por favor deja que funcione esta vez.

Cuando los *bandidos* lo ataron, él había tomado todo el aire posible y lo sostuvo mientras lo amarraban con la cuerda. Luego había tensado cada músculo de su cuerpo. Ahora que estaba solo, se relajó y miró la habitación. Una cama, una mesa con dos sillas y un armario de roble. Nada parecía ser útil.

¿Este era el cuarto de Catalina? ¿Ella tuvo que hacer cosas en contra de su voluntad – contra la voluntad de Dios – para sobrevivir? ¿Qué le había pasado mientras estaba aquí?

Preguntas sin responder le asaltaron la mente, y su cuerpo se tensó contra la soga, incrustándose en las muñecas.

¿Por qué no le había preguntado cómo habían sido sus experiencias? La sola idea de que ella podría haber sido abusada no le cruzó por su mente. Había estado agradecido de verla viva y a salvo – como un milagro decretado por la Divina Providencia.

Confía en el Señor con todo tu corazón, y no en tu propio entendimiento.

Matthew admitió a la pequeña voz que fortalecía su determinación. Él hubiera notado el cambio en Catalina si algo le hubiera pasado.

No.

Él tenía confianza en que Dios había protegido a Catalina después de que la habían vendido a esta casa de pecado y vergüenza, y estaba igualmente seguro que todo había pasado por una buena razón. Bueno, no estaba muy seguro todavía.

Pero ese no era su preocupación principal en ese momento. Era hora de que se concentrara en encontrar una manera de escapar.

Permitiéndose relajarse otra vez, sus músculos se suavizaron. Dejó salir algo de aire. Las cuerdas se aflojaron un poco.

Matthew permaneció en el suelo apoyado de lado – enfocándose en los pequeños cuadrados de manera que estaban astillados por años de uso, hasta que se nubló sus ojos, y la visión doble hizo que las astillas se hicieran dos piezas. Todo el tiempo, Matthew movió el músculo bajo de su brazo, gotas de sudor caían de su rostro al suelo. La cuerda en medio de su cuerpo se había tensado, mientas que la parte alrededor de sus brazos se había aflojado un poco, y estaba empapado de sudor cuando liberó una mano de los nudos.

Matthew sonrió, satisfecho por su progreso. Sólo era cuestión de tiempo antes de que escapara de sus ataduras.

Y regresara a Catalina.

¿Pero ya sería demasiado tarde?

Capítulo Veintitrés

"Hola, señorita."

La espalda de Mercedes se enderezó como un poste. Se giró desde su posición de rodillas y miró al güero que hablaba con ella por la puerta cerrada del jardín.

Él elevó su sombrero como saludo.

Su boca se abrió. Ella había estado en Jericó lo suficiente para haber visto a cada tipo de hombre imaginable, incluyendo muchos americanos, ¡pero jamás había conocido a alguien con tal cabello rojizo!

Sorprendida por la repentina atracción, Mercedes se levantó. Su falda llena de plantas medicinales cayó de regreso a la tierra y se sacudió la tierra de su delantal. Pasó la palma de una de sus manos por sus ojos. ¿El hermoso hombre había oído su lastimero llanto? El enojo la llenó. Aunque no sabía si era porque la habían agarrado desprevenida, o era porque se había permitido sentirse cercana a esa chica americana.

"¿Quién es usted? ¿Qué quiere?" preguntó, su acento notorio por la emoción. Ella se levantó en medio del jardín, sus manos sobre sus caderas. "No sé lo que busca, pero no estoy trabajando ahorita."

Los ojos de John se entrecerraron por la admisión y suposición de la mujer. Él había visto este tipo de trabajo de mujeres en Abilene. Sin embargo, ninguna de ellas era tan hermosa como la rosa mexicana que se paraba desafiante ante él justo ahora. Su gracioso mentón se elevaba en el aire, sus manos sobre su cintura, con plantas secas cubriendo el piso al lado de sus pequeños pies.

John frunció el ceño.

No que él alguna vez haya tenido la inclinación de pagar por tales servicios, no importaba que hermosa fuera la mujer. Como el alguacil de un pueblo caótico al borde de volverse una ciudad, él estaba muy ocupado persiguiendo criminales como para encontrar el tiempo suficiente para tener una relación.

Además, Dios le enviaría a la indicada cuando el tiempo apropiado llegara.

Sólo espero que suceda antes de que pierda más cabello.

John sacudió su sombrero en su cabeza, aplastando cualquier pensamiento romántico. "Señorita, ¿no piensa que es algo pretencioso el asumir que estoy interesado en usted de esa manera?

La mujer abrió su boca, pero nada salió de ella. Pasó un mechón de cabello detrás de su rostro, y sonrió, hermosa, pero algo oxidada.

Él ignoró cualquier explicación. "Perdón por ser tan directo, señorita, especialmente en un tema tan delicado, pero estoy aquí por un negocio importante. Verás, un par de mis amigos han desaparecido, y tengo un buen presentimiento de que ellos podrían estar en esta cantina. Ahora, ¿usted no sabría algo sobre eso?"

La mujer entrecerró sus ojos, luciendo ansiosa e incómoda. Lo miró con sospecha. "¿Pero por qué le debería de decir algo? No sé quién es usted. Tal vez no son sus amigos en realidad...tal vez busca matar a alguien."

John buscó en sus bolsillos, sacando su placa. Ella se acercó con precaución y miró a través de los barrotes de hierro.

"Oh, de acuerdo." La mujer debió de haber decidido que él era uno de los buenos. "Hemos tenido nuevos cargamentos las últimas semanas. ¿Cuál es de los suyos? ¿Son adultos o niños?"

John se quedó paralizado.

¿Cargamentos? ¿Niños?

Su mandíbula se cayó ante la idea de personas siendo vendidas en esclavitud tan fácil como ellos venden ganado en el mercado en su casa. ¿Qué querría alguien de un niño pequeño?

Se frotó su rostro con las manos, tratando de quitar las imágenes de niños maltratados.

"Ellos son americanos," dijo finalmente. "Un comisario llamado Matthew y una joven llamada Catalina."

Mercedes jadeó a la mención del nombre de su amiga.

"Si. Si, la conozco." Su mirada se movió a los alrededores del patio antes de apresurarse hacia las puertas. Apretó su rostro entre los barrotes, sujetándolos hasta que sus nudillos se volvieron blancos. "No conozco al hombre, pero conozco a Catalina. Ella siempre está causando problemas, esa mujer. Aun así, tiene un buen corazón. Oh, no puedo soportar el pensar lo que le harán."

La mujer se limpió una lágrima, y el corazón de él le dolió por ella y por todos los que estaban detrás de estas rejas. Él no sabía cuál era la historia de ella, pero nadie debía de ser forzado a vivir como esclavo.

Sujetó sus manos con las de ella, sorprendido con la fuerza y la pasión que se sentía a través de las mismas.

"De acuerdo, esto es lo que vamos a hacer." John rápidamente desarrolló un plan para rescatar a Catalina. Con suerte, encontrarían a Matthew después de esto.

Mercedes escuchó con asombro mientras el extraño acordaba el regresar por ella una vez que hubiera regresado a Catalina a Estados Unidos.

Sin aliento, ella aceptó su plan y volvió a su pequeño jardín.

Catalina se animó por el sonido de campanilleo. ¿Era hora del té de la tarde con su madre? Sus labios se curvaron. ¿Mamá serviría bollos esta tarde o bísquets con la jalea de zarzamora que tanto amaba ella?

Sus párpados se abrieron, revelando el frío y estéril cuarto.

La sonrisa se desvaneció. Este no era su hogar.

Algo volvió a campanillear. Su cabeza giró hacia el sonido.

"¡Tú!" Catalina se enderezó, las cuerdas ajustadas le volvieron a cortar sus muñecas. Observó al hombre de la cicatriz que le sonreía desde el lado opuesto de la mesa, arreglada como si fuera para el té de la tarde.

Una mezcla de miedo y disgusto fluyó por sus venas mientras que el hombre le añadía crema y azúcar a su taza. ¿Qué juego estaba jugando?

"Vaya, cariño, no creo que me recuerdes." El hombre levantó el platillo que sostenía su taza y acercó la bebida caliente a sus labios, tomándola completamente como un hombre sediento.

Sólo le sirvió a Catalina como prueba que su apariencia refinada no era más que una parte de una mentira elaborada.

Él colocó su taza vacía en la mesa. "Han sido algunas semanas desde que nos vimos. Así que dudaba que recordaras nuestro último encuentro. Supongo que soy más memorable de lo que pensé."

Su acento sureño le hirió sus nervios.

"Señor, me atrevo a decir que eso es ponerlo suave," dijo ella furiosa. "Sabía que había algo raro y malvado en usted, incluso desde el momento en que lo vi en el barco en Mississippi. Desde ahí sospeché que estaba siguiéndome. Sin embargo, No entendí – y sigo sin hacerlo – el por qué me hizo su blanco. ¿Qué le hecho yo a usted?"

El semblante del hombre pronto se volvió de brutalmente divertido a perturbadoramente espantoso.

"¿Qué me has hecho tú?" la pregunta salió como un gruñido. El hombre mostró una sonrisa torcida y se levantó. Él estaba ante ella en un instante – su rostro a menos de unos centímetros del de ella. Su aliento cálido caía en su rostro, el olor rancio del mismo le asaltaba sus sentidos mientras le gritaba. "¿Qué me has hecho? Interesante como te recuerdo tan fácil, pero tú no me reconoces ni un poco. Recuerdo cuando tú eras sólo una niña. Ahora puedo ver como no has cambiado ni un poco. Eras una mísera prima dona y lo sigues siendo."

Catalina agitó su cabeza, confundida. "Lo siento, pero yo – yo no entiendo." Balbuceó mientras él se enderezaba. Miró al hombre y estudió sus características físicas. Pero aparte del ferry, ella estaba en blanco. "Señor, en realidad no sé cómo pude haberlo ofendido."

"Ah, bueno. Supongo que ha sido un número de años desde que nos vimos." El hombre encogió los hombros sin importancia antes de dedicarle una inclinación burlona. "Permítame presentarme... Christopher Monroe, a tu servicio."

El corazón del Catalina se aceleró, y su pecho se contrajo como si el mismo aire que respiraba estuviera siendo exprimido de sus pulmones. Puntos blancos se formaron en su visión y sintió que la tierra debajo desaparecería. ¿O tal vez ella deseaba eso?

Catalina se forzó en enfocarse en la expresión del hombre, registrando finalmente algunas de las características familiares del rostro del hermano de él.

"Te pareces un poco a Ben."

El rostro de Christopher se ensombreció.

"Nunca...NUNCA...vuelvas a decir su nombre. ¿Me escuchaste?"

Una serie de palabrotas salieron de su boca mientras sujetaba uno de los lados de su silla y la agitaba.

Las lágrimas se juntaron en sus ojos. "Lo si – siento." balbuceó ella.

"¡Detente! Sólo detente," gritó él antes de liberar la silla. Se volvió a enderezar y pasó una mano por su propio rostro – inhalando cualquier emoción antes de que pudiera escapar. Se volvió a girar hacia donde había estado sentado y tomó el cuchillo al lado de su plato. Volteando hacia Catalina, elevó el cuchillo con una sonrisa.

"Tú," dijo él en un extraño tono con ritmo. Paseó el cuchillo alrededor mientras se acercaba a ella. "Tienes razón, mi preciosa muñeca. ¿Sabías eso? ¿Sabías que yo siempre pensé que eras una linda muñequita? Una mocosa para ser exacto, pero nunca hubo dudas sobre tu belleza, querida. Aun así, tienes mucha razón porque si estarás arrepentida cuando haya acabado contigo."

Escalofríos recorrieron la espalda de Catalina. "¿Qué vas a hacer?"

"*Shhh.*" La silenció Christopher mientras colocaba el cuchillo enfrente de su rostro. "Sólo voy a tener lo que mi hermano no pudo," susurró él. Luego deslizó la parte plana del cuchillo lentamente por la mejilla de ella.

"Luego voy a hacer algo para que no seas bonita nunca más."

Lágrimas cayeron por el rostro de Catalina. ¿Por qué estaba pasando esto?

Por favor, Dios. Por favor sálvame.

Miró hacia el cielo.

¿Estaba Matthew a salvo o ya lo habían matado? Temiendo por su vida y la de ella, cerró sus ojos.

Señor, sálvanos.

Capítulo Veinticuatro

Matthew forcejeó con lo que quedaba de la cuerda que se enredaba alrededor de sus tobillos. Se levantó, sus piernas temblaban un poco, y estiró sus entumidos músculos.

Él originalmente había cuestionado si podría o no liberarse de sus ataduras. Miró hacia abajo al ahora desorden enredado, evidencia de que su escape podría ser rival de uno del gran Houdini.

¡Gracias, Señor!

Se limpió el sudor de la frente. ¿Qué debía hacer después?

La puerta del cuarto rechinó. Luego, alguien la empujó para abrirla.

Sujetó lo más cercano a él para defenderse.

"¿Qué vas a hacer con eso?" Preguntó una mujer, el sarcasmo destilaba por su tono mientras cerraba la puerta. Apuntó a la escoba de paja en las manos de Matthew. "¿Pegarme en la cabeza con eso? Dudo que esa delgada escoba pueda hacer mucho daño. Muy apenas puede barrer el cuarto."

Matthew bajó lentamente la escoba.

"No tuve mucho tiempo para pensar," contestó él. "¿Quién eres tú?"

"Mercedes, una amiga de Catalina. Alguien vino a la puerta buscándote. El Alguacil John Durbin. Él quiere ayudar a ambos a escapar de aquí." La mujer giró su cabeza para revisar la puerta.

¡John! ¿Así que ese viejo excéntrico sigue por aquí? Me preguntaba qué había pasado con él." dijo Matthew. "¿Así que exactamente tienes en mente?"

"Lo mejor que podemos hacer es salir de aquí. ¿No lo crees?" preguntó Mercedes.

"Bueno, claro que sí." respondió Matthew. "Sólo pienso que no sería un escape exitoso si tengo que enfrentarme a un grupo de hombres armados sin mi pistola."

"Oh, eso." Mercedes se encogió de hombros y sacó una pequeña bolsa de lo que parecía un montón de plantas secas. "No creo que tengas que pelear contra alguien. Muchos de ellos acaban de almorzar y están ocupados, um, desahogándose a sí mismos."

Ella le tendió la bolsa y esperó a que Matthew la aceptara.

"¿Qué es esto? Preguntó mientras estudiaba la bolsa.

"Un viejo amigo náhuatl." se cruzó de brazos Mercedes enfrente de su pecho y sonrió, si estuviera orgullosa de ella.

Matthew asintió en entendimiento.

"Epazote, " dijo él, recordando a su abuela usando la hierba para curar todo tipo de dolor de estómago, Aunque, mucho podía ser tóxico. Le regresó la bolsa a ella. "Me alegra saber que estás de nuestro lado. Por favor, encabeza el camino."

"Supongo que puedo ser un caballero, y darte un poco de comodidad." Christopher Monroe se acercó más a Catalina. Cortó las cuerdas que ataban a Catalina en la silla. "De hecho, creo que los dos nos podemos beneficiar. ¿No te parece?"

Catalina escogió no responder. En vez de eso, examinó el cuarto por cualquier cosa que pudiera ayudarla a defenderse.

Silla. Mesa. Platos. Un simple tenedor. No había mucho con qué trabajar.

Si apunto bien, podría hacer algo de daño.

"¿Tú qué opinas, cariño?" susurró Christopher en su oído mientras que las cuerdas en su espalda cedían. "El piso será bueno, ¿no lo crees?"

Catalina contrajo sus rodillas cerca de su pecho y lanzó una certera patada. El movimiento repentino golpeó a Christopher justo en el pecho y se abalanzó hacia atrás con un golpe seco.

"¡Tal vez para ti, pero no para mi!" gritó ella.

Brincó y se retiró los pedazos remanentes de la cuerda alrededor de sus piernas y pies. Se dirigió hacia el tenedor justo cuando Christopher se volvía a levantar.

"No-oh. No lo creo, cariño." Christopher se adelantó, descargando el cuchillo en un movimiento de rebanar.

Catalina gritó y retrocedió. Sujetó la silla, usándola como una barrera entre ella y el hombre desquiciado.

Pero él se apoderó de la silla y se la arrebató. La lanzó hacia el otro extremo del cuarto, y se destrozó en contra de la pared, volviéndose un puñado de palos.

Ella se dirigía hacia la mesa, pero Christopher le sujetó un puñado de su cabello.

Catalina retrocedió llorando.

"*Ooooh*, ¡amo una mujer que pelea!" La voz gutural de Christopher soplaba un aliento caliente en ella. Volteándola para que lo mirara, le presentó una sonrisa enferma antes de adelantarse y plantarle un beso en sus labios. Su aliento repugnante la hizo atragantarse.

Él rió y se volvió a acercar.

¡POP! ¡POP! ¡POP!

Varios disparos de pistola sonaron fuera.

Christopher retrocedió, su rostro era una mezcla de sorpresa y alarma. Gritos desde el patio flotaron hacia la ventana de la cantina.

Sujetando fuertemente el brazo de Catalina, Christopher la arrastró hacia la pequeña ventana cuadrada. Se adelantó y escaneó lo de abajo.

Catalina lo rodeó y miró la escena. Varios hombres corrían por las calles, rifles en mano. Muchos más los seguían por detrás. La Fea sostuvo una canasta de ropa en un lado de la cadera, sin parecer sorprendida por la conmoción.

"Oye, tú." llamó su compañera, la molestia invadía su tono. "¿Qué pasa allá abajo?"

La Fea le dio una mirada ininteligible.

¡Bien por ella!

Él repitió lo que dijo, pero en español. Ella sólo se encogió de hombros.

"Estúpida mexicana," dijo antes de cerrar la ventana.

"Tal vez deberías preguntarle a Belmonte," sugirió Catalina. Si se podía deshacer de él, sus posibilidades de escapar aumentarían. Especialmente con toda la conmoción que sucedía debajo. Podía ser que se olvidaran de ella por un rato.

"Eso es exactamente lo que pretendo hacer."

Mientras la seguía sujetando fuertemente, la jaló hacia la puerta cuando de repente se abrió.

Mercedes se encontraba en el marco de la puerta, sus manos sobre su pecho. "Por favor, *señor*. ¡Tenemos que irnos! ¡Los americanos están atacando!"

"¿Qué?" Christopher se apuró hacia el pasillo. Tan pronto como lo hizo, Mercedes sujetó a Catalina del otro brazo y la jaló hacia el cuarto.

El momento en que se rompió la conexión, Matthew brincó por el aire y se abalanzó sobre un Christopher sorprendido. Ambos hombres cayeron por las grandes escaleras que llevaban hacia el salón principal de Jericó, peleando mientras iban hacia el primer piso.

"¡Con cuidado, Matthew! Está armado." gritó Catalina, siguiéndolo con Mercedes pisando los talones.

"¡No, no vayas!" Mercedes la alentó a alejarse.

"Tenemos que llevarte hacia los caballos."

"Pero no puedo dejarlo," lloró Catalina.

Los hombres peleaban en el suelo del salón vacío.

"*Si te toca, te toca*," insistió Mercedes y le dio un empujón final hacia la puerta delantera. "Él se cuidará solo, ¡o Dios lo hará!"

Salieron a tropezones hacia afuera, la luz del sol la cegó.

"¡Vamos, señorita!" Una voz familiar la apresuró para mirar.

El alguacil Durbin la saludó, la otra mano sostenía las riendas de dos caballos.

"¡John!" Catalina corrió hacía él.

Él estiró un brazo y ella se pegó en un lado de él. "Es bueno verte, señorita."

"¡A ti también! Tenía miedo de que nunca vería fuera de las paredes de esta prisión."

"¡Oye! Estás abrazando a mi mujer."

"¡Matthew!" giró Catalina, el alivio debilitó sus rodillas. Se adelantó mientras una fuerte mano la tomaba de la mejilla. Se paralizó por ver un ojo negro. "Pensé que no volverías."

"Para nada," le aseguró Matthew, cubriendo con sus manos las de ella. "Aunque, no sugiero que nos quedemos mucho tiempo aquí. No sé cuándo ese lunático vaya a despertar." Tomó las riendas de la mano de John.

"Exactamente el por qué tenemos que movernos," John montó y extendió una mano hacia Mercedes. "¿Vienes?" La mirada de Catalina se movió entre sus amigos. ¿Mercedes elegiría la libertad? "¿Por favor, Mercedes? ¡Apúrate!"

Mercedes miró a John. Luego de regreso a la cantina. Le dedicó una leve sonrisa. "Tal vez después," contestó ella.

John la miró intensamente. Un nudo se deslizó por su garganta. Luego, inclinó la orilla de su sombrero antes de empezar a cabalgar.

Las manos de Matthew le rodearon la cintura y subieron a Catalina hacia el caballo. Luego él montó detrás de ella, ajustando sus dedos alrededor de las riendas.

Catalina miró a Mercedes, una extraña combinación de alivio y tristeza la invadió. "Gracias por ayudarnos," dijo ella. "Nunca te olvidaré."

Mercedes asintió, las lágrimas le llenaban sus ojos enrojecidos.

Matthew pegó su talón al lado del caballo y se adentraron en el vasto desierto.

Epílogo

Charlotte, Carolina del Norte
Cuatro Meses Después

Catalina pasó sus dedos sobre el vestido de bodas, el suave satín con detalles de pequeñas y blancas rosas bordadas alrededor del cuello. Cada una tenía una hermosa perla rosa en el centro.

"Ay, Mamá. Esas perlas son de la primera pieza de joyería que Papá te regaló." Catalina corrió hacia su madre y le dio un abrazo. "No debiste hacerlo."

Teresa Santé le sonrió a su hija.

"¡Claro que debí hacerlo!" exclamó ella. "No todos los días mi única hija se va a casar."

Las dos se abrazaron, al menos por la centésima vez desde que ella había regresado a casa.

"¡Tienes suerte de casarte!"

Catalina giró mientras su hermano mayor, Gabe, entraba a su habitación.

"Y usted, señor, se supone que tiene que tocar." Se acercó a él y le pellizcó la nariz. Era imposible enojarse con sus bromas. Había pedido un permiso especial para dejar sus estudios para venir a su boda. Ella lo abrazó. "Oh, Gabe. Estoy tan feliz de que estés aquí."

"Yo también." Gabe le regresó el abrazo, luego la soltó. "Sólo deseaba que hubiera llegado unos días antes. Hubiera sido genial el conocer a este Matthew con el que planeas casarte."

Las manos de Catalina se posaron sobre sus mejillas como si tratara de cubrir su pena.

"¡Oh, no! Olvidé completamente decirte que invité a Matthew a tomar el té hoy, Mamá."

"¿Lo invitaste?" El rostro de su madre mostraba sorpresa. "Oh, Cat. No sé si nos quedan bísquets o galletas, y dudo que pueda cocinarlos antes de que él llegue. ¿Por qué no dijiste algo? ¡Sabes que apenas estoy acostumbrándome a todo esto de cocinar!"

Su madre retuvo algunas lágrimas.

"No te preocupes, Mamá. Yo me encargo de todo." Catalina trató de tranquilizar a su madre mientras que Gabe lo tomó como una señal para irse. "Tú sólo preocúpate en terminar el vestido. Yo iré abajo a preparar el té." Después de todo, ella tenía más experiencia que su madre. Algo bueno tenía que haber dejado Jericó.

Catalina acarició el brazo de su madre antes de dejar el cuarto. Ella había estado teniendo dificultades para ajustar su vida sin sirvientes. Sin embargo, ambas cocineras y la sirvienta traicioneras las habían despedido cuando descubrieron que habían delatado los movimientos de Catalina a la familia Monroe.

Todo por unos inútiles sacos de billetes.

Catalina agitó su cabeza mientras se dirigía a la planta baja. Fue directo a la cocina y pensó en que delicia podía crear para la tarde. ¿Qué tan difícil podía ser? Hornear algunos bísquets no podía ser tan diferente a hacer tortillas, ¿verdad? Se arremangó sus mangas mientras llegaba al último escalón, su atención voló hacia la voz profunda de Matthew que salía del salón.

Ella se asomó por la puerta. "Bueno, parece que ustedes dos ya al fin se conocieron."

Catalina asintió a su hermano y se acercó para pararse al lado de Matthew, sonriendo a sus ojos azules.

Ella no sabía cómo era posible, pero él lograba lucir más guapo cada vez que ella lo miraba.

"Hola, amor." Matthew le sonrió, y colocó el brazo de ella sobre el suyo.

"*Eh hem*." Gabe carraspeó. "El Sr. Martín estaba a punto de dar algunas noticias, creo yo."

Matthew enderezó su espalda, pero no soltó el brazo de ella.

"Exacto," dijo él, buscando en su bolsillo. "Acabo de recibir una carta de John."

Catalina se emocionó. "¿En verdad? ¿Qué escribió?" Ella retiró su brazo para que él pudiera abrir la carta.

"Bueno, primero pide perdón por no poder venir a la boda." Matthew desdobló la carta y la leyó en voz alta.

Informó de cómo Christopher Monroe había tratado de cruzar hacia los Estados Unidos durante la batalla en la frontera, sólo para ser confundido por un mexicano y ser disparado en cuanto lo vieron.

Gabe golpeó su mano con su puño. "¡Se lo merecía el traidor!"

"¡Gabe!" lo regañó Catalina. Ella estaba tranquila de ya no tener que preocuparse de que otro hermano Monroe la persiguiera, pero ciertamente no estaba contenta con la muerte de alguien.

"Bueno, ningún mal árbol da buenos frutos." Su hermano se mantuvo firme en su creencia.

Catalina le dirigió una mirada inquisitoria hacia Matthew. ¿Pensaba lo mismo?

"Él tiene razón" Matthew concordó. "La carta incluso dice que los bandidos estaban buscándolo porque no pagó todo el dinero que les debía por secuestrarte. Si el ejército no lo capturaba, entonces los de Jericó lo hubieran hecho. Y eso hubiera sido un sufrimiento peor que la muerte."

"¡Exactamente!" concordó Gabe. "¿Te importaría si le doy esta información a mi padre?"

Matthew le entregó la carta y Gabe salió como rayo de la habitación.

"¿Y qué piensas de todo esto?" la mirada de Matthew analizó el rostro de Catalina.

"Puede que tengas razón. La palabra de Dios dice que las malas compañías corrompen las buenas costumbres. La perdida de ambos hermanos Monroe sirve de prueba de que esas palabras son verdaderas."

Ella dudó, en su cerebro surgían preguntas sin responder. ¿Pero qué había pasado con las mujeres y niños que se habían quedado en Jericó? Muchas de ellas habían hecho cosas malas, pero en contra de su voluntad. Si no lo hubieran hecho, hubieran sido golpeadas o incluso asesinadas. La única opción posible era el tratar de escapar, pero eso también podía tener un resultado mortal. Luchar o morir en el intento. Eso parecía ser la ley de la tierra en México.

Catalina agitó su cabeza. No estaba segura cuales eran los planes exactos de John, si iba a intentar otro rescate a Mercedes, pero rezaba para que Dios lo cuidara en cada paso que diera.

"Un centavo por tus pensamientos," dijo Matthew.

"Valen más que eso," respondió ella con una mano juguetona en su brazo. Pero luego se puso seria otra vez. "Estaba pensando en la carta de John. Espero que todo salga bien."

Matthew asintió en concordancia.

"Yo también lo espero." Él la acercó más a su lado. "Él es un buen hombre, inteligente y sabio. Será cuidadoso. Pero, tengo el presentimiento de que no sólo los delincuentes en Jericó sea lo único que lo está llamando a regresar."

Catalina sonrió, recordando su cabalgata de regreso a los Estados Unidos. John había mostrado toda una gama de emociones – desde el silencio hasta el enojo y finalmente la preocupación – cuando Mercedes rechazó su oferta para irse con ellos. Luego sucedió un interrogatorio mientras John trataba de sacar de Catalina toda la información posible. Quería saber todo sobre Mercedes, los hombres que protegían la cantina e incluso los planos de Jericó. Entre más hablaba ella, más claro se volvía que John estaba planeando algún tipo de rescate.

"Pienso que tienes razón," dijo finalmente Catalina. "Entre más lo pienso, más segura estoy de que John podría estar algo prendado de Mercedes."

Matthew estiró la cabeza hacia atrás, su risa gutural llenó el aire. "¿Lo piensas? ¿Tal vez tuviste esa impresión cuando él mencionó el cabalgar a rescatar a la chica 'como un caballero de brillante armadura?'"

Su expresión se puso seria mientras colocaba sus brazos alrededor de ella. "Yo creo que está más que prendado si él siente al menos un gramo de lo que yo siento por ti."

El rubor apareció en las mejillas de ella. Se mordió el labio inferior, su estómago mareado de anticipación.

Matthew bajó su rostro hacia ella, centímetro tras centímetro, hasta que sus labios se posaron en los de ella, mandando un escalofrío por su espalda. Él duró unos momentos antes de liberarla gentilmente.

Catalina posó su cabeza en el pecho de él y se relajó. Sintió sus fuertes brazos que le ofrecían un futuro de amor y protección.

Su corazón rebelde al fin podía descansar.

Una Carta a los Lectores:

De nuevo, muchas gracias por elegir una copia de *Una Rebelde en Jericó.* Todo lo que has leído en este libro es ficticio. Sin embargo, hay algunos pasajes que están basados en verdaderos hechos históricos. Quería compartir los verdaderos sucesos detrás de aquellas escenas para cualquiera que estuviera interesado.

En la página 19, me refiero a una "tormenta torrencial" que arrastró el negocio de Robert Harrington. Bueno, no hubo un Robert Harrington en la vida real (Bueno, no hasta donde yo sé). Sin embargo, en realidad si hubo una tremenda tormenta que tuvo lugar en 1916. El este de Carolina del Norte fue devastado con la mayor muerte y destrucción que el estado alguna vez haya visto de un desastre natural. De hecho, un lugar en Grandfather Mountain registró 55 centímetros de lluvia ¡en menos de un día! El curso del río Swannanoa cambió, y los residentes se encontraron sin manera de salir. Hogares y negocios fueron destruidos, se perdieron incontables vidas y el estado nunca sería el mismo.

Sin embargo, Carolina del Norte no fue el único lugar que vio un desastre. En un tiempo de mucho cambio y progreso, las fábricas fueron aumentando – especialmente con los hombres en las guerras. Una de estas fábricas (comentada en la página seis) fue The Triangle Shirtwaist Factory en Manhattan. El 25 de marzo de 1911 marca el día de uno de los desastres industriales más mortales alguna vez registrados en la historia de los E.U., cuando la fábrica selló sus salidas para mantener a las trabajadoras dentro. Cuando se inició un fuego accidental, 146 individuos (principalmente mujeres inmigrantes italianas y judías) murieron.

Además, el ambiente para la escena final está basado en un incidente verdadero durante un cruce en la frontera. Cuando un mexicano falló en detenerse en una aduana y declarar que estaba saliendo del país, un soldado americano le disparó. Los mexicanos residentes pensaron que el ejército estaba atacando y tomaron armas para defenderse. Los soldados americanos dispararon de regreso, bajo la creencia equivocada de que los mexicanos y alemanes se habían aliado en un ataque.

Todos estos hechos históricos se pueden encontrar en numerosos lugares. Una búsqueda por internet, bibliotecas y artículos de periódicos están a tú disposición para una investigación más profunda. Personalmente, disfruté leer sobre estos hechos. Me ayudó a adquirir mayor apreciación por las dificultades de los individuos que vivían a principios de 1900.

Por último, te invito a contactarte conmigo si disfrutaste leyendo esta historia. A veces, busco personas que les gustaría criticar o revisar mis libros a cambio de copias del libro antes de que se publique. Si piensas que estarías interesado en participar (o simplemente quieres saber cuándo sale el siguiente libro), entonces puede visitarme en la computadora:

www.mimimilan.com
www.facebook.com/AuthorMimiMilan
www.twitter.com/thewritingMimi
www.amazon.com/Mimi-Milan/e/B011O65CQU/

TWICE REDEEMED

THE JERICHO RESISTANCE | BOOK TWO

MIMI MILAN

Capítulo Uno

"Por el amor de…"

Mercedes dejó escapar un suspiro, delineando el músculo hinchado alrededor de su ojo izquierdo con un dedo gentil mientras observaba su reflejo en el espejo roto. No podía recordar quién había sido su atacante la noche anterior ya que él portaba un pañuelo, pero ella sabía que tenía que ser el mismo hombre que la atacó tres semanas antes debido al insulto que había usado.

Malinche.

Traidora.

Justo como cada hombre que frecuentaba la cantina Jericó la trataba a ella. No le había tomado mucho a los hombres de Belmonte el sacar una confesión de una de las otras chicas. La furia resultante había hecho que se erizara su vello cuando él maldijo; una silla voló por el salón. Él estaba más que dispuesto a descubrir quién había ayudado a escapar a la chica americana, Catalina. De toda la gente que podía traicionarlo, Mercedes era la que menos probable que lo hiciera. Vendida a Belmonte a la inocente edad de quince años, había pasado parte de una década ganando su confianza. Además de La Fea, ella era la única permitida a salir al mercado, viendo de *puesto* a puesto en busca de comida y otras necesidades para manejar el negocio. Ahora estaba confinada a las mismas cuatro paredes día y noche.

Y era el juguete de los más crueles clientes.

Estudiando su rostro, sacó una pequeña polvera. El polvo pálido era un poco más obscuro que el beige de las paredes, pero mucho más claro que su propia piel bronceada.

"Tal vez eso sea algo bueno." Comentó en voz baja, frotando el polvo comprimido. El color claro tal vez es lo que necesitaba para cubrir la herida morada; una obscura luna creciente se formaba en la orilla de su delicada mejilla.

La campana en la pared sonó y soltó la polvera, el contenido voló en una fina nube.

"¡Madre!"

Mercedes se arrodilló al lado del maquillaje para levantar unos pequeños grumos. Atoró una uña entre una grieta entre las tablas del piso y sacó un pedazo grande cuando la campana volvió a sonar.

¿Qué pasaría si cortara el cordón que conectaba a la campana? Siempre podría mentir y decir que el daño ocurrió la noche en que fue atacada.

No, eso no funcionaría. Cortar la cuerda haría que la que se extiende por todo el salón se aflojara, o incluso se cayera. Sería la obvia culpable, castigada por fallar de nuevo.

Un golpe tenso en la puerta la enderezó tan rápido como una bala.

Acomodó su falda, sacudió un poco de polvo de la tela negra. "Bajaré en un minuto."

La pesada puerta de madera crujió al abrirse. La Fea se asomó hacia el cuarto.

"Mercedes Angelina Nobles. ¡Apúrate, nena!" Le tronó los dedos a su amiga. "Sabes que al jefecito no le gusta que lo dejen esperando."

Mercedes sonrió a la dedicación que tenía hacia su jefe la joven mujer. Aunque, la gratitud no estaría

muy lejos de la verdad para su amiga. La Fea llegó a
Jericó cuando era mucho más joven que ella a una edad
delicada. ¿Nueve? Casi diez. Una pequeña pilluela que
por una extraña razón Belmonte permitió correr como
un animal salvaje por todas partes. Las chicas pensaban
que era porque era una niña inservible que apenas tenía
que aprender a como complacer a un hombre. ¿Cuál era
su excusa ahora? Él le había permitido el lujo de
madurar en una mujer adulta que lucía más como algo
que había pasado sus días revolcándose en la suciedad,
en vez de una mujer que trabajaba en una sucia cantina
en la frontera de Nogales.

Aunque la verdad sea dicha, la chica demostró
ser todo un horror que Mercedes se preguntó si ella
alguna vez se había bañado. Ella sabía que debía
haberlo hecho. De lo contrario, el inevitable hedor los
hubiera matado hace mucho.

Tal vez eso hubiera sido preferible que
entretener a múltiples chivatos noche tras noche.

"¿Qué ves?" La Fea levantó su mentón. "Si
tanto te gusta mi rostro, deberías de pintar un cuadro."

Mercedes resopló y miró hacia otro lado,
avergonzada que había sido descubierta mirando – un
mal hábito que había empeorado desde los ataques
rutinarios. Sólo que no podía sacarse la sensación de
que alguien siempre estaba observando; esperando.

"Perdón. Creo que me perdí en mi pequeño
mundo." Hizo como si no fuera nada importante,
negándose a expresar sus pensamientos. La Fea era la
única que mostraba algo de simpatía después de que
Belmonte descubrió el papel que ella jugó en la fuga de
Catalina. Unas cuantas hierbas medicinales en el
momento justo había mandado a la mayoría de sus
hombres a buscar un lugar en donde descargar sus
entrañas. El incidente en la aduana había mandado al

resto a la frontera, temiendo que los soldados americanos estuvieran invadiendo para quitarles sus tierras. "Bajaré en un minuto."

Se miró a si misma en el espejo y pasó una mano sobre su figura, agradecida de que seguía delgada.

La Fea elevó sus brazos.

"¡Ay, amiga! Todos saben que te ves bien." Ella se detuvo y Mercedes la miró. La chica guiñó y apuntó a su ojo. "Incluso con ese rostro redondo que traes."

Mercedes le pegó a su amiga la cual sólo río mientras retrocedía, luego salió del cuarto. Ella correteó a la chica, por el corredor de adobe pintado, coloridos dioses aztecas miraban con desaprobación hasta que el par se detuvo a la orilla de las escaleras. Ellas sabían que Belmonte no toleraría nada más que servidumbre en la cantina. Su comportamiento juguetón rompería esa imagen y su autoridad.

"Suerte." susurró La Fea en voz baja mientras giraba a la derecha, dirigiéndose a la usual esquina para esconderse entre las servilletas que usaban para mantener las tortillas calientes.

Mercedes repitió el deseo esperanzador, pero estaba segura que entre ellas dos, ella era la que más necesitaba suerte. Tanto que había empezado a leer la biblia que Catalina había dejado. No que ella creyera algo de eso. Había renunciado a los cuentos de hadas desde el día que sus padres rezaron para que Belmonte le encontrara un buen hogar.

Todavía podía recordar a los dos hombres negociando. Su papá, desesperado para conseguir suficiente dinero para que nunca tuviera que volver a separarse de otro niño, se veía como el frágil viejo que pronto se dio cuenta que era. Belmonte, glorioso como el becerro de oro que había engañado a Israel, negoció hasta el último peso con falsas promesas de maná que salía de su lengua de serpiente.

Y luego estaba su mamá.

Todavía podía sentir su aliento caliente en su oreja, una oración ferviente dándole todas las bendiciones que el cielo podía crear. Luego su madre la apartó y la persignó "hija tan preciosa," los dedos tibios acariciando su frente antes de pasar por la mejilla de su hija.

"¡Mujer!"

Mercedes pasó su mano por el ojo bueno y retiró su larga y negra trenza mientras se apresuraba a la barra del bar. Belmonte la sujetó de su brazo, jalándola lo suficientemente cerca que podía oler la hierbabuena que él masticaba.

"¿Por qué te tardaste tanto, mujer?" El ritmo constante de sus mandíbulas masticando las hierbas la hipnotizó, y se preguntó qué pasaría si una persona masticara la yerba Senna. "Primero socavas mi autoridad. Luego tienes a mis clientes esperando. La comida se enfría, a la cerveza se le acaba la espuma. ¿Estás loca?"

La liberó con un empujón hacia la barra en donde se encontraban varios platos nuevos de Talavera. Amorina, la última chica en llegar, servía porciones de frijoles en uno de los platos de barro pintados con mariposas. Las alas de los monarcas se extendían de extremo a extremo, un brillo blanco las atrapaba para siempre.

"Buenas, floja."

Mercedes rechinó sus dientes, el sonido resonaba en sus orejas.

"Todavía no es de tarde." Ella recogió dos platos listos. "Y no soy floja."

"Pues casi. Te has pasado toda la mañana en tu cuarto como una princesa mientras que el resto de nosotras tenemos que hacer tus tareas." Amorina azotó el cucharón de plata en la barra, y formó dos puños. "¡Me la debes por hacer el deber de lavandería!"

"¡Ni madres!" Ella dejó los platos de regreso en la barra, lista para atacar a la mujer. "Todo lo que hiciste fue llorar como una pequeña chillona las primeras semanas que estuviste aquí. ¿Quién estaba haciendo tu parte entonces?"

Belmonte sujetó el cucharón de la barra. Colocándose entre las dos mujeres, lo elevó, listo para golpear. "Ambas cállense la boca y vayan a trabajar. ¡Ahora!"

Su gruñido las separó a ambas en diferentes direcciones, con Amorina susurrando venganza en lo bajo.

"Suerte." Respondió Mercedes, las palabras cubiertas con sarcasmo mientras caminaba alrededor de la barra. Se inclinó, sujetó los platos de nuevo, y se dirigió hacia un par de peones rancheros sentados en una esquina solitaria. Colocó el primer plato enfrente de uno de los hombres, un chivato que le recordaba a una gran y vil cabra que pasaba la mayor parte de sus días paseando por el rancho, buscando satisfacer un hambre que ninguna mujer podría calmar. Él la descubrió mirándolo, y ella rápidamente apartó la mirada.

"Señor." Asintió ella, sus ojos viendo hacia abajo, y se giró hacia su compañero. Él lucía como una especie de vaquero que pasaba más tiempo persiguiendo a las terneras en vez de a los toros. Muy joven para sacarlo a pastorear; muy viejo para mantenerlo con los niños. Ella se estiró para colocar su comida cuando sintió un golpe por detrás. El golpe le llenó la mejilla de calor, y la mandó volando hacia el vaquero. La comida cayó sobre él. Se levantó y la hermosa Talavera se estrelló contra el suelo, un rompecabezas de piezas rotas. Palabrotas salían de su boca mientras se sacudía la comida.

"¡Mujer de basura!" La sujetó de su trenza y el dolor se extendió por su cráneo. "Mi vieja me acababa de hacer esta camisa."

El otro hombre se levantó. "Haz que la perra limpie."

"Así es." La jaló hasta acercarla, hundiendo el rostro de ella en su pecho. "Usa tu lengua."

Su ojo estaba aplastado contra la presión de su firme agarre. La suave piel latía con un dolor renovado, y sus ojos se llenaron de lágrimas.

Gritó por ayuda.

"¡YA BASTA!"

Mercedes sintió la dulce liberación de su cabello mientras Belmonte se aproximaba a ellos, cuatro de sus hombres se paraban a cada lado de él.

"¿Se va a poner de parte de esta Malinche después de todo lo que ha hecho?"

El tono del hombre llenó a Mercedes con la realización de que él era el que la había atacado. Ella retrocedió lejos de él, esperanzada de que Belmonte le ofreciera algún tipo de pequeña salvación.

"¡Claro que no!" Se alejó de ella con disgusto, escupiendo en el suelo. "No le confiaría una escoba a esta bruja. Sería capaz de irse volando en vez de barrer el piso."

"Entonces entrégala a nosotros." El hombre pasó su lengua por sus dientes. "Nos encargaremos de ella por ti."

Su tono amenazante hizo estremecer a Mercedes. Se acercó más a Belmonte.

"Por fa." Buscó su rostro, rogando para que la salvara.

Él sólo cruzó sus brazos, la decepción se notaba

claramente en su rostro. Luego el hombre se acercó, intentando alcanzar a Mercedes. Su respiración se contuvo en el pecho, el sentimiento de un inmenso peso presionándola mientras intentaba volver a respirar. Empezó a desmayarse.

"Alto." Belmonte elevó su mano al vaquero mientras que uno de sus guardias sostenía a Mercedes y la volvía a enderezar. "Esta es MI cantina, y lo que yo digo, se hace. Y lo que yo digo es que hay que "pagar para jugar." Pero, híjole, no tienes los pesos."

Belmonte frotó sus gruesos dedos, indicando que Mercedes estaba mucho más arriba del presupuesto del hombre.

"¿Cuánto por la Malinche?"

Belmonte se paseó, frotando su mentón como si estuviera en un pensamiento profundo. Ella había visto este acto antes. De hecho, era la misma táctica que había usado cuando la compró de su padre. Un juego de gato y el ratón de tomar y dejar.

Él la vendería si el precio era el correcto.

"mil pesos."

"¿Cómo?"

La boca del hombre se abrió. Belmonte asintió mientras se aproximaba al hombre y le daba unas palmadas en sus hombros. Se giró y empezó a guiarlo hacia la puerta delantera.

"Como dije, amigo, el precio es muy alto."

"¡El precio es imposible!" Argumentó el hombre, pero se permitió que lo guiaran hacia fuera. Su compañero más viejo lo siguió.

"Él tiene razón, sabe. Yo no pagaría esa cantidad de dinero por un caballo, menor por una mujer traidora."

Belmonte se hizo hacia un lado y dejó que el segundo hombre pasara. "Entonces usted, mi amigo, no conoce el precio de un buen caballo."

"Tal vez no lo sepa, pero conozco el precio de una buena mujer." Miró de regreso a Mercedes, dirigiéndole una mirada rápida sobre su hombro. "Y esa no es una buena mujer. Necesita darle una lección, *amigo*, o alguien más lo hará por usted."

La mirada en el rostro de Belmonte revelaba su entendimiento de la amenaza sutil.

"No se preocupe." Su mano se posó en su pistola. Pasó sus dedos por el mango. "Aprenderá su lección."

¿De verdad le iba a disparar?

El hombre miró a Mercedes una vez más, luego asintió hacia Belmonte y giró para irse.

Ella observó a los visitantes cruzar la calle por un momento, agradecida de que al fin se hubieran ido. No estaba segura que haría Belmonte, pero iba a cumplir su palabra. Si no lo hacía, entonces tendría que lidiar con otros hombres que venían a buscarla, determinados a darle una lección por vender a los de su tierra. Ellos obtendrían sangre de una u otra manera.

"Ay, mujer." Belmonte mantenía su espalda hacia ella, pero podía sentir su irritación. "Mujer, mujer."

"Lo siento." Temía que la disculpa no fuera suficiente esta vez, habiéndola susurrado una docena de veces desde el incidente. "Puedo compensarlo."

Se aproximó a él, lenta pero segura. Esto era de las cosas que sabía que era buena. Colocó una mano sobre su hombro, dando un suave masaje con la esperanza que la volteara a ver. Un beso y sería suyo. Luego él olvidaría todo.

Al menos, por un rato.

Sintió que la tensión empezó a irse, y su espalda se aflojó. Se acercó más, casi lo suficiente para que sus cuerpos se tocaran. Él sujetó su mano, guiándola a un diferente lugar para que masajeara.

"¿Ves?" Susurró ella en su oído, bajo y suave. "Puedo compensarlo."

Sintió su inhalación profunda; escuchó su suspiro silencioso. Él le dio a su mano un apretón gentil.

Luego su fuerza fue creciendo.

"En verdad me gustaría que pudieras, amor." Él se giró, aun sujetando su mano. Luego elevó el brazo de ella, doblándolo al reverso y estrujó su palma en su puño. Ella lloró en protesta, pero él seguía torciendo su extremidad y la forzó hacia la barra en donde trabajaba Amorina.

La chica soltó los utensilios que estaba usando para preparar platos de comida, una mirada de horror se dibujó en su rostro. Retrocedió lejos del par.

Mercedes sintió el peso completo del dueño mientras se abalanzaba sobre ella, presionándola contra la barra. Él buscó en uno de los platos y sujetó un trinchante.

Ella se retorció debajo de él. "¡Por favor! Por favor no."

Él la sujetó por el cabello, haciendo que se quedara quieta. Un fuego le recorría el cráneo otra vez. Apuntó el cuchillo hacia ella, la navaja destellando en su rostro mientras hablaba.

"¡Ya cállate!"

Los gritos de ella llenaron la cantina cuando bajó el cuchillo y empezó a cortar.

Para continuar a leer la historia, por favor visita:

www.amazon.com/Mimi-Milan/e/B011O65CQU/